那一辈铁路建设者不畏艰险、不怕牺牲，以敢叫高山低头、河水让路的豪迈气概，把天堑变成了通途，创造了世界铁路建设史上的奇迹。

谨以此书，献给为新老成昆铁路做出贡献的人们

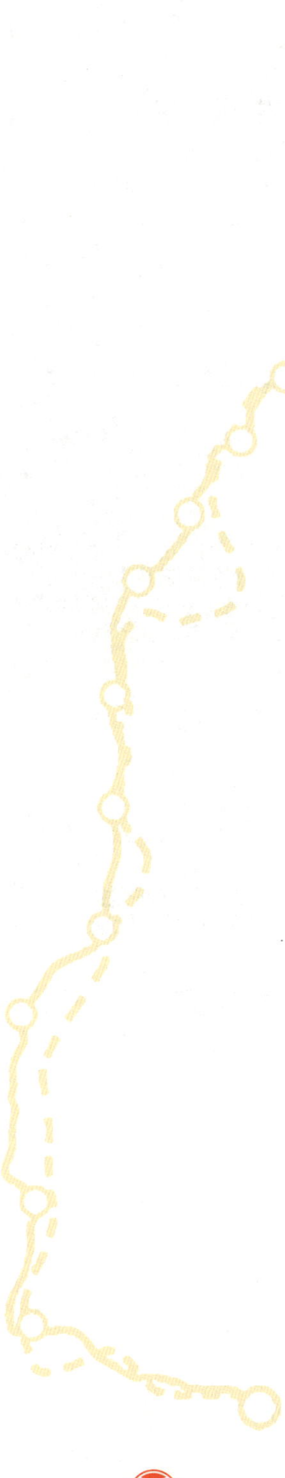

陈果 / 著

大成昆

天 地 出 版 社 | TIANDI PRESS

图书在版编目（CIP）数据

大成昆 / 陈果著. —成都：天地出版社，2024.4
ISBN 978-7-5455-8243-7

Ⅰ.①大… Ⅱ.①陈… Ⅲ.①报告文学 – 中国 – 当代 Ⅳ.①I25

中国国家版本馆CIP数据核字（2024）第004149号

DA CHENG-KUN
大成昆

出 品 人	杨 政
策　　划	杨 政　漆秋香
组　　稿	漆秋香　李镕宸
著　　者	陈 果
内文供图	中国铁路成都局　中铁二院　中铁二局　人民画报社　丰 岱 王渝明　刘忠俊　刘嘉烨　刘潇依　李 煊　吴 雍　张建忠 林东军　罗 成　胡仲平　胡志强　胡清碧　曹 宁　龚 萱 彭明军　蒲晓旭　蔡方鹿　熊仕洪　魏建生　等
责任编辑	孙 晖　李明慧
特邀编辑	张 京
责任校对	卢 霞　张思秋
设计统筹	李 颖
封面设计	挺有文化
电脑制作	跨 克
责任印制	刘 元

出版发行	天地出版社 （成都市锦江区三色路238号　邮政编码：610023） （北京市方庄芳群园3区3号　邮政编码：100078）
网　　址	http://www.tiandiph.com
电子邮箱	tianditg@163.com
经　　销	新华文轩出版传媒股份有限公司

印　　刷	北京雅图新世纪印刷科技有限公司
版　　次	2024年4月第1版
印　　次	2024年4月第1次印刷
开　　本	700mm×1000mm　1/16
印　　张	25.75
字　　数	300千字
定　　价	78.00元
书　　号	ISBN 978-7-5455-8243-7

版权所有◆违者必究

咨询电话：（028）86361282（总编室）
购书热线：（010）67693207（营销中心）

如有印装错误，请与本社联系调换

　　我国西南地区地形险峻,地质复杂。19世纪末以来,在西南修建铁路的梦想已在国人心中生根,但无论是清政府还是国民政府,都没有能力把这个梦想变为现实。图为20世纪30年代金沙江沿岸险峻山势

新中国成立后，国家建设拉开大幕。1952年7月1日，成渝铁路全线通车。这是新中国修建的第一条铁路，也是中国第一条用国产器材筑成的铁路。自主建成成渝铁路的万丈豪情，再次点燃筑路成昆的百年梦想。图为成渝铁路通车仪式现场

西南地区是我国的战略腹地和少数民族聚居区,资源富集。1952年初,连接四川、云南的成昆铁路建设被提上日程。图为勘测人员正在为成昆铁路做选线勘测

　　1958年7月，成昆铁路开工建设，但受各种因素影响，历经"三上三下"。1964年，成昆铁路作为三线建设的重点工程再次上马。图为20世纪60年代铁道兵开赴大凉山修建成昆铁路

　　成昆线上，建设者们开凿隧道四百二十七座，战胜的塌方、涌水、岩爆等艰难险阻数不胜数。图为火车通过成昆铁路第一长隧沙马拉达隧道（又名沙木拉打隧道）

　　成昆铁路修建有九百九十一座桥梁,大量使用柔性墩、空心墩、板凳桥、栓焊梁等创新技术。图为1966年我国最大跨度空腹式铁路石拱桥一线天桥铺轨场景

　　1970年7月1日，成昆铁路在西昌礼州接轨，标志着成昆铁路全线通车。自此，成昆铁路运行不辍，为国家建设、地方发展、人民幸福、民族团结进步发挥了巨大作用。图为成昆铁路通车庆典现场

　　成昆铁路养护工作者治山斗水，矢志坚守，筑起了坚固的护路屏障，确保了成昆线的安全畅通，推翻了"狂暴的大自然必将使成昆铁路成为一堆废铁"的预言。图为成昆铁路养护者在蒲坝站内进行养护施工

从1993年起，成昆铁路分段分期启动电气化改造工程。电气化改造完成后，成昆铁路的运力大幅提升。图为成昆铁路电气化改造施工现场

2007年,成昆铁路复线建设启动。复线大部分与老成昆线平行,部分线路大幅度裁弯取直,总长度较老成昆线减少近两百公里。图为建设中的成昆铁路复线黄水安宁河大桥

面对同样复杂的地质条件，成昆铁路复线建设过程中遭遇了白云岩砂化、突泥涌水等世界级难题。新一代建设者传承成昆精神，接连攻克世界级铁路建设难关。图为成昆铁路复线最难啃的硬骨头——小相岭隧道施工现场

  2022年底,成昆铁路复线全线建成通车。新成昆铁路对促进西南地区经济社会发展、构建西南地区与国际通道的大联通、推进中国式现代化都具有重要意义。图为复兴号动车组飞驰在新老成昆线交会处

目　录

序　章　何以成昆　　｜　001

第一章　先行者　　｜　009
　　　　走西线　　｜　011
　　　　上马了！下马了……　　｜　037
　　　　1964：重新出发　　｜　057
　　　　开路先锋　　｜　075

第二章　铁血者　　｜　089
　　　　女爆破手　　｜　091
　　　　血色青春　　｜　103
　　　　不穿军装的战士　　｜　132
　　　　鏖战沙马拉达　　｜　145
　　　　天堑架飞桥　　｜　158
　　　　大决战　　｜　175

第三章　捍卫者　　｜　207
　　　　献给人类的杰作　　｜　209

利子依达之殇　　| 218
　　管石头的人　　　| 234
　　我是你的眼　　　| 250
　　男人的事业　　　| 263

第四章　蜕变者　　| 279
　　从奴隶到"将军"　| 281
　　变形记　　　　　| 293
　　小慢车上的大凉山 | 304

第五章　接力者　　| 319
　　再向虎山行　　　| 321
　　雄鹰飞过吉尔木梁子 | 340
　　决胜小相岭　　　| 352
　　回声与告白　　　| 369

后　记　　　　　　| 387

序章

何以成昆

1974年10月7日。

这天上午，纽约，联合国总部。1971年恢复联合国合法席位的中华人民共和国，首次以会员国身份向联合国赠送国礼：以长城为主题的壁毯，以成昆铁路为主题的雕刻艺术品。1970年7月1日建成通车，穿越"地质博物馆"，创造了世界铁路建设奇迹的成昆铁路，经由艺术家的巧思佳构，呈现在世人面前。

1984年12月8日。

联合国从各成员国历年赠送的礼物中评选出的三件"特别奖"当天揭晓，来自中国的成昆铁路雕刻艺术品、来自美国的"阿波罗"宇宙飞船带回来的月球岩石、来自苏联的第一颗人造卫星模型脱颖而出。

中国，美国，苏联。是的，宣布评选结果，联合国依此为序。

无数的人心生好奇：何以成昆？何为成昆？

成昆铁路，一条历经百余年历史考验，托举着中国人梦想和自尊的自立自强之路。

鸦片战争的炮火，摧毁了清政府"天朝上国"的迷梦。国门残破，国运苍茫，欧美列强蚕食中国，更加野心勃勃。19世纪末，殖民越南的法国、盘踞缅甸的英国，明里暗里，做起同一篇文章：通过铁轨连接川滇，进而打通东亚西亚、连接欧洲大陆，将资源富集的天府之国和作为边疆枢纽的七彩云南，拉扯进殖民的版图。

"自己的路自己筑！"川滇民众的呼声震动朝野。光绪年间，滇蜀铁路公司挂牌运作。耗费路股二百万两白银后，滇百铁路（云南昆明至广西百色）临时插队，滇蜀铁路被挤到边上，一再搁置。

当四川保路运动的疾风揭开了辛亥革命的序幕，孙中山对铁路之于国家、经济、民生的重要性，认识愈发深刻。然而，彼时中国民困国贫，孙中山"于十年之中，筑二十万里之线"的宏图大计，只能悬置空中。之后，北洋政府、国民政府亦欲筑路川滇，空想而已。

新中国百废待兴，大西南举足轻重。修建成昆铁路，带动百业发展，跨越百年的梦想，被自主建成成渝铁路（成都至重庆）的万丈豪情再次点燃。

成昆铁路，一条战胜千难万险、创造人间奇迹、通向精神高地的征服之路、奉献之路、创新之路。

三组数据，如同三条铁轨，从时间的远方铺展而来。

其一，成昆铁路北起四川成都，南抵云南昆明，线路经海拔约四百米的川西平原，逆大渡河，爬升至海拔二千多米的大凉山，再下到海拔一千米的金沙江河谷，溯龙川江而上，登上海拔一千九百米的滇中高原，其间穿过七十多条断层峡谷，二百多条泥石流沟，六十六处滑坡地带，有五百多公里线路位于七度至九度高烈度地震区，其中通过八度和九度高烈度地震区的线路就有二百多公里。

其二，1952年、1953年、1956年，以铁二院为主体的铁路勘测队伍在长一千多公里、宽五百公里的范围内选线、复测，地质测绘一万四千八百平方公里，绘制线路蓝图二千多公里。1958年7月1日起，铁道兵、铁路工人、沿线民工等汇聚而成的筑路大军奋战在成昆线上，最高峰时接近三十六万之众。修筑成昆铁路的十二年间，建设者们不畏艰险、不怕牺牲，以敢叫高山低头、河水让路的大无畏精神，以牺牲二千五百多人的代价，克服了难以想象的困难，战胜了数不胜数的塌方、涌水、岩爆、泥石流，修建桥梁近千座，开凿隧道四百余座，建成三线建设重点工程，连接起大西南千里山河。

其三，一大批科研院所、高校闻令而动，到祖国最需要的地方，研究新技术，研制新设备，推广新材料、新方法，为攻克成昆铁路建设难题当起"急先锋"。一千二百多名科研、技术人员组成线路、路基、隧道、桥梁、通信、机车牵引等四十多个攻关小组，设计、科研、施工三结合，对六十五个新技术项目发起冲击。1985年，成昆铁路建设项目荣膺首届国家科学技术进步奖特等奖，十八项中国铁路之最、十三项世界铁路之最，是闪耀在桂冠上的珍珠。

成昆铁路，一条承载国家战略，促进西南地区大发展大跨越的国防之路、团结之路、致富之路、幸福之路。

春雨至，万物生。因为有了成昆铁路，西昌卫星发射中心横空出世；因为有了连通川滇的钢铁大动脉，西部地区经济开发、文化振兴、民族融合、社会进步，"一越五十年"。

成昆铁路建成通车之日，也是攀枝花钢铁厂第一炉铁水"分娩"之时。在成昆铁路撬动下，攀西资源宝库洞开，原来只有七户人家一棵树的荒寂之地上，矗立起"钢铁之城"。

成昆线稳如磐石，"小慢车"初心不改。绿皮火车日夜穿梭，唤醒了攀西大裂谷，沸腾了八百里凉山。一波才动万波随，"小慢车"沿线彝族群众出行、求学、做买卖、采购生产生活资料，碎步改阔步，脱贫奔小康。

"新"是对"老"的传承，"青"是对"蓝"的致敬。2022年12月26日，成昆铁路复线"最后一公里"开通运营，标志着与老成昆大致平行的新成昆全线建成通车。创新发力，科技加持，使得以桥代路、以隧代路、以长大深埋隧道对线路进行大幅度裁弯取直成为可能，"地形地质选线"变为"减灾选线"，理想再次照进现实。十又五载的建设过程中，新一代建设者传承成昆精神，勇当开路先锋，接连攻克岩溶暗河、白云岩砂化、突泥涌水等世界级难题，为成昆铁路这部震古烁今的精神史诗，续写了光彩夺目的崭新篇章。

很难有一趟旅程像成昆线上这般，从始至终，充满雄奇、壮丽、豪迈、激越，让人刚刚抵达终点，又想重新出发，把内心的感动与震撼，向更多人、更远处传递。

现在，朋友，请和我一起踏上眼前这列五节编组的"成昆号"动车，开启一趟穿越时空的特别旅程。

第一章

先行者

朋友，我们首先来到的第一节车厢，搭载着成昆铁路的先行者。

这句话，大家都很熟悉了：其实地上本没有路，走的人多了，也便成了路。

1952年秋，新中国启动川滇两省铁路建设项目，选线勘测工作随之展开。围绕线路选择，勘测人员探路东、中、西三线；这之后，经历了唇枪舌剑的选线之争，经历了艰难曲折的"三上三下"……

先行者，是出发在"成了路"之前的人。他们是一条河的源头，一条路的起点，是通向终点的路标和基石。

走西线

川、滇两省，中国西南相邻之省份，却被万水切割，千山阻隔，一个在腹地，一个在边疆。历史上，两地有五尺道相通，也留下了蜀人司马相如奉使西南、唐蒙开凿南夷道的佳话。自此，川滇古道，历代相沿。

然而，近代以来，列强环伺中国。甲午中日战争后，列强掀起了瓜分中国的狂潮。而沿海、沿江省份早已被各国蚕食，由边疆进入腹地，再深入内地，欧美都欲捷足先登。

1886年，英缅战争结束，英国攫取了缅甸铁路的建筑权。几乎与此同时，法国殖民者染指越南铁路的建筑权。以矿产丰富的云南为跳板，深入四川，进而控制长江，直达汉口，侵略者同打一副算盘。

光绪二十四年（1898年），英国人戴维斯率领的"旅行队"由云南北上，取道川滇古道（据历史学家向达考证，川滇古道前身为"五尺道""南夷道"，走向为自今四川宜宾南行，经庆符、筠连，入云南之盐津、大关、昭通，以至曲靖），到达叙府（今四川宜宾）。"游玩"之后，戴维斯向当局提交《滇缅铁路报告》，兴奋之情溢于言表："吾等几难深信处于云南之邻近，尚有一物产丰富、人口稠密之省份——四川。"

也是挂羊头卖狗肉，1898年，法国人以"游历"之名深入川滇古道，继而向国会提出筑路计划：将到云南省的铁路，"展筑至人口稠密的四川省，才会显示出它的真正价值……"

中国人能在秦时由蜀入滇筑成"五尺道"，能在汉时拓"五尺道"而成"南夷道"，进而另起炉灶，开凿出蜀身毒道，就自己建得起滇蜀铁路！川滇边民"没收"了英人的勘测工具，云南"滇学会"上书清廷，要求滇蜀铁路"奏时批准自办"，川滇在外留学生发声力挺，仁人志士秉笔直书："列强之对于中国，无日不扩张航路，争设铁路，驵驵逐逐以增拓其经济的殖民地，使我偶一拂之，则即以武力以盾其后……"

云贵总督丁振铎与治下民众同坐一条板凳。1905年初，丁振铎奏禀朝廷，建议川、滇、黔三省官民合力集股修路，由云南省城直达四川泸州、叙府等处。是年3月，官商合办的滇蜀铁路公司挂牌成立。

修筑铁路需要大笔钱款，丁振铎拟定公司集股章程，在田赋、盐课上做起文章。至于不可或缺的专业人才，丁振铎也有筹划：办学培养是一手，选送留学生出国深造是一手。

勘测实质性启动已是1907年。从美国延请的工程师多赖哈克对红土高原的丈量刚刚完成，云贵总督换成了李经羲。1910年，李经羲上奏朝廷获准，本省筹股改为国家修建，滇蜀铁路公司收归国办。

随之而来的改变始料未及：滇蜀铁路让路，滇百铁路插队，等到打通广西百色的出海通道，再说滇蜀铁路。

秋叶虽美，难敌冬日漫长。1917年，滇蜀铁路公司黯然关张，滇蜀铁路不了了之。

孙中山高瞻远瞩，认为："今日之世界，非铁道无以立国。"卸任中华民国临时大总统后，孙中山以全国铁路督办之职组建中国铁路总公司，立志用十年时间建设十万公里铁路。兴办铁路旨在振兴实业，幅员宽广、资源富集的大西南，是钱柜粮仓，小觑不得。先生心迹，在其著于1919年的《实业计划》一书中不难得窥："四川，中国本部最大且最富之省分也；云南，次大之省也；广西、贵州，皆矿产最丰之地也……除由老街至云南府约二百九十英里法国所经营之窄轨铁路外，中国广地众民之此一部，殆全不与铁路相接触也。"

广州至重庆，广州至成都，四川宜宾至云南大理……孙中山先生勾画的十六万公里"铁路计划图"上，线条不管长短，看起来都坚韧遒劲。然而，彼时中国积贫积弱，战火纷飞，靠国力民力成全先生宏愿，有如以纤细发丝牵挽千钧重担。军阀政府横征暴敛倒是有了切实借口，四川境内，有军阀甚至把强加在民众头上的铁路捐强行预征到了1991年。

抗战烽烟中，隐身多年的滇蜀铁路重新露出眉目。抗战转入战略相持阶段，国民政府迫切需要打通川滇通道，一头连接陪都重庆和宜宾间的水路，一头连通滇缅铁路，对接国际支援。滇蜀铁路勘测工作因此重启，只是此时的它改名换姓，叫了"叙昆铁路"。

初测于1938年10月1日开始，1942年结束。施工与勘测同步展开，以云南昆明为起点，途经曲靖、沾益、宣威、威宁、昭通、盐津等地至四川宜宾，全线八百六十五里，被划分为十五个施工总队。架势扯得虽大，工程进度却是蚁行。

比人力紧缺的是建筑材料，尤其铁轨。拆东墙补西墙，不得已而为之。1940年9月，昆明至曲靖段铺设的一百六十二公里铁轨，即是从滇越铁路（中国昆明至越南海防港）河口至碧色寨段平移而来的。

再往下进了死胡同。1941年5月29日，云南省政府主席龙云下令拆除滇越铁路芷村至西洱段，轨料移铺曲靖至沾益段，遭到滇南绅商强烈反对。工程由此延缓、收缩直至停摆，已经竣工的曲靖至宣威一百零三公里桥涵路基、宣威至威宁一百六十八公里土石方与重点桥梁隧道、宜宾附近五公里范围土石方及涵渠，统统成了摆设。

……………

俱往矣。

1949年12月的一个深夜，中共中央西南局第一书记邓小平在中国铁路交通地图前，伫立良久。借助港口-铁路运输体系，拉动工业发展，实现经济转型，几乎是早期欧美各国现代化进程中的固定模式，近代中国也不例外。从1876年6月30日，中国第一条营运铁路吴淞铁路上海至江湾段正式通车算起，七十三年间，中国通车营业铁路已达二万一千八百一十公里。这些线路主要分布在东北和沿海地区，而地大物博的天府之国，至为"近捷"的出川通道，便是长江水路、秦岭蜀道。大西南百废待兴，不可能"百废俱兴"，当务之急是交通。

把修建成渝铁路作为"先手棋"，是邓小平建设新西南的关键一步。

没有人比生于四川、长于四川的邓小平更清楚，这片土地上的人民对这条铁路有着怎样的期待和热情。19世纪末，巴蜀人民便渴望集资兴修成都至重庆、宜昌抵汉口的川汉铁路，川汉铁路规划中的西段，便是成渝铁路。然而，清政府腐败无能，将已归商办的川汉铁路收归国有，继而出卖铁路主权，攫取川人路款。保路运动由此爆发，成为辛亥革命的导火索。而后，军阀混战，时局动荡，政治腐败，筑路梦终成幻影。

毕竟是崭新的中国了。有人民这座最大的靠山，为人民修建铁路，势在必行，志在必得。1950年1月初，北京，邓小平向党中央报告新西南建设计划。"着重于修成渝铁路"的理由，他一一道来：

第一，西南地区百年纷争，很大程度上是因为交通落后、信息闭塞，导致土匪恶霸坐井观天，窝里横。修好铁路，有志之士走远点，看远些，人心图稳，人心思进，"天下已治蜀未治"方可破局。

第二，成渝两地人口众多，资源丰富，地理位置特殊，修好铁路，物资流动起来，老百姓生计问题就能解决，就能得人心。

第三，眼下，国民党残余力量还在挣扎，美国等外部势力拒绝承认新中国，大力实施经济封锁和军事包围，阻挠新中国恢复在联合国的合法席位。如果清政府修不好的铁路，北洋军阀修不好的铁路，我们修好了，情况将大不一样。要让美国人看看，我们中国人也可以自己修铁路，不需要他们指手画脚。

言之有据，言之有理。1950年春，中央人民政府批准了西南军政委员会关于请求修建成渝铁路的报告，定下基本原则："依靠地方，群策群力，就地取材，修好铁路。"

听闻党中央同意"以修建成渝铁路为先行，带动百业发展，帮助四川恢复经济"，四川郫县（今成都市郫都区）人蓝田坐不住了。从1917年被派到奉天（今辽宁沈阳）四郑铁路局实习起，蓝田先后在奉海铁路、杭江铁路、浙赣铁路、湘桂铁路供职，积累了丰富的铁路选线经验。

1932年，四川原督军、国民参政会参政员周道刚提议修成渝铁路，蓝田出任线路勘测队队长。刘湘、刘文辉争霸四川引发的军阀混战，使得规划全长五百三十公里的铁路，开工就磨洋工。全民族抗战开始后，人、财、物广受掣肘，到1947年5月，成渝铁路工程完全陷入瘫痪，整条成渝线一寸铁轨也没铺，只在重庆、永川间修建了部分基础设施，完成总工程量不到百分之十五。

难怪蓝田心灰意冷，将专业书籍和勘测工具束之高阁。

重拾板尺、平板仪，重拾初心、责任、激情。基于反复勘测比较，蓝田提出将线路出成都后沿沱江经姚家渡、赵家渡至乱石滩一线，改为出成都后经龙潭寺、洪安乡，穿越柏树坳隧道，沿小溪至沱江边接乱石滩。成渝线由此缩短二十三点八公里，节省费用一百五十亿元（旧币）。

1950年6月15日，成渝铁路正式开工。当天，筑路大军在重庆九龙坡、油溪等地同时开战。此后，三万多解放军战士和十万民工倍道而进，提前结束了西南地区仅有昆明—河口线（窄轨）、贵阳—柳州线（东段），"西入巴蜀唯水道"

的历史。

自主设计施工、采用国产材料修建的成渝铁路，于1952年7月1日正式通车。当年1月，着眼于衔接宝成铁路（宝鸡至成都），将祖国大西南同关中、华北、华中连为一体，打通中国南部对外通道，铁道部西南铁路工程局设计处落户重庆。

探路成昆，谁打头阵？最理想人选非蓝田莫属，可这一年他已六十有四，能行？

蓝田说了："旧中国修不成的成渝铁路，新中国两年就修成了。树活一张皮，人活一口气！"

出成都，走宜宾，去昆明。1952年秋的一天，由蓝田领队，郭彝、张庚融、容永乐、王昌邦、宾鹏搏、李陶等专家、技术人员组成的勘测小分队出发了，去为那时一寸尚无、他日一鸣惊人的成昆铁路打探前程。

等在前方的会是什么？

是一座连着一座的高山。

是榛榛狉狉、连风也不知该从哪里翻过的梁子。

是湍急的河流。

是悬于激流两岸，只此一"路"，别无他途的溜索。

是时不时响起的枪声。

是随时可能从头顶落下的砍刀。

所幸，从宜宾沿金沙江到云南巧家，经东川到昆明再到普渡河，勘测小分队走得还算顺利。

意外当然有。勘测队有十多匹马，帐篷、干粮、仪器设备都靠马驮着。那是一个傍晚,人到了宿营地,三匹掉队的马迟迟没有归队。蓝田急得不得了,立即打上灯笼,去找当地头人。头人不敢怠慢,着人连夜查找。马一匹不少牵了回来,但是马背上,之前在成都晒好的干馒头片,少了一大麻袋。

折回金沙江边,一江之隔的大凉山,危险的气息隐约可感。

彼时凉山,解放不久,还处于奴隶社会。少数奴隶主不甘心交出特权,对人民政府和解放军既怕又恨。潜伏凉山的胡宗南残部和国民党特务同样不甘心失败,企图利用凉山易守难攻的地形,勾结奴隶主、地方反对势力,发动叛乱。直到1952年底,凉山外围之敌才被刘邓大军剿灭,而大网收拢,残寇肃清,则是十多年后。

就要去北岸、去凉山,蓝田隐于无声的忧虑,没逃过李陶的眼睛。

西南铁路工程局设计处从西南科研所借调的地质构造专家李陶是队里公认的"三好队友"。

李陶心态好。勘测队每天翻山越岭,风餐露宿,别人到了驻地恨不得倒头就睡,年过六旬的他,却要哼小曲,说俏皮话。平日里说说笑笑也就罢了,石头擦着头皮飞过,他也当笑话来讲。事情发生在普渡河边。那天计划要测七公里,干到天黑,任务只完成一半。大伙儿已够沮丧,带路的彝族老乡又迷了路,只能借宿岩洞过夜。刚到洞口,一块石头差点砸在李陶头顶上。见队友大惊失色,李陶笑道:"我这老身板只长骨头不长肉,入不了阎王爷的法眼!"

李陶的画功之好也让大伙儿折服。队伍所经之处，不良地质现象层出不穷，他总能以铅笔代相机，惟妙惟肖记录在案，为日后定线、设计施工提供依据。

再就是眼力好。没有1∶20000的地质图，仅凭一双肉眼，李陶亦能鉴定地层年代。为表钦佩，队友们"东拼西凑"，送他一副对联。上联：走遍天涯，哪怕它万水千山，坍滑流石，只用一支铅笔头，便可描它面貌；下联：看穿地壳，一任你奥陶二叠，变质成岩，全凭这把铁锤子，就能敲你骨头。

看穿了领队的心思，李陶打趣道："有解放军在，你还怕丢了一把锤子？"

其实，小分队将由解放军护送过江的通知，蓝田早已收到。双方接上头后，历时半月，勘测小分队顺利完成了雷波卡哈洛一带的勘测任务。

队伍往前走，来到渔子，一个高山小村落。花杆刚立起，就有身披擦尔瓦（彝族传统服饰）的人突然冲了上来。为首者挥舞神铃，指挥跟随他的几十号人将花杆边上的蓝田、容永乐、王昌邦、郭彝等人里三层外三层地围住。这一切来得太过突然，正在探讨线路走向的蓝田他们一头雾水。见勘测队员没有反应，为首者一个箭步蹿上前，就要去拔花杆。

抓住拔花杆的手的同时，蓝田反应过来了：眼前的人是毕摩，在彝人中最受尊敬。这根花杆，对他和他们，也许构成了冒犯。

两名随队的彝族解放军战士从远处跑了过来。

"这是花杆。"其中一个说。

"搞测量，修铁路用的。"另一个说。

毕摩脸盘子精瘦，声音却很粗壮："路有宽的有窄的，有泥巴的有石头的，哪有铁的？"

这边还没想好怎么解释，毕摩又盯住了队员手中的经纬仪："你们敢打穿山镜，我就敢让你们有来无回！"

彝族战士急得话都快说不利索了："果基……他们都是……果基头人请来的朋友！"果基小叶丹同刘伯承彝海结盟，大小凉山地区无人不知，彝族战士隔空搬救兵，算得上急中生智。

毕摩紧握神铃的右手，和声音一起上扬："骗人的是魔鬼！让你骗人的也是魔鬼。杀了你，杀了你们！"

身披擦尔瓦的人，举起了棍棒锄头。

彝族战士"哗啦"拉开了枪栓。

化干戈为玉帛的是一小袋盐。挺进凉山前，地方干部的一句话，蓝田记在心上："彝人眼中，盐巴贵过黄金，关键时刻，一袋盐比一杆枪好使！"

其实一开始，这句话他并没有太在意，直到一段民谣钻进他的耳朵："四条腿的猪喂不起一头，两只脚的鸡养不起一只。饭当盐巴添，盐当金子看。能给我温暖的是太阳，太阳离我们又太远……"

蓝田拿出随身携带的盐袋，含笑送给毕摩，让小战士告诉对方，等我们把路修通，盐巴会多多地运到这里。

毕摩紧绷的脸松弛下来，锄头棍棒也像被施了魔法，眨眼消失不见。

队伍往前走，来到喜德境内的瓦吉木梁子。

那是一个傍晚，队伍回撤，遇上大风。那风，吹歪人身，吹乱脚步。风刮得紧，天空又下着大雪，本已难走的路，更加崎岖难行。

瓦吉木梁子最高处海拔三千八百三十八米，最低处海拔一千七百米，靠近山顶处无人居住。队伍只能找个山洞将就一夜，可山洞不是说有就有，下到半山，一行人还在摸索前进。

走着走着，有神来助，前方出现了一座石屋。

"神"是李陶。准确地说，是他探照灯般的眼睛。

走到近前，却发现石屋木门紧闭，屋内动静全无。

小战士意欲敲门，蓝田伸手拦住。民主改革尚未深入到凉山腹地，没和头人接触过，同当地村民打交道，容易产生摩擦。

多亏李陶眼尖。石屋旁有一间羊圈，不挡风不遮雨，挫一挫风雪的气焰想来可以。

李陶猫腰钻了进去。

两名战士紧随其后。

哪还顾得了许多，其他人争先恐后往羊圈里钻。

迟疑片刻，蓝田钻了进去。他是四川人。四川人爱说一句话，哪里黑了哪里歇。

一声"阿嚏"从郭彝鼻孔里挣脱出来。怕把老乡惊醒，郭彝伸手去按，只按住一截尾巴。

郭彝小蓝田五岁，1908年考入四川铁路学堂，后考入唐山路矿学堂，主攻土木工程。1917年毕业后，任京汉铁路绘图员。后来，他先后担任陇海铁路技师兼分段长、浙赣铁路副工程师兼测量队队长、湘黔铁路工程师兼总段长、湘桂铁路工程师兼勘测队队长及总段长，也是铁路选线专家。这次和师兄蓝田一起从成渝线转战成昆线，亦是名副其实的老将出马。

喷嚏声唤醒了小战士的儿时记忆。时光发酵，经历就成了经验："搂一只羊在怀中，相当于盖了几层羊皮。"

郭彝一伸手，立马就触摸到了厚实的暖意。

人一放松，紧张就转移到了羊的身上。"咩"，羊群里的某一只，暴露了自己的胆怯。这声"咩"比那声"阿嚏"后劲大，如同一根引线，引爆了更多的"咩"。

"砰！"

再多"咩"声叠加，都不如枪声刺耳。

"偷羊的，出来！"枪声过后，圈门边上，顶着天菩萨（彝族男性传统发式）的老乡厉声高喊。

费了好一番口舌才说清楚："我们是雀波（朋友），不是坏人。"

并非所有人都能当"雀波"。蓝田他们到达普雄时，赶上当地发生械斗，根本进不去。万般无奈，队伍撤回成都。普雄到乌斯河，成了空白地带。

空白必须填补。

必须尽快。

1953年1月1日，《人民日报》发表题为《迎接一九五三年的伟大任务》的社论，指出"一九五三年将是我国进入大规模建设的第一年",将"开始执行国家建设的第一个五年计划"。社论强调,"'只有重工业才能既改造并推进整个工业,又改造并推进运输业,又改造并推进农业'。工业化——这是我国人民百年来梦寐以求的理想,这是我国人民不再受帝国主义欺侮不再过穷困生活的基本保证,因此这是全国人民的最高利益。全国人民必须同心同德,为这个最高利益而积极奋斗"。

宝成铁路已于1952年动工,成昆铁路建起来,不光能沟通东南亚,还能连接大西南,开发大渡河、金沙江、雅砻江水电资源,为我国的大规模建设提供重要支撑。建设成昆铁路,被进一步提上了议事日程。

1953年春节刚过,西南设计分局派出一支三十人的勘测队,重返大凉山,消灭上次勘测的空白地带。

这一次,准备工作做得足:指导员张禄篷是刚转业的营级干部,队长宾鹏搏业务精通。西南民族学院专门为勘测队"开小灶",帮助他们了解彝族地区风土人情。此外,勘测队雇了三十个民工,西康省驻军派一个连保驾护航,越西县挑选一名彝族科长担任向导,沟通地方关系。

每到一地,勘测队都把头人请到营地,端出几个小菜,捧上一碗热茶,把为什么要来勘测,修好铁路有什么好处,推心置腹地说给他们听。很快,头人弄明白了:"你们穿便服的是毛主席的娃子,穿军装的是朱老总的娃子,跟红军是一样的。"

过了头人这一关,往后就好办多了。晚上,几十顶轻型帐篷立起来，汽灯一点，黑影就躲到了一边，周边村寨的老乡远远望着，羡慕不已。张禄篷说："他们喜欢，就请他们来，头回生二回熟，三回四回是朋友。"勘测队有一个干电池收音机，块头很大。收音机立在营地前，广播、音乐一响，村民们人在家中，心在路上。有"会说话的铁匣子"牵线，双方对话有了平台。当地群众不认得人民币，勘测队便用盐巴、布匹交换米、肉、土豆，村民从四面八方赶来，荒凉的山谷变成了热闹的市集。

慢慢地，秋毫无犯的勘测队，成了彝族同胞眼中的"金丝鸟"。李本深是勘测队四名技术干部中的一个，他对这一片雄山奇水情有独钟，也喜欢上了当地同胞的热情耿直。为此，李本深没少学习彝语。人家打招呼："卡波鲁？"李本深知道这是问他哪里去。场景合适，他也会来上一句："一古波鲁。"人家知道他这是在说"我要回家了"，欢喜不已。

终于到了勘测队完成作业，"一古波鲁"之时。挂满花杆、板尺的汽车发动了，前往送行的当地干部、彝族同胞，有的抬起袖子抹泪，有的追了上去……

前赴后继的步勘草测，为制订《成昆铁路路线设计意见书》奠定了基石。

线路走向，三个方案备选。

第一，东线方案：从成都起，与成渝铁路成都至内江段共线，自内江与成渝铁路分线，向南偏西经自贡、宜宾进入云南省境内，经水富、盐津、彝良、昭通，进入贵州省境内威宁

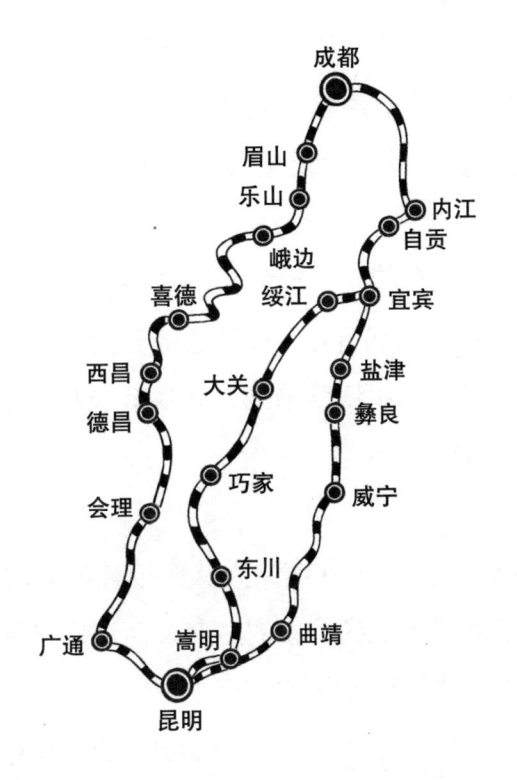

西南设计分局于1953年提交的《成昆铁路路线设计意见书》提出了西线、中线、东线三个线路走向设计方案。图为成昆铁路线路走向设计方案示意图（左为西线，中为中线，右为东线；标注部分站点）

县，复入云南省宣威、沾益、曲靖折向西，经马龙、寻甸、嵩明到达昆明市。线路全长一千一百一十二公里，其中需新建线路八百八十九公里。

第二，中线方案：从成都起，与成渝铁路成都至内江段共线，自内江与成渝铁路分线，向南偏西经自贡、宜宾折向西，经屏山，跨越金沙江进入云南省绥江、永善、大关、巧家、会泽、东川、嵩明，由北侧到达昆明。线路全长一千零三十三公里，其中需新建线路七百八十公里。

第三，西线方案：从成都起，经眉山、乐山、峨边、甘洛、喜德、西昌、德昌、会理、广通至昆明。线路全长一千一百六十七公里（后调整为一千零八十三公里），均需新建。

成昆铁路当然有苏联"老大哥"的支持。1953年3月，成昆铁路线路讨论会在成都召开，应铁道部西南铁路工程局设计分局局长布克之邀，苏联铁路选线专家基甫卡罗、捷列申科、波波夫等人全程参加。

为何是当然？

早在1949年3月中国共产党人从西柏坡前往北平"进京赶考"时，他们就已意识到，新的时期如何建设好目前千疮百孔的国家，是中国共产党将面临的新的挑战。

1951年5月23日，西藏和平解放后，中央人民政府立刻启动编制国家经济发展的第一个五年（1953—1957）计划。

1952年7月，周恩来、陈云主持制定的"一五"计划粗纲出炉。此后，中苏双方磋商确定，苏联在我国第一个五年计划期间，向中国提供一百五十六个援助项目。这些项目涉及钢铁、煤炭、冶炼、发电、造船、航空、建材、交通运输、兵器、机械电子、化工、纺织等方面，由六百九十四个大中型建设项目组成。此间，苏联派出上万名专家提供技术支援。

实际上，新中国的建设工地上，早已活跃着苏联专家的身影。1949年，中国钢铁产量仅十五点八万吨。为此，苏联专家西林建议成渝铁路就地取材，多建石拱桥，沿线一百多座隧道和大小涵洞，尽可能以石料砌筑边墙和隧道拱圈。从那时起到

1965年，铁道部一共聘请了三百六十六名苏联专家为中国铁路建设把脉、支招。此时的苏联是可靠的"老大哥"，中国人普遍认为，苏联人民吃的是牛奶面包，住的是楼房，看的是芭蕾，工人在现代化厂房生产，农民在集体农庄劳作，如果能把中国建成苏联的样子，再好不过了。

三条线路，用三张图纸挂在墙上。

这道选择题怎么做，话筒先给了"老大哥"。

"东线方案仅仅做了部分草测，还是用旧版军用地图拼接定线，粗糙，潦草，资料半半拉拉，完全不用考虑。"专家组组长基甫卡罗首先发言，"好在——中线可行。"

"好在中线可行。"基甫卡罗将刚刚说过的话重复一遍，意有所指。

欠欠身子，郭彝说："虽说西线线路偏长，地质条件复杂，但也不是完全不能考虑。"

"中线谁在牵头？"基甫卡罗明知故问。在场的人都知道，三条线各有一个牵头人，中线郭彝领衔，西线蓝田负责，东线由刘霄亭主持。

郭彝笑着回答："这是两回事。"

基甫卡罗紧接着说："你刚才介绍中线时还说，中线里程最短，工程最省，坡度最小，地质构造相对简单。"

郭彝收起笑容，说道："但是我也说了，除了云南东川地区有一个铜矿，中线沿途矿产资源并不丰富，通过的重要区域也不多，而且人口少。西线通过的地方百分之七十是少数民族地区，眉嘉平原、西昌盆地、滇中高原又盛产粮食和经济作物，大渡河、金沙江、雅砻江水电资源丰富，铁路从这些地方经过，不管政治意义还是经济意义，都非比寻常。"

基甫卡罗说："你是工程师，不是政治家，也不是经济学家。你得明白，技术人员要考虑的是路，不是人。否则，你就失去了工程师的资格。"

郭彝快速回答："如果不是为了方便人们出行，盘活各种资源，我们何必修路？"

"乌斯河到红峰，高差一千六百零六米，你来告诉我，火车怎么上去？！"基甫卡罗双手压住桌子，身体前倾。

布克把目光投送到郭彝脸上，是想为他变得激动的情绪踩一脚刹车。郭彝恰恰把这"刹车"当了"油门"："展线，展线可以解决这个问题！"

"展线不是万能的！"基甫卡罗站了起来，"一座山接着一座山，一座山高过一座山。这里是地狱之门，铁路禁区！"

讨论会不欢而散。可总得拿出意见供上级决策。双方专家被布克重新请进会场。

基甫卡罗说了，技术人员要考虑的应该是路，不是人。这一次，郭彝就路论路："从莫斯科到阿拉木图，从贝加尔湖到新西伯利亚，苏联火车差不多都在平路上走。平原上的公式套到高山上，相当于拿拴猫的绳子套马。为什么就不能换条绳子试一试？"

基甫卡罗要求一直保持沉默的蓝田说说意见。蓝田的考虑应该和郭彝有所区别。基甫卡罗是这么想的。

蓝田却是不鸣则已，一鸣惊人："我赞成郭彝，走西线。

中国人在自己的土地上修铁路，选择哪条线，最有发言权。因为我们个个怀有赤子之心，懂得如何爱我们的国家。西线不仅要修，而且要抓紧修，等到建成通车了，一定欢迎你们外国专家过来参观！"

"依据呢？依据！"基甫卡罗在桌子上连拍两下。

"西线全线只有大约一千公里，但是我们勘察走过的路，不下一万一千公里，这就是依据！"蓝田说到这里，把头转向记录员，"请你明明白白写下来，'蓝田和他的同事，赞成西线方案'，再把写下来的这句话，当众读一遍！"

蓝田话音刚落，王昌邦走到西线方案图纸前，指着一步步丈量过的线路，用湘音浓重的普通话说："的确如此——最好的选择不是东线，不是中线，而是西线！"

捷列申科并未拿王昌邦的话当一回事："一座山就是一只拦路虎。难道火车可以长翅膀，飞过去？"

王昌邦答："车到山前必有路——实在没有，打一个洞，也就有了。"

捷列申科紧追不放："小相岭的洞，准备打多长？二十公里？三十公里？"

外行看热闹，内行看门道。三条线路的重点难点，瞿鹤程、郝昭謇、胡惠泉等中方与会专家了如指掌，捷列申科的心病，他们也一清二楚。作为成都与凉山之间的最高岭隧，小相岭昼夜温差二十多摄氏度，加上气候多变，即使花岗岩，风化厚度也在十米至三十米之间，工程开挖势必引发大面积山体崩滑。此外，技术所限，开凿长大隧道并不现实，世界范围内，铁路向大山借道，一般都是尽可能绕到高处，尽可能"薄"地打洞钻山。绕到高处，意味着高差加大，蒸汽机车很难爬得上去。

难怪波波夫直接下了结论："小相岭过不去。攀枝花河谷到云贵高原，也是一路上坡，火车同样爬不上去。"

王昌邦的回答打开了思路："二十公里的长隧道打不了，八至十公里的总可以想想办法。沙马拉达隧道的确比较长，但边干边摸索，冲破一个区间，开凿长隧道，不是没有可能。"

波波夫的问题咬得很紧："就算沙马拉达可以打一个八公里的长隧道，普雄到红峰，高差如何克服？"

王昌邦朗声答道："展线！之前已经说过，可以借助展线降低线路坡度。"

展线，是一种用于爬坡的铁道线路。简单地说，就是人为地展长线路，以"大回环"旋转方式达到预定高程，类似自行车走"S"形爬坡。

如果时间可以穿越，基甫卡罗、捷列申科和波波夫来到二十年后的成昆线上，从海拔约四百米的川西平原到海拔一千九百米的滇中高原，他们将会看到，王昌邦牵头设计的七处展线，如同铁龙盘绕，十三次跨过牛日河，八次跨过安宁河，四十九次跨过龙川江，一步步把火车托上云端。

牛日河中游，白果至乃托航距八公里，高差一百九十五米。为爬此坡，乃托展线先是一个马蹄形，转一百八十度过来，再一个螺旋形，转一百八十度回去。展线范围内，有线路三层、桥五座、隧道八座。

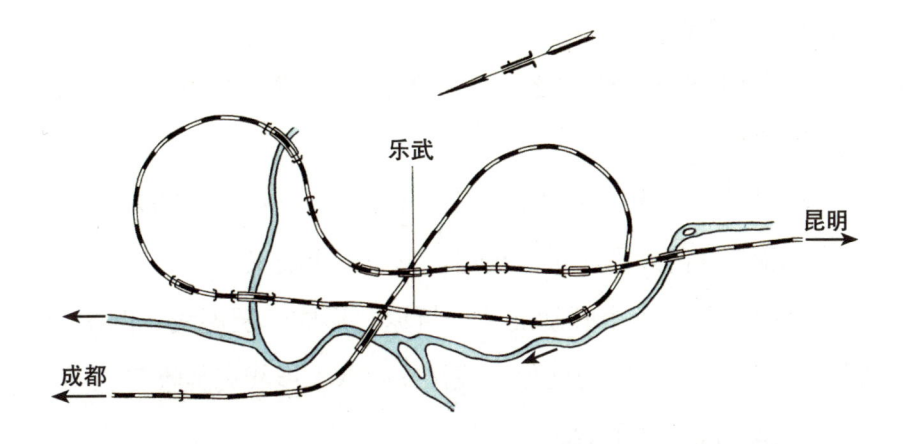

为了克服沿线地形高差，成昆线充分利用展线设计，形成了密集"展线群"。图为乐武展线示意图

出尼波站往南便是"眼镜形"的乐武展线。火车自乐武站下方穿过，从大山背后转了一个大圈，这才进入乐武站。火车出站，并未绝尘而去，而是再次画下一个大圈，才含情脉脉道了再见。

沙马拉达隧道至两河口，直线距离不过四公里，高差却达二百一十五米。韩都路展线和两河口展线首尾相接，接力降低线路坡度。韩都路展线基本上都在隧道里，列车一路下行，一路在大山肚子里旋转。

越过米市河，列车进入两河口展线。两河口展线有两个马蹄形，上下共三层。从高处俯瞰，三条铁路横穿一个村庄，列车的进口、出口，居然是同一个方向。两河口展线另一奇观，是一个村子里设有新凉、铁口两个车站。

列车驶过攀枝花，六渡河展线、巴格勒展线、法拉展线，又在前方等候。

羊臼河站与小村站之间，六渡河展线两次转体三百六十度，延展线路十公里。

小村站至阿南庄站区间的巴格勒展线是一个螺旋形隧道，整个螺旋都在隧道里，进口出口，形成一个交叉。

法拉展线，一个螺旋加两个折返，形成三层展线，四次跨越龙川江。火车下行至此处，成昆铁路八大展线完美收官。

可是时间，并不能真的穿越。

苏方没有说服中方，中方也没有说服苏方。论战到了最后，习以为常的对于"老大哥"的崇拜有如无形之手，打破了天平的平衡。设计分局向铁道部推荐了中线方案，铁道部随即决定，初测中线方案。

当时的铁路勘测设计，遵循苏联模式，分三个阶段。第一阶段是草测，完善可研报告。在1∶50000军用地图上选线，拿出可研报告的工作已在前期完成，这一阶段的重点任务是确定越岭隧道、长隧道位置，以及特大桥、复杂结构大桥桥址，开展特殊地质条件地段线路勘选。第二阶段是初测、技术设计，亦即在线路走向基本确定的基础上，完成1∶2000带状地形图以及桥址、隧道洞口等地形测绘，完成线路平面设计、纵断面技术设计，完成桥、隧、站等初步设计。第三阶段是定测、施工图设计。定测是通过现场放线，把平面设计"钉"到地上。施工图设计不可能一蹴而就，采取分批绘制的方式滚动提供。

中线初测，又有李本深。

成昆西线草测完成后，李本深被分配到铁道部第十四勘测设计总队一分队。中线初测，正好由十四总队承担。

初测的重点工作是地形测绘。当时，按照苏联规范，测量地形须用平板仪测绘方向，用经纬仪测量距离、高度，须由经验丰富的工程师完成。李本深不是工程师，但是鉴于他有宝成铁路改线、成昆铁路西线草测经历，也被当成了工程师用。

一分队队长容永乐留着八字胡，人称"阿胡子"。"阿胡子"能和青年人打成一片，打球、跳舞、打牌都在行，干工作更是一把好手。总队将最困难的地段交给了他。其他分队分布的内江、宜宾、屏山，多为丘陵及一般山区，一分队初测的第一段屏山至绥江，第二段绥江至雷波，山高川大。

在山区使用平板仪，严重受制于俯仰角，测点极为困难，每天只能测地形点两百点左右，地形组吃尽苦头，进度和质量却上不去。不甩掉平板仪，任务完不成。李本深想全部使用经纬仪。请示、汇报，没有人敢拍板——改变苏联的规范，就是向"老大哥"学习的态度有问题。领导不支持，李本深也不吭声，操作却全部使用经纬仪，只在领导来时，摆上平板仪做个样子。久而久之，他们的做法瞒不住了，其他分队纷纷效仿。由此而来的变化是测绘速度、质量双提升，创造了一天测绘一千多点的西南设计分局最高纪录。李本深带领的八人小组被命名为"李本深地形组"，荣登《勘测通讯》。

有了地形点便有了主动权，先期用平板仪测绘的地形图，统统返工重来。

西南设计分局检查地形图质量，标准极为严格。进行绥江至雷波间的地形测绘工作时，原定测1∶5000图，测了一段又说不行，须将1∶5000改成1∶2000。这是测绘困难的代表地段，等高线极为绵密，现场难以完成绘制。技术干部每天加班到深夜，第二天六点半"闻哨起舞"，雷打不动。那时也没有一分钱奖金，但是到了工地，想着这是为祖国建设做贡献，人人浑身是劲……

1954年初，中线初测结束，初步设计随之展开。西南设计分局稍早前由重庆迁至成都，初设工作在位于成都市通锦路的局机关里进行，设计文件组成与内容编制，严格遵循苏联范式。

赶在国庆节到来前，设计分局拿出了设计成果。

汽车载着设计文件，日夜不停地驶向北京。选择中线方案，似乎已板上钉钉。

锤子没落下去，铁钉就可能钉在别处。

世上没有不透风的墙，中苏专家的选线之争，铁道部领导早有耳闻。因此，接到设计文件，铁道部并未贸然批复，而是要求将双方争论情况补充上报，王昌邦所言所行，被特别要求记录在案。当年，"苏联的今天就是我们的明天"，"反潮流"的王昌邦铁定会吃不完兜着走，他的同事、朋友都这么认为。他们并不知道，铁道部内部，中线方案与西线方案之争，同样也未达成一致意见。

线路到底怎么走，这个决定，最终由总理一锤定音。

没有比这更巧的了。收到铁道部的请示不久前，工作人员在周恩来总理办公桌上放了一份报告。报告核心内容为，当年6月，南京大学地质系徐克勤教授带领学生到川滇交界处开展找矿实习，在后来被叫作攀枝花的地方及其周边，发现了超级富矿：铁矿石，七亿吨；煤炭，三亿吨；二氧化钛，八百万吨；五氧化二钒，两百万吨。此外，还有让人眼花缭乱的钼、镍、金、铂族等稀有金属和非金属矿五十余种；周边地区矿物储量更是多达几十亿吨！

这一激动人心的重大发现，并非毫无先兆。1935年，中国西部科学院地质研究所主任、研究员常隆庆被派往会理调查叠溪大地震引起的"金沙江断流"问题。此行，常隆庆意外发现金属矿物成矿条件，遂将调查重点转向了宁属（今凉山彝族自治州、攀枝花一带）各县地矿资源。从会理步行到三堆子，沿金沙江上行，经过倒马坎时，在一处江岸上，常隆庆发现了铁矿石。1937年9月，常隆庆根据这次历时半年、周历七县的调查写成了《宁属七县地质矿产》。在书中，他直抒胸臆："安宁河流域矿产之丰，为西南诸省之冠……诚能将由成都经西昌至昆明铁路筑成，则安宁河流域，当为国内极佳之工业区。"

造枪铸炮、修房建屋、筑路架桥……新中国稳固江山，挺立脊梁，离不开钢筋铁骨支撑；新中国擘画蓝图，书写华章，需要五光十色的矿藏萃取颜料。到处都在等米下锅，宁属矿产资源等的发现，犹如稻浪万顷的良田沃野从天而降。

我们的路，能否修到"稻田"边上？

能，则百废可举，百业可兴。

总理需要一个富有说服力的答案。

向着西线，勘测人员杀出回马枪，用脚踏实地的丈量勘察全线，做出斩钉截铁的回答：

"能！"

1956年3月，完善后的《成昆线设计技术任务书》将成昆铁路锁定在了西线。《成都至昆明线设计意见书》，亦在年底出台。

听闻成昆铁路选线大转弯，业界一片哗然。

加拿大铁路选线专家威廉姆斯戏言："中国要在沙滩上建造高楼大厦。"

号称"筑路之王"的澳大利亚人多坎恩，说法委婉一些："真是不可思议。"

美国《当代路志》的评论相对"客观"："面对如此复杂的地质结构，加上比活火山还可怕的泥石流，世人将对未来的成昆线拭目以待。"

同王昌邦争论过的专家直言不讳："即使建成了，不出十年，狂暴的大自然也将使它成为废铁一堆！"

国内同行也有不自信的："走西线，这是毛驴驮石灰——白搭。"

成昆铁路，像一个还未出生就备受关注的孩子。

同时，这个腹中之子也被信任包裹，被赋予爱和希望。

上马了！下马了……

1958年5月，接到大女儿出生的电报，铁道部第二设计院（原铁道部西南铁路工程局设计分局，已于1955年12月更名，简称"铁二院"）二总队政委钟铭荣喜极而泣。

赶回家去是不可能的。铁二院正在做贵昆线（贵阳至昆明）上马前的准备工作，再说，休假该是年底。

电报刚撂下，调令来了。成昆铁路两个月后开工，铁二院党委研究决定，成立成昆铁路勘测设计工作组，钟铭荣负责北段。根据当时安排，成昆铁路分北段、南段进行勘测、设计、施工，成都至西昌为北段，西昌至昆明为南段。

钟铭荣急匆匆赶到成都报到，才知道同月召开的党的八大二次会议正式通过了社会主义建设总路线，通过了提前五年完成全国农业发展纲要的目标。

"苦干三年，基本改变面貌。"纲举目张，1958年的钢产量目标被定在一千零七十万吨，是头一年的两倍。成昆铁路图纸上的三堆子附近，即后来的攀枝花，那时候还是一片荒僻河谷，但是，一座庞大的钢铁城，已然耸立在新中国的规划之中。

铁路也要"大发展"：1957年中国新开、续建铁路项目只有十七项，1958年却是九十四项，一些地方修建的窄轨铁路还不在统计之列。成昆铁路榜上有名，2006年才全线建成通车的青藏铁路，同样上了榜单。

成昆线要大干快上，等不得，拖不起。

建高楼离不开图纸，在"铁路禁区"建铁路，图纸更需先行一步。然而，截至1958年底，成昆铁路西线才完成初测和初步设计文件编制，仅沙马拉达隧道等少量重点工程突击拿出了施工文件，多数工程项目无图可循。

不同路段，前期进展不同，工作深度不同，有如一片森林挡在面前，树木高高低低，只能边勘测、边设计、边施工。

当时北段、南段成立有项目总体组，围绕勘测设计，负责总体牵头、协调各专业方向等工作。留美博士、专家郝昭謇任北段总体设计负责人（简称"总体"），陈光曦、闻式陶、李跃芳、郑凤池任副总体。钟铭荣带队定测，张新华任副组长。大家达成一致意见：根据轻重缓急，需要初测的初测，可以定测的定测，具备条件的，加快制定施工文件。

他们要带四支勘测队去金沙江畔的三堆子，手上却只有一张旧版军用地图。

那个地方闻所未闻。路通不通，路怎么走，路上要走多久，全是外乡人过河——心里没底。钟铭荣、张新华商量决定：分头行动，星夜兼程，八仙过海，各显神通。

峨眉以南，越往前越是举步维艰。

路难行，难到极致，是无路可行。

浊浪翻滚的大渡河切断去路，身后是绝壁千仞。钟铭荣心急如焚，震耳欲聋的涛声，是泼在火上的油。

竹条编成的缆绳碗口粗，系在岸边树上。缆绳上挂一木制滑轮，俗称"溜壳子"，下悬宽大竹片，如挂在秤杆上的秤盘。人坐"盘"上，借助两端高差施展"挪移大法"。

带路的当地彝族同胞阿牛现场演示，队伍里的后生们现学现用，"飞"得倒也爽利。

钟铭荣请阿牛贴身护送郝昭謇过河。郝昭謇参加过成渝铁路勘察设计，算得上"国宝"一枚。

千算万算，难免失算。当郝昭謇和阿牛溜到河心上方时，缆绳不堪其重，变形下沉。滑轮遭逢上坡路，走不动了。

郝昭謇的脸由红变白，又由白变红。河水以每秒八米的流速从身下掠过，晃花了他的眼，加剧了他的心跳。竹缆不停晃动，风也没个头绪，东一巴掌西一拳地拍打着郝博士，他悬在半空，吓得大叫。

阿牛也很着急。他知道这时候最紧要的是保持平静，不要乱踢乱蹬。一千张嘴不如两只手管用，阿牛伸出一只手，紧紧抓住竹缆，接着伸出另一只手，把够得着的前方，拼命拽向自己……岸上的人明白过来了，郝昭謇也明白过来了，下面的"路"，要用双手行走。

河风作梗，晃悠悠的竹缆又在暗中偷劲，时间一分一秒过去，带着"拖斗"的阿牛，体力渐渐不支，溜壳子往前，慢了，更慢了。要是阿牛双手一松，溜壳子滑回河心……想到这里，钟铭荣脑子里一片空白。

以为是眼睛花了，却是真的——竹缆上多出了一双手来！

是郝昭謇的手，博士的手，"国宝"的手！

此岸到彼岸，郝昭謇和阿牛用了三个小时。

人安全了，手呢？

血肉模糊。

继而，模糊了钟铭荣和众人双眼的，是泪。

——说不清是高兴还是难过的泪。

这天，钟铭荣带着总体组核对线路。从上普雄出发，到了下普雄，队员们傻了眼。他们要去牛日河对岸，看看是否具备改线条件，但附近没有人家，河上没有桥，也没有溜索，没有船。

桥，走几公里路才有。为节省时间，钟铭荣下令就地涉水过河。

牛日河水深不如大渡河，但是流速很快。河水淹到了男队员胸口，女队员个头矮些，水花溅到鼻尖。钟铭荣和身强力壮的队员手挽手连成人墙，三个女同志、三位老同志扶着人墙过完河，他们才互相搀扶着上岸。

外出勘测都是轻装前进，"轻"到三个女同志合用一个蚊帐，头和身子蜷在里边，腿和脚留在外面。哪怕再"偷懒"，必要的装备少不得，资料包缺不得。这时候，这些东西顶在头上，得用手牢牢稳住，以防它们掉入河中被河水卷走。

过完河是中午十二点，钟铭荣指着两片树林发了话："左边，男的；右边，女的。"

队员衣服没一寸干的，资料包多多少少沾了水，晒干衣服和资料接着赶路，队长是这个意思。

事情传进院里，钟铭荣挨了铁二院院长牟友民的批评："没出事是十八勇士过河，出了意外，勇士就成了烈士！"

无路可走的路，似乎没有尽头。

瓦吉木梁子上多的是险山峻岭，荆棘载途。人上山，无非出几身汗。钻机上梁子，麻烦大了。机头几百斤，钻架、钻杆、套管加起来，一个机组几吨重。

钟铭荣去喜德县政府借人，接待他的县上领导摊开一堆难题。钟铭荣急出一句话："你们有困难，我去找西昌行署。"

县上领导一把抓住他的手："火车从喜德过，我们也要沾光。有困难是真的，要出力也是真的。"

部队沿途设卡，县长现场指挥，各路汇集的劳动力，手抬肩扛，大踏步迈向瓦吉木梁子。

折回身，沿大渡河勘测，困难指数翻番。

位于乐山专区的道林子隧道测量，必须下到六十多米处的绝壁作业。腰系安全绳，老工人李万明成了悬空的鹰。

安全绳一尺一尺地往下放，李万明一点一点地往下沉。下到控制点，拿砍刀清除杂草，用钢尺测量距离，每得出一个数字，李万明仰头报告一次。

下到三十米处，大渡河的咆哮，淹没了李万明的声音。凌空作业消耗了一多半体力，李万明如果此时请求"上吊"，也在情理之中。然而，一想到草草收场，蓝图上留下一个空白点，线路质量就无从保证，他又下决心坚持到底。

李万明从衣兜里掏出小本子，自己砍草，自己测量，自己记录数字。两脚偶尔在前凸的岩石上短暂歇歇，头撞破了，手划破了，李万明依然在下沉，下沉，直到最后一个控制点测量完毕。

李万明平安归来，勘测队雇用的帮工罗格乌达则没有这么幸运。这天，罗格乌达攀绝壁运送材料，滚入河中，再也没有回来。

除了险山恶水，还有与人民政权对立的奴隶主制造的障碍。

1964年被击毙于沙马拉达隧道附近的罗洪木呷，曾是一手遮天的奴隶主。民主改革时，人民政府从民族团结出发，安排他到县上当了干部。然而罗洪木呷明里拥护人民政府，暗里却行凶作乱。

这天，罗洪木呷派人到勘测队驻地带话，说彝汉一家亲，邀请队员们晚上开联欢会。加强民族团结是好事，钟铭荣不假思索，一口应下。来人走后不多久，队员报告，有个老木苏（彝语，老年人的总称）在营地帐篷门口挂了一个牛尿脬，问他有何讲究，他却是欲言又止。钟铭荣听人说过，彝族同胞挂牛尿脬，喻示凶灾来临。找到那个老木苏仔细打听，果然，罗洪木呷想借着开联欢会的机会，杀害勘测队员，烧毁勘测资料。

勘测队决定马上转移。罗洪木呷狗急跳墙，夺了附近钢厂八支枪，意欲渡过牛日河，追杀勘测队。好在队里有四个彝族公安、十支快枪，牛日河上的溜索易守难攻，罗洪木呷的阴谋才没有得逞。

上成昆线时，王永国十九岁。

没有语言能描述王永国心里那份激动。1958年7月，他从成都铁路工程学校毕业，适逢成昆铁路开工仪式在沙马拉达隧道口举行。当年学校五百多名毕业生，多数分到全国各地。作为少数分到成昆线的"幸运儿"，王永国甭提有多高兴。

平原上修铁路难度不大，"武功"用不出来，王永国有些泄气。心气再次高起来是1959年1月，他被正式分配到成都铁路局精密测量队。2月下旬，五十多人的精测队，从成都平原开向沙马拉达。

钟铭荣带队定测，只是确定隧道走向、长度，精测队的任务，和钟铭荣他们的又有不同。特长隧道、特大桥施工过程中，需要根据建设进度不断开展测量，掌握平面位置、高程、建筑物之间的关系，进行过程控制。王永国他们要在隧道定测的基础上，布设精密测量控制网——三角网或导线网，使用精密仪器，开展专业测量，保证隧道正确贯通。

精测队的指导员王永波参加过淮海战役，行政副队长王肇卿参加过抗日战争，技术队长孙承忠担任过宝成铁路精测队长，光是这些人、这些人的分量，就让王永国先前的泄气口变成了充气口——加入搏击长空的队伍，即便是一只雏鹰，翅膀上也会闪耀英雄的光辉。

这束光照亮了王永国人生长路上第一个驿站，点亮了他与铁路相依相伴的一生。铁道部编制的《铁路测量技术规则》，20世纪八九十年代两次修订，"隧道测量"部分由他执笔；1992—1997年编写、1998年出版的《铁路测量手册·隧道测量篇》，仍是他挑大梁。

汽车昼夜疾驰，经过雅安、泥巴山、汉源、拖乌山，三天后到达长途客运终点冕宁县泸沽镇，再由工程队的货车接进喜德县。

　　车厢里本该是三百六十度视角，然而过喜德县城不久，王永国的视线就四处碰壁。群山高迈，道路曲折，泥巴路上，大坑套小坑，深坑连浅坑。车厢里有人呕吐起来。

　　王永国却是难掩兴奋之色。目之所及，全都是雪。从小在成都平原长大的他，哪见过这银装素裹的山、铺天盖地的雪。

　　从指导员王永波到技术员王永国，住的都是干打垒，睡的都是大通铺。趴在蓬松的山草上，王永国提笔给家里写信。奇闻逸事从笔尖涌出，像纷纷扬扬的雪——

　　驻地附近都是彝族同胞。精测队从喜德县武装部借的枪，他们没见过。电筒和眼镜，他们没见过。被子、鞋袜，他们也没见过……正因为没见过，他们一开始躲得远远的。有胆子大的，拗不过好奇心，慢慢找机会向工棚靠拢。王永国的枣红色被面上，牡丹大朵大朵地开着。一个老木苏伸出手指摸了一下，迅即收了回去，触电似的。他鼓起勇气又摸了一下，嘴巴才窄窄开了一条缝："黑吉黑，瓦吉瓦。"目光落在王永国的球鞋上，又是"黑吉黑，瓦吉瓦"。精测队翻译小李说："他在说好呢，在说'巴适，安逸'。"

　　王永国也没见过这样的人：泸沽镇的廊桥下、店门边，身子一蹲，眼睛一闭，睡了。天是罗帐地是床，身上的擦尔瓦，白天是衣服，晚上是被子。大冬天里光着脚，踩得雪"吱吱"乱叫。细看那脚，像一截老腊肉，看不清皮肤，看不见趾甲。有个老木苏来得勤些，看起来精神矍铄，却是羞讷少言。时日稍长，生分冰释，王永国趁其不备，将他的一只脚捉在手中——王永国想知道，这令覆盖万物的冰雪也低头臣服的脚底板，与"一般人"的有何不同。这才发现，厚如刀背的茧，从老木苏的脚底前掌铺到后跟……

把异乡见闻如数家珍地告诉家里人时，王永国心中，有新奇，有兴奋，有得意，有欢喜。他得意的是羽翼未丰的麻雀与振翅翱翔的大雁结伴同行；他欢喜的是，等到成昆铁路建成，沿线群众的眼界将被打开，生活将被翻新。

收到他的信，一家人却吃不下饭。年迈的奶奶，难过得掉了眼泪："可怜我家孙娃，扔进深山老林，甩回了原始社会！"

王永国哪里想得到，自己寄回家的不是信，是催泪弹。再说，每天一睁眼，忙得姓啥都不知道，他也没工夫东想西想。

大队伍到来前，工程师王宗樑已带着两个测工和从公路局借来的四个工人先行抵达。他们要为成昆线最长隧道沙马拉达做前期测试。虽然精密导线测量工作已做过一遍，但是稳妥起见，又换人测量，再来一遍。

从眼神里看出了王永国的心思，王宗樑问他，愿不愿和自己上山搞第二趟导线。王永国正想说求之不得，王宗樑又说了，我们住的不是大本营，是瓦吉木梁子的半山腰。那里只有一户人家，租来的房子上下铺都已住满，去了只能住羊圈。

人在羊圈，心在高天。蓝田的大名他不陌生，蓝田他们抱羊取暖的故事他早有耳闻。蓝田也是为成昆铁路来到大凉山，住在瓦吉木梁子的一间羊圈。王永国想，淋他们淋过的雪，吃他们吃过的苦，走他们走过的路，这是隔着时空的重逢，前赴

第一章 先行者 045

后继的接力。只有经历过酷暑烈日淬炼，暴风骤雨摔打，一只鸟才能高飞，一棵树才能长大。他默念起了高尔基《海燕》里的句子："让暴风雨来得更猛烈些吧……"

猛烈起来的是王宗樑的踢门声："起床了，快快快！"

必须得快。很多工作二十四小时都可以干，观测却只能在时间窗口里进行。春天，瓦吉木梁子上，黄金观测时间是早上7时到9时。因为太阳出来半小时后，地面水分蒸发，空气扰动，观测质量没有保障。在此之前，空气清亮，成像稳定，观测数据最是可靠。

从住处到观测站要走一个半到两个半小时。倒排时间，吃饭，做饭，洗漱……起床闹钟，定在四点半。

很多时候，抓着馒头在啃，扛着仪器在走，王永国的眼睛却是半睁半闭的。

第二趟导线测量完成赶上"五一"，小分队回到大本营。"喜"上加"节"，本可以放松一下，哪料技术队长孙承忠说："之前测的不作数，重来。"

王宗樑的眼睛瞪得鸡蛋大，他实在搞不懂这是为何："我们独立测了两次，导线七公里长，终点横坐标相差仅仅十五厘米！"

孙承忠答得干脆："直伸导线虽然简约直观，却没有严格的检核条件和精度评定条件，不能排除偶合！"

他的意思是要用经典的三角网测量方法再测一遍。至于原因，别说老将王宗樑，就连新兵王永国也知道：沙马拉达隧道是全国第一长隧，不容任何闪失。

1959年6月，孙承忠亲自主持，重新布网设计沙马拉达隧道控制测量方案。除了对选点布网有参考价值，前两次测量前功尽弃，王永国心中酸涩。回想起小分队驻扎在瓦吉木梁子一个多月，除了一起工作的七个人，一个外人不曾见过，最"高级"的娱乐活动，不过是看看书、听听收音机、打打纸牌，他的胸膛里甚至有几分悲壮感。

五个多月后，任务结束，王永国请了年休假。紧紧搂住从"原始社会"回来的孙子，奶奶的手，许久不舍得松开。

再舍不得，假期一满，王永国还是得走。

这一回去了关村坝。成昆线第二长隧将在这里开掘。洞子进口在乐山金口河，出口逼近雅安汉源地界。

忧惧的感觉在瓦吉木梁子上也曾有过，却不如这一次来得凶猛。

这里根本没有路。不仅没有公路，连羊肠小道也没有。所谓的路，是大渡河在群山之中硬闯出来的。你看那流水，真的叫一泻千里。你听那涛声，哪一句不是在说，想要借道，没门儿！

比起水，山硬了何止百倍。不光硬，还高，从山顶到山脚，落差一千多米。王永国让目光先去山顶报个到，但目光还在半道，草帽便从后脑勺滑了下去。王永国去时是正该草木葳蕤、山清水秀的初夏，这里却游离在季节之外，山空且光，只有星星点点的绿。稀疏绿意怎兜得住沉重目光，目光一打滑，他的心跟着下坠。

难怪，此地被称为"地狱之门"。

勘测人员攀陡崖，越激流，上山到顶，下沟到底，找出地质问题，为成昆铁路的设计施工提供依据。图为勘测人员在汉源老昌沟进行地质勘察（摄于20世纪50年代）

不能正面硬闯，那就迂回登顶。常常是出去一趟好几天，遇着岩窝住岩窝，碰着瓜棚住瓜棚。一天晚上，他们在放羊人的窝棚借住。天亮睁开眼，裤带不见了，裤子也不见了。第二天的测量控制点选在一处高埂，一地都是蟑螂。盘古开天地后，这地方大约就没人来过。

从河道借过的情形也是有的。关村坝隧道全在山肚子里，越往出口走，越是贴近大渡河，这对沿中线测量是不小的挑战。进口到中段可以用三角网测量，中段以后布置不了三角网，就得人到对岸，通过导线环、导线得出测量数据。船过得了的地方坐船，船过不了的地方滑溜索。实在不行，靠两条腿绕，大不了多走几段弯路，多出几身臭汗……

也是1958年，罗良才上了成昆线。他是高王永国两个年级的校友。

成都向南，成昆线上第一座隧道得名"陆槽"。陆槽隧道在乐山沙湾，102队被派到这里，罗良才担任技术主管。

陆槽隧道二百七十米长，施工难度不大。一个实习生，四个测量工，罗良才拉扯起一支队伍。新手越多，工作越不能打马虎眼儿，每个晚上，罗良才都要进行施工总结，把第二天的工作任务梳理成一份清单。

紧挨陆槽隧道的丰都庙隧道开工开得很急。丰都庙隧道不是一个隧道，而是隧道群，编了1、2、3号。该"群"也是102队负责，工人有三四百号。

队伍看起来兵强马壮，实际却是"虚胖"。技术人员严重不足，只有从矮个儿里面挑高个儿，火线培养。以前管内业的高中生宋万清，当了3号隧道的技术主管。

罗良才肩上担子添了重量。五百多米长的1号隧道交给他，只是第一步。原来他只管陆槽隧道，只管技术。现在不同，两个隧道的生产管理，队长李永成也托付给他。干什么、谁来干、怎么干，他说了算。

队长是工人出身，工作作风没的说。但回到技术上，半天才和他说得清楚。如今一竿子插到底，技术措施没有跑冒滴漏。罗良才也乐得负责。

王永国去大凉山是进了"原始社会"，罗良才人虽在沙湾，日子却也不好过。

先看吃的。馒头，稀饭，酸菜，土豆，上顿是这样，下顿也是这样。

再看住的。编好的竹子立在地里，糊上一层黄泥巴，就是墙了。屋顶铺稻草，雨天漏雨，晴天漏星星。

工具也很"原始"。打眼，填药，放炮，全是手工操作。碴儿石从岩上扒下，用斗车转运。一车碴儿石半吨重，没有动力牵引，全靠两只手推。车虽沿着轨道走，但每一趟都像滚石上山。

就是这样，"快速掘进队"流动红旗，还是被罗良才的队伍一举拿下。那天出隧道，见路边停着一辆吉普，罗良才想，没准儿是哪个领导来检查工作了。还真让他猜对了。廖诗权，1930年参加革命工作，敲过日本鬼子的脑袋，时任成都铁路局局长。公路从隧道口经过，他执意要下车来看看。102队驻地就在旁边，廖诗权信步走进一间屋，恰巧是罗良才和他带的实习生、测工的宿舍。罗良才的床板不过五十厘米宽，廖诗权翻看床头表册，看小说般入了迷。

廖诗权和罗良才聊了一两个小时。临走，廖诗权对处长说，罗良才是个干事的，他要怎么干，由他怎么干。

罗良才干得更带劲了。1960年，全年三百六十六天，他只有一天没进洞子。没进洞子是因为停电，风枪没法工作，鼓风机转不起来。这一天差点把罗良才憋出病——离开洞子的他，是沙滩上的鱼。

1961年5月，罗良才转战百家岭隧道。大约也是这时，从关村坝抽身出来，王永国又去了沙马拉达。施工队有技术人员，正如陆槽隧道、丰都庙隧道、百家岭隧道有罗良才，但施工当中，阶段性复测、引线，还得负责精测的王永国他们出马。

跃进牌大巴车在盘山公路上昼夜疾驰。凌晨4点半，四下一片漆黑，车前两根光柱不停跳动。离石棉县城十多公里处，汽车打了一个滚，摔到公路下面。哭声、喊声、呼救声，霎时响彻山谷。

"费德政，仪器怎么样了？"王永国大声冲前排喊。

"抱在怀里呢，好好的！"

费德政后来"怼"王永国："汽车翻个底朝天，你该先过问我。"王永国多少有些汗颜，可当时那么问，他并不觉得奇怪："你怀里的仪器上万元，国家这么困难，当然先关心仪器！"

此时的沙马拉达，困难肉眼可见：电力严重不足，鼓风机、抽水机无法工作，新鲜空气送不进去，烟尘和水排不出来，隧洞里尘烟弥漫，浊水汹涌；供应上各种短板，一线工人的安全帽破破烂烂。施工虽在继续，工人只剩下高峰时的四分之一，还都被粗糙的伙食和缺位的劳保，搜刮走大把力气。人往洞里走，王永国的心，像是泡在没过膝盖的积水里。等到钻出洞，一句忍了又忍的话，从他嘴里跑出来："这样干下去，再过二十年，这洞子也休想打穿！"

回过头，看看去了百家岭的罗良才。

这是成昆铁路北段第一座超过二千米的长隧道，地质条件和修建难度，比陆槽隧道、丰都庙隧道难出许多。

如果洞子是啃出来的，现在肯定是在啃骨头。

真有骨头啃，睡着都要笑醒。事实却是，去百家岭不久，罗良才没了瞌睡。

——太饿了！

供应紧张，1959年就有苗头。紧张归紧张，头等紧要的物资，当时没打折扣。拿粮食来说，每月定粮，干部二十一斤，工人三十多斤，开挖工体力消耗最大，四十五斤，并无缺斤短两。这会儿却是吃不饱了，炸药、雷管、风枪钻头、支撑架所需木材，也经常"有上顿没下顿"。

饥饿的潮水一浪高过一浪。罗良才躺在床上等天明。天明也使性子，你惦念它，它偏疏远你。那就透过屋顶的茅草缝隙数星星。一颗，两颗，三颗……头顶飘来一片乌云，罗良才数不下去了。那就数羊吧——哦，这个更不能数，数出肉香还了得！

索性穿衣起床。出门没走几步，他远远看见伙房转角灯下，有人影晃了一下。罗良才稍作犹豫，向着灯光迈开了步。

天快亮了。伙房里亮着灯，门虚掩着，有人声自门缝传出。

罗良才进了伙房。亮晃晃的白炽灯下放着些馒头，原本又黑又瘦的馒头，此时在罗良才眼里却白白胖胖的。饥饿的本能促使罗良才抓起馒头往嘴里塞。厨房师傅吃惊地大张着的嘴，却没有发出声音。

啃完馒头，罗良才流泪了。

这样的事不能再干，可饥饿千呼万唤，怎能一声不吭？那天的午饭，清水煮玉米。罗良才的筷子没有急着去嘴边报到，而是拿出内业计算的硬功夫，和碗中餐一粒粒打了照面。

二百一十七粒。

再数，还是二百一十七粒。

罗良才找到队长李永成，没好气地说："快去抓一只鸡来。"

队长当他说胡话，没好气地回了一句："咋不抓天鹅？天鹅肉只怕更香些。"

罗良才也不兜圈子了："我就想看看，碗里这点东西，够不够一只鸡吃！"

三年困难时期，全国人民都在饿肚子，罗良才并不是成心为难队长。办法还得自己想。工人开荒种了土豆，收成如何很难说，且尚未成熟，"远水"解不了近渴。若在洞内，裤带勒紧一点，再勒紧一点，这是现成的经验。要是在外面测量，树上挂的野果，埋在泥土里的根茎，都是可以打的"秋风"。天上飞的蚂蚱，到了眼前的，保证有来无回。吃法短平快，不用活剥，生吞便是——人快饿倒了，哪还顾得上恶心。也有队友发明出一个"高级吃法"：放到火上烧烤。

这样的日子如何长久得了？成昆铁路，不得不停止施工。

这已不是成昆铁路第一次下马。1959年4月，为应对严重经济困难，国家实行调整压缩方针，一批重大工程停止建设，包括成昆铁路。1960年，成昆铁路再次上马，计划1961年底通车到西昌。然而，还没在"马"背坐稳，成昆铁路又被要求下马。1961年5月，成昆铁路第三次开工，铁轨铺到西昌，新目标定在两年后。哪知时隔一年，工程再次下马，除重点工程沙马拉达隧道、关村坝隧道和云南境内的碧鸡关隧道保留少部分力量，全线停工。至此，成昆铁路仅完成投资一点七亿元，修建隧道十公里、桥梁五公里。火车从成都开至六十一点五公里外的青龙场，就到了"终点站"。

罗良才去了贵昆线。杨鉴凌他们，同样去了贵昆线。

1962年10月，杨鉴凌从武汉测绘学院毕业，分到西南铁路工程局隧道工程处（后改为铁二局九处）实习，承担关村坝隧道出口端的施工测量。

活儿在隧道里干，隧道入口没地方搭工棚。上班走半小时山路，一秒钟不敢分心，因为容易摔下悬崖掉进河里。也不敢不戴安全帽，猴子喜欢扔石头，若麻痹大意，难免出事故。

别低估了实习生。有的实习领工员负责管理一个班，下设开挖、运输、衬砌、机电四个组，也算"大权在握"。

什么都缺，尤其缺人。最最最缺的，是人才。

隧道六千一百零七米长，去时只打了一千米。隧道里面像蒸笼，越往里走，温度越高，人还没走到掌子面上，衣服就湿透了。工地上只有四五百人，出碴儿全靠人工斗车，打炮眼儿都是干风枪。每天只能放三四炮，每炮只能往前推进一点二至一点五米。

杨鉴凌带着测工搞精测。那天正准备往洞里引线，猴子往下丢石头，打在他的脚背上。虽然穿着水胶鞋，杨鉴凌仍是痛得站不起来。测工过来扶他，他将人家推开："我算什么，仪器要紧！"

约十斤重的T2经纬仪从瑞士进口，值好几千元。如果不是当时国家困难得每分钱都要算着花，党中央重点抓的成昆线，成昆线第二长隧关村坝，不至于修得有气无力。

有一段时间人心惶惶。导坑顶部和扩大的拐角处好似暗藏机关，爆破两三小时后，常有大块小块的石头"发射"出来。

又一块石头砸在巷道。石头三四百公斤，落地之处，杨鉴凌的脚印还很新鲜！

当时是晚上，他带着水平仪到了上导坑。仪器还没放好，"嚓嚓嚓"的声音钻进耳朵。他往洞口看，没有人。往上看，刚打好的拱圈，同样未见异常。

"嚓嚓嚓""嚓嚓嚓"。

杨鉴凌预感不妙，抱上水平仪就跑。

一声巨响追上来。回头看，一块巨石砸在他刚刚站立的地方，尘土腾空而起，呈喇叭状上扬！

杨鉴凌的腿，当即软成了棉花。

测工李绍斌早在成洞部分立起水准标尺。打口哨，晃动电筒，是两人约定的联络方式。口哨打过，电筒也晃得自己都眼花了，上导坑没有半点动静。李绍斌找进洞，发现杨鉴凌瘫坐在地，扶也扶不起来。

"嚓嚓嚓"的响声还在继续。两个人原地坐了十多分钟，直到声音渐渐消失，杨鉴凌身上才有了一点力气。

终于搞清楚了，是岩爆。

岩爆，是地下开采的深部，临空岩体积聚的应变能突然而猛烈地全部释放，致使岩体发生像爆炸一样的脆性断裂。

关村坝隧道最大埋深一千六百五十米，岩爆高发频发。

在此之前，国内没有遇到过这种情况，没有现成手段可以对付，难怪一时间人心惶惶。

之后不久，铁二局九处转战贵昆线，关村坝隧道由十一处接手。临走，杨鉴凌暗自庆幸，岩爆屡次发生，好在没出事。刚这样想过，他又为十一处担心起来：没出事是运气，但是运气不是天天有、人人有。

果不其然，十一处接手没几天，岩爆夺走数条人命。

由此，关村坝隧道施工，几近停滞。

1964：重新出发

青山缭绕疑无路，忽见千帆隐映来。

1964年2月至4月，全国农业、财政、工业交通三口长期规划会议先后召开。会议指出了"三五"计划的中心任务：吃穿用第一，基础工业第二，国防第三。

毛泽东主席的见解，却是立意高远。5月27日，他找来刘少奇、周恩来、邓小平、李富春、彭真、罗瑞卿等人交换意见。毛主席开宗明义："三五"计划要考虑解决全国工业布局不平衡问题，加强三线建设，防备敌人入侵。同时，缩小东西部地区经济发展的差距。

在毛泽东的战略构想里，全国划分为前线、中间地带和战略后方，分别简称一线、二线、三线。一线地区是指沿边沿海地区；三线地区指四川、贵州、云南、陕西、甘肃、宁夏、青海、山西、河南、湖南、湖北等十一个省区，其中，云、贵、川及湘西、鄂西为西南三线，陕、甘、宁、青及豫西、晋西为西北三线；所谓二线，则是一线和三线的中间地带。加强西南三线建设，就是不能忽视"屁股"和后方，以四川为中心，建立"小而全"的国民经济体系、资源能源体系、军工制造体系、科技研发体系、战略储备体系，就算局部战争不可避免，即使退守西南，也要能自给自足，也能长期坚守并伺机反攻——拿今天的话说，相当于要为有着巨大黑客入侵风险的电脑备份数据，即使病毒突然发作，摧毁系统，电脑亦能迅速重启。

为什么要搞三线？一个月前，总参作战部向中央提交了一份报告。报告指出，如果敌人发起突袭，形势将十分严峻：全国十四个百万以上人口的大城市，集中了六成主要民用机械和五成以上国防工业；全国十四个百万以上人口的大城市，大都在沿海地区，防空尚无有效措施。此外，主要铁路枢纽、桥梁、港口码头多在大城市附近，一旦遭到破坏，后果不堪设想。

看完报告，毛主席蹙起眉头。东北重工业基地在苏联轰炸机和中短程导弹射程之内，以上海为中心的华东地区则完全暴露在美国航母的攻击半径下。战争一旦降临，中国的工业将很快瘫痪。

不是没有前车之鉴。二战初期，苏联一不准备工事，二不防备敌人进攻，三不搬家，致使卫国战争初期大受挫折。

毛主席的目光从报告上移开，投向时局：

印度在中印边境挑事，引发军事冲突，不过是两年前的事。

50年代，中国东部、南部被美国围堵。美国在中国周边多地建立军事基地，矛头指向中国。

进入60年代，中国北部、西部，又是狼烟四起。

"老大哥"的脸变得快。1960年7月，苏联政府决定，在一个月内全部撤走在中国的苏联专家，并撕毁了几百个合同及协议。1962年5月，苏联在中国新疆的伊犁地区，策动大规模的颠覆活动，引诱、胁迫六万多中国公民到苏联境内。

与此同时，印度在中印边境的武装挑衅日益嚣张。

头一年，美国扩大侵越战争，美苏联合国际反华势力掀起反华浪潮，在我国周边、沿海陈兵百万，严重干涉我国内政，威胁我国安全。

家里也不省心。蒋介石的势力盘踞台湾，一直没有放弃"反攻大陆"。

绝不能犯苏联犯过的错误。被称为中国工业化、国民经济和国家战略发展史上的"遵义会议"的中央工作会议，从5月开到6月。其间，毛泽东频频谈到三线建设。

"三线建设，要下决心搞。"

"在原子弹时期，没有后方不行。"

"只要帝国主义存在，就有战争的危险。我们不是帝国主义的参谋长，不晓得他们什么时候要打仗。"

毛主席的话音犹在耳边，1964年8月2日，北部湾事件爆发，美国第七舰队一百二十五艘军舰、六百余架飞机对越南北部悍然发动攻击。美国的炸弹和导弹，雨点般落在北部湾。

半个月后，中共中央书记处会议上，毛主席再一次表明决心：成昆、川黔（重庆至贵阳，当时重庆未直辖，故称川黔线）、贵昆这三条铁路要抓紧修好。铁轨不够，可以拆其他线路的。

1964年9月10日，中共中央西南局第一书记李井泉挂帅，铁道部主持工作的副部长、铁道兵第一政委吕正操为工地指挥部司令员兼政治委员，铁道兵副司令员郭维城、国家科委副主任彭敏、商业部副部长张永励等为副总指挥的西南铁路建设总指挥部领导班子完成组建并正式挂牌，西南铁路大会战由此拉开序幕。总指挥部下设西南铁路建设工地指挥部（简称"西工指"，负责具体施工）、西南铁路建设技术委员会（简称"技委会"，负责解决施工中相关技术问题）、西南支援铁路建设委员会（简称"支铁办"，负责动员和组织地方支援）和总指挥部办公室，统领以铁道兵第一、五、七、八、十师和铁道部第二工程局为主力，铁道部第四工程局三处、大桥工程局、电务总队、机械团及成都、昆明铁路局和沿线地方民工共三十余万人参加的筑路队伍。

"西工指"由昌正操任指挥长、党委书记，刘建章、郭维城、彭敏任副指挥长、党委副书记，彭敏兼任"西工指"总工程师。"西工指"挂牌后，郭维城率领大批建设人员入驻贵州安顺，建立指挥系统。铁道部、铁道兵各抽调四百人，按部队模式组建指挥部机关，对外代号"302部队"，汽车挂"亥2"系列白牌。指挥部实行军事化管理，早上吹号起床，见了领导行军礼，找领导汇报工作，进门喊"报告"。

战在勇，更在于谋。"西工指"运筹帷幄，拿出时间表：川黔、贵昆、成昆三线同时建设，加快进度。首先抢通川黔线，1965年"八一"接轨，"十一"通车。其次完成贵昆线，1966年"五一"接轨，"七一"通车。最后集中兵力抢建成昆线，南北并进，西昌会师，力争1968年7月1日建成通车。

本来，按照中央决策，四川是三线建设的重点省份，而四川大三线建设头三年的重中之重则是"两基一线"（"两基"，就是以重庆为中心的常规兵器工业基地和以攀枝花为中心的钢铁工业基地，以其作为战时军工生产的核心；"一线"，就是修建成昆铁路干线，解决西南地区大三线交通问题）。攀枝花是未来的钢铁基地，贵州六盘水是煤炭基地。把六盘水的煤运到攀枝花炼铁炼钢，把攀枝花炼出的钢铁运到成都、重庆，制造各种机器，再把机器运到六盘水、攀枝花，提质增效促进生产，全都离不开成昆铁路。"重中之重"的成昆线通车日期被排在最后，无他，难也。

开发攀枝花，建设攀枝花钢铁厂，却在此时驶上了快车道。

1958年3月9日至26日在成都召开的中央工作会议上，除成昆铁路被列入国家重点规划项目外，冶金部利用攀枝花地区铁矿建设西昌钢铁厂的设想获得批准，攀枝花的建设由此提上日程。是年10月，根据中苏合作计划，冶金部、地质部、中科院相关同志与苏联列宁格勒选矿研究设计院专家潘切列夫、维什涅夫斯基等组成采样小组，赴兰家火山和朱家包包矿山取样三十余吨，交中科院长沙矿冶研究所（后为冶金部长沙矿冶研究院），冶金部北京选矿研究院与苏联选矿、冶金研究单位开展冶炼试验。

此后四年间，国内研究单位提交了四份研究报告，苏联研究机构也送来两份试验报告。六份报告，一个结果：只用机械选矿方法，无法筛选出符合炼铁要求的、二氧化钛含量在百分之八以下的铁精矿。

攀枝花钒钛磁铁矿是高钛型钒钛磁铁矿，高炉冶炼时，炉渣中二氧化钛含量高达百分之三十。而在当时，炉渣中二氧化钛含量超过了百分之八，中国对付不了，苏联解决不了，国外相关资料上也是一片空白。难怪，列宁格勒选矿研究设计院在1961年的试验报告中，否定了高炉冶炼攀枝花铁矿的工艺。他们甚至下了结论：攀枝花钒钛磁铁矿渣铁分离不开，不能冶炼，是呆矿。

是耶？非耶？讨论之激烈，不亚于当年成昆铁路选线之争。1962年初，国家召开七千人大会，实行国民经济调整，大幅度压缩基建项目。筹建中的西昌钢铁厂停建，攀枝花铁矿冶炼科研被叫停。

1964年9月11日，西南三线建设筹备小组成立后，加快了攀枝花钢铁厂的建设速度。12月5日，保密的"攀枝花铁矿冶炼试验组"在北京成立。瞄准攻克铁钛分离冶炼这一世界级难题，西南钢铁研究院、中科院长沙矿冶研究所、东北工学院（现东北大学）、重庆大学、首钢、鞍钢、包钢、邯钢等十四个科研、生产单位的专家、教授、技术人员、高炉炉长、工长一百零八人会聚试验组，展开技术攻关。

没有等到元旦节，两年前从东北工学院毕业分配到鞍钢研究院的李身钊被试验组点名，成为"一百零八将"中的一员。

试验组经过讨论，决定攀枝花铁矿高炉冶炼试验分三步走：

第一步，在承德钢铁厂（现为河钢集团子公司）一百立方米高炉进行"模拟试验"；

第二步，在西昌四一〇厂（西昌钢铁厂前身）二十八立方米高炉进行基于模拟试验的"验证试验"；

第三步，在北京首钢五百一十六立方米高炉进行"工业试验"。

1965年1月24日，堪称"国家工程"的模拟试验在承德钢铁厂一百立方米高炉点火开炉。

何为"模拟试验"？攀枝花矿山尚未建成，成昆铁路还在修建，试验所需矿石，无法从攀枝花开采运送。正规试验厂、熟悉钒钛矿高炉冶炼的人员都没有。如果要等到"万事俱备"，战机就贻误了。冶金部这一招，完全是被"逼"出来的：用承德铁精矿和钛精矿按比例配成原料，模拟攀枝花矿开展试验。

为何要在承钢？承德大庙地区早在20世纪30年代就发现了钒钛磁铁矿，1954年新建的承德钢铁厂是苏联援建重点工程，进行过高炉冶炼试验。

承德大庙矿毕竟不同于攀枝花矿，炉渣中钛含量不到百分之十，可资借鉴的经验不多。路在何方，还得向高炉要答案。

承钢的炼铁高炉建于20世纪50年代，没有烧结机，试验只能以"土烧结"的方式进行。从架设小风机、风管到铺铁丝网、加铺底料、铺稻草、点火，再到铺铁精矿、钛精矿、焦粉、石灰石的混合料，全是人工操作。重三四十吨的烧结矿经过冷却，合格的输送给高炉，不合格的重新再烧。

烧结试验成功，开了个好头，但在高炉上进行冶炼试验才是重点。

炼铁用的高炉俨然是一个大暖壶,外层是钢板,里层是砖墙,中间是带水管的冷却壁。正常生产时,炉料自顶部装入,铁水自底部出铁口流出。铁口上方,有渣口、风口。试验时最怕渣铁凝积炉内,无法流出,导致风口进不了空气,"暖壶"变"冰棍"。

炉渣二氧化钛含量一旦超过百分之十五,高炉非"结"即"泻"。在冶金部钢铁司炼铁处处长周传典带领下,李身钊和同事们穿戴上简易防护设备,顶着炉前数百摄氏度的高温,用钢钎抠,用氧气烧,脸上烤起泡,腿脚被烫伤,决不后退半步。两个月里,试验组反复对比试验数据,不断改进操作,一点点探摸二氧化钛在高炉里的性格脾气,一点点提高试验中的二氧化钛含量。

1965年4月17日,进入炉渣中二氧化钛含量百分之三十的冶炼试验阶段。

这是最难上的一个台阶,也是必须攻克的难关。

险情出现了。炉渣变稠,流动变慢。试验组想了很多办法,炉渣都懒得再往外走。

4月20日,炉渣完全停止流动,高炉被迫休风。

抢救高炉,氧气必不可少。得知当地没有氧气生产厂,冶金部急令首钢连夜运去两车氧气瓶。

好风景往往埋伏在弯道上。在病灶清除的过程中,试验组深入探究喷吹氧化性介质的种类、方法,摸索出了由间断作业改为连续喷吹的新工艺。这一攀枝花铁矿高炉冶炼必不可少的

"辅助操作",从此确立下来。

高炉复风不久,又出现"堆死"征兆。

拿人打比方,"堆死"是肠道堵塞,下泄阻滞。试验不得不暂停。

冶炼攀枝花铁矿,对炉渣流动构成重要影响的除了二氧化钛,还有硅。硅的熔点比铁高,试验组内部有人力主进一步降低含硅量。另一种声音则是,目前生铁含硅量已是超低限,再往下降,打破酸碱平衡度,容易引发新问题。

压力大如山,周传典脑子里,根本没有想到过退缩。有两句话,日夜回响在他的脑海。

"攀枝花钒钛磁铁矿高炉冶炼试验的成败,关系到三线后方基地建设战略设想能否付诸实践。"周传典领衔试验组是冶金部部长吕东点的将。部长向他安排工作时,这句话说了两遍。

"现在,千军万马进驻攀枝花,人力、物力、财力都已做了安排,为钢铁基地修建的成昆铁路已全线动工,正在开洞、架桥。如果试验失败,我们将成为千古罪人。"攀枝花特区党委第一书记、攀枝花工业基地建设指挥部总指挥徐驰找他谈话时,也是语重心长。

十多家单位的上百人参与这项试验,其中不少是来自生产一线的中青年骨干。大家争论、辩论,周传典从不干涉。他始终相信,通往真理的道路只有两条,辩论是其中之一。

另一条是实践。于是,超低硅冶炼试验大胆展开。

胆大还得心细。高炉生铁含硅量从百分之一往下降,降至千分之八，再降至千分之五。降至千分之一时，不光"堆死"的难题化解了，还有意外惊喜："大泻"的老毛病，竟不治而愈。

乘胜追击，试验组一连五十天反复进行二氧化钛含量为百分之三十的炉渣冶炼试验，生铁合格率持续攀升至百分之九十三以上。跳起摸高，二氧化钛含量上浮至百分之三十五，试验组又进行了七十二天的不间断试验。

卡脖子的攀枝花钒钛磁铁矿高炉顺行技术，终于突破了！

短暂休整后，试验组成员转战西昌，准备验证试验。由成都去西昌，汽车越往前开，李身钊感觉离家越近——鞍钢研究所已于1964年底迁至西昌，更名为西南钢铁研究院（后迁至攀枝花，更名为攀钢钢铁研究院）。

回到成昆线上。

打大仗，兵马、枪炮、粮草不可少。"西工指"成立不久，吕正操携铁二局负责人进京向周恩来总理寻求支援。

"专业的事要有专业的人干。"吕正操直击痛点，"专业技术干部仅占施工人员的百分之一点一，这与提高机械化施工技术和广泛采用新技术是一对矛盾。"

"全力支持"，总理表态。事后，国家分配大学、中专毕业生八百二十人到成昆线，并通过国家经委抽调技术干部四百七十九人，充实技术力量。

然后说到技术。宝成铁路修建时，设计标准低，年运输能力是二百六十万吨，修起来就不够用，加了电气化还是不够用。成昆铁路作为我国自主设计建造的铁路，应该装设现代化信号设备,提高运行能力,保证行车安全。吕正操有一个期待:"通过现代化信号设备、铁路通信设备研制,使全线运能突破一千二百万吨,开创我国山区铁路建设事业新纪元。"

总理点头。点头,就是认可。

机械设备因为极其重要、极难解决,吕正操留到最后来说。

全线隧道有四百二十七座,总延长约三百四十一公里,约占全线长度的百分之三十一点五。其中,一公里以上隧道一百二十一座,三公里以上隧道九座,四公里以上隧道四座,平均每二点五公里就有一座。部分路段,比例甚至更高,如金口河至乌斯河段长约二十六公里,就有十三座隧道,长二十一公里,人工开掘,进度十分缓慢。

吕正操汇报到这里,总理插进一个问题:"此前好像有一个数字,隧道不到两百座?"

总理日理万机,却是心细如发,吕正操既感动又吃惊。他向总理汇报:"重新测定前,隧道数量为一百九十二座,但是隧道施工中,遇到不良地质,情况就有了变化。往后走,也许还会有新的变化。比如关村坝隧道,原线路是沿大渡河绕行,长十六点六公里。经过多次比选,决定裁弯取直,缩短线路十点一公里,避开了枕头坝至中坪溪八点九公里复杂地质地段,提高了线路质量。更多的调整,是把线路往山里面移,隧道数量因此有所增加。"

"修成昆线,重点难点在隧道和桥。有什么要求,你直接说吧。"总理直奔主题。

要的就是这句话。

"加快进度,减少牺牲,必须改善施工条件,大力提高施工机械化和半机械化水平。是否可以下一个决心,进口一批专用大型机械?"吕正操的目光充满期待。

"确实需要,"总理略作停顿,接着说道,"但是具体数字还需要讨论。引进外国的东西,要贯彻'一用、二批、三改、四创'精神,通过使用,批判地吸收优点,制造我国自己的施工机械,走我国自己的施工机械化道路。"

吕正操一行要告辞了,总理送到门口,逐一握手,并强调:你们要的人,很快就会来的。

在此之前,一场规模浩大的调动,已在有条不紊地展开。

再有不到一个小时,列车就要到达重庆站了。地质部三峡水文队负责人刘广润的目光落在行李箱上,扑扑乱跳的心,早已飞出了车厢。

几个月前的一天,一封加急电报,让三十五岁的刘广润激动得跳了起来:"我升级了——当爸爸了!"然而,他正随地质部副部长旷伏兆赴云贵川考察三线建设,并不能立刻见到日思夜想的妻儿。现在,任务结束,踏上归程,无数次想象过的那张肉嘟嘟的小脸,似乎触手可及。

刘广润计划先赶火车到重庆,再走水路去武汉。丈母娘家在武汉。妻子在娘家。

刘广润早给儿子备下礼物,一只软毛绒鸭子。布偶背上有机关,刘广润摁了一下,小鸭子开心地叫了一声。

听到车厢广播在叫自己，刘广润颇为惊讶。

"刘广润"三个字又被重复了一遍。广播员在喇叭里说："三峡水文队刘广润，单位要你立即返回成都，参加重要会议。"

成昆铁路直到建成通车都是国家秘密，广播员的通知，列车长接到的电话，都是语焉不详。

刚下火车，刘广润马上向成都出发。

安徽水文队刘万兴、广西水文队魏承福接到了同样的命令。命令下达时正值1964年国庆节，前者在安徽黄口野外组织施工，后者在广西柳州。

这次会议召开于1964年10月16日，地质部称为成都会议。旷伏兆在会上宣布，中央决定全面复建成昆铁路，地质部为此调集云南、贵州、四川、广西、山东、安徽、黑龙江七省区地质队伍及设在湖北的三峡、丹江直属队，组建两个地质队，承担成昆铁路山区工程地质勘察任务。两个队以金沙江为界，分别称北江大队、南江大队。北江大队负责乐山夹江到金沙江段，队长贾志斌，总工程师刘广润，下设一、二、三、四分队；南江大队负责金沙江到云南禄丰段，队长史维成，总工程师刘克，下设五、六、七、八分队。各分队承担的勘察任务，大约八十公里。

会议当天，中国第一颗原子弹在罗布泊成功爆炸。地质部的决定在地质系统内产生的冲击波，同样撼天动地。

凌晨2时许，正在四川高县参加南广河流域梯级工程地质勘察的谭开鸥被突然响起的集合号从熟睡中惊醒。谭开鸥迷迷糊糊中奔向操场,她以为又是民兵训练。站定才看清,站在集合好的队伍前的是成都水文队队长贾志斌。

连夜驱车从成都赶来,贾志斌很是激动:"同志们,很对不起,半夜把你们叫起来。几个小时前,我接到一个重要而光荣的任务。毛主席说成昆铁路要快修,成昆铁路一天修不通,他一天睡不着觉。"

瞌睡虫瞬间没了影踪。贾志斌的声音,被操场的空旷和人群的安静放得很大:"成昆铁路是三线建设大动脉,外国专家说修不通,我们中国人不靠他们,不信他们。我们要靠自己的力量修通成昆铁路……"

简短讲话后,贾志斌从公文包里拿出一份名单。宣读名单前,他又讲了几句话,大意是:好人好马上成昆。大家要坚决服从命令,随时准备出发,到最需要的地方,完成最艰巨的任务。正因任务艰巨,不带家属,不带坛坛罐罐,不带家具,但资料和专业书籍要随身携带。

接下来就是点名了。河风裹着沙粒打在脸上,谭开鸥记起辛弃疾的词句来:八百里分麾下炙,五十弦翻塞外声,沙场秋点兵。

听到丈夫李玉生的名字从贾志斌嘴里跑了出来,谭开鸥嘴巴半张,心里咯噔一下:我们的女儿,出生还不到两个月。

哪承想,谭开鸥也被当场点名!

如果谭开鸥没意见,她的女儿、母亲,第二天将由队上派车送回威远老家,而她本人,三天后回成都报到。

谭开鸥没有提任何意见。

第四天，贾志斌带领北江大队从成都出发，赶往队部越西。

成都会议要求新组建的队伍尽快到位。一切都在为成昆线让路，铁道部甚至为安徽队员特批加挂卧铺，命令沿线列车，无条件加挂这几节车厢。

距离成都会议结束仅十七天，一千六百四十八人的南江大队组建完成。北江大队打主场，贾志斌他们到位更早。

成昆铁路之前"三上三下"，除了经济基础薄弱，铁道设计部门工程地质勘察力量有限，对地质问题估计不足，导致一些工程施工中出现疑难杂症，也是重要原因。地形是死的，地质条件复杂是现实，如果不讲科学，不遵照自然规律办事，成昆铁路很可能再次偃旗息鼓。地质部的介入，南江大队、北江大队的迅速组建，有了从头再来的色彩。也就是说，三千多名队员要化身"土行孙"钻山打洞，为铁路必经处的山体、岩层、洞穴、河床验明正身，开出"体检报告"。

地质部争分夺秒，铁道部也是朝乾夕惕。

成昆铁路在1958年赶着动工，多数路段只有初步设计，无法满足施工需要。1964年10月28日，铁二院党委做出"下楼出院"决定，把办公地点设在施工现场，要求全部管理人员、设计人员三天内安顿好老人孩子，奔赴第一线，反复比选，精心核对，补齐设计短板。成都市通锦桥路的院机关作为留守处，副院长陈如品兼任主任。

铁二院当时两千号职工，一多半都是上有老下有小。老人让人牵挂，最放心不下的却是孩子。安置老人孩子，第一条路是送回老家。上面出了政策，哪怕是北京、上海、广东，人和户口一起走。此路不通，可以托付朋友。实在不行，就找陈如品。从哺乳室到幼儿园再到小学、中学，留守处都有配置，陈如品和他带领的二十多名后勤职工，就是"临时家长"。

方应杰、何寿珍夫妇是唐山铁道学院同班同学，1956年毕业，双双分到铁二院，从事路基设计。他们是1958年结的婚，因为聚少离多，1962年才有孩子。儿子出生时方应杰在工地，何寿珍只能去贵阳的娘家生产。何寿珍常常在梦里呼唤儿子，直到把自己叫醒。接到"下楼出院"通知，她的第一反应竟是：幸好儿子一直跟着外婆，不在我们身边！

不是何寿珍心硬。年轻妈妈从哺乳室孤单单走出来时泪流满面，幼儿园门口扯着大人衣角的小手不肯松开，稍大一些的孩子看着父母走出家门、走出大院时痛哭流涕，都是她难以承受的骨肉分离。尤其后来，到了工地，看到同事收阅信件时躲在角落里哭，想到回家探亲的母亲急切地想把孩子搂进怀中，日思夜想的孩子却躲在老师身后，怯怯地喊出一声"阿姨"，她都会泪湿脸颊……

铁二院两千人马撒到成昆线上，设计人员的缺口仍然很大。十万火急出门去，何寿珍和战友并不怯场。铁道部早已在调兵遣将，不久后，来自四面八方的战友将与他们会师。

这是一场更大规模的调动。铁道部下属四个设计院，兰州的铁一院、天津的铁三院、武汉的铁四院同时接到命令，支援西南铁路大会战。几乎在眨眼之间，铁二院壮大到八千余人，高峰时甚至达到一万人。

八千余人的队伍，三分之二上成昆。用一个月时间实地考察，赶在大军集结前绘制好"兵力分布图"，铁二院政治部主任高科领到任务。

考察队从贵州安顺出发，高科带队。

除了高科，除了驾驶员，考察队还有两个人：一个是计划财务处何光全，一个是人事处王树良。

时间紧任务重，一车人星夜兼程，马不停蹄。

头晚熬了夜，早上起得早，吉普车开到距离昆明一百多公里的一平浪时，何光全上下眼皮打起了架，拉也拉不开。

肯定是有"砰"的一声的，但何光全没有听到。等他睁开眼，鼻梁上的眼镜不见了，头顶多出一个包，鸡蛋大。

车翻了。吉普车撞在大树上。好在人都没事。不好的是，吉普车走不动了。

走不动也得走。不知从哪里找来一辆解放牌大卡车，高科坐进驾驶室，吉普车"坐"进车厢。何光全和王树良还坐老地方。

本就颠簸的路颠簸加倍。何光全暗自担心：一路晃荡到峨眉，我的五脏六腑能不能找到原来位置？

就这样，他们为二十七支即将抵达的队伍，提前找到了战壕。

接下来，陈如品带着三个人调度队伍，何光全又成了其中之一。

陈如品的办公室二十四小时不离人，因为敲门声可能在任何时间响起——前来报到的队伍通常是坐火车到成都，下了火车，直奔留守处。

队伍多是成建制调动，书记、队长、专业人员、工人、设备，配置一样不少。一般是书记或队长前来报到，也有书记、队长一起来的。对号入座，陈如品站在《西南铁路勘察设计队伍分布图》前，将某一个地名指给他或他们。

落了单的队员也来这里报到，背着行李，抱着三脚架、望远镜、板尺或者花杆。

不管是齐整整一支队伍，还是陆续到来的队员，他们，他们的装备，甚至他们的心，就在这一刻属于铁二院，属于成昆线了。

开路先锋

蜀道难，难在高山险峻、大河汹涌，难在山横水远，纵横切割。那时候，中国区域地质调查刚刚起步，对于地广人稀的攀西地区，地质认知接近于零。在连中小比例尺地形图尚且无法保证的情形下，在"难中难"地段开展地质勘察，队员们所要付出的努力，常人难以想象。

金沙江又叫泸水，号称"西部之龙"，首尾相距二千三百公里。一开始，来自中原地区的队员们在金沙江边作业，仿佛一脚踏进了鬼门关。

"迤步苦"这个地方也有叫"移步苦""一步苦"的。山高，崖裸，坡陡，小路游丝一线，滑坡和泥石流堆积体比比皆是。走不远，已是汗水涔涔。热的？吓的？刘万兴是真的服了，每往前移动一步都苦不堪言，这名字取得再贴切不过。

老鸦滩更是天险。那段急流落差很大，船从高处跌下，会被浪花深埋。前浪被后浪推出老远，消失的船体才浮出水面。

水从雪山来。这座流动的"雪山"，很少有人"翻越"。民谣说："老鸦滩老鸦滩，十船有九翻。"

刘万兴仍想试一试——设备不运过去，难道拿十个手指当钻杆？

当地有一种船，人称"歪屁股"。刘万兴强作镇定上了船,脸上笑着,两条腿却止不住地哆嗦。

开弓没有回头箭。没错,那不是船,是满弓射出的箭。

船不见了。

船在空中。

船被地球引力狠狠拉回水面。

散架多时的内脏好容易又团聚在了刘万兴的腹腔里头。该服还得服,刘万兴定了调子:设备可以上船,队员翻山绕道。

要翻的山有两座,一座一千多米,另一座一千米。不是海拔,是高差。

翻过去了也是天天走路。若有若无的路,或者根本没有路。

以前外出作业,地质队员和铁二院勘察人员都穿草鞋,脚上穿一双,腰上挂两双。铁路大会战打响后,草鞋换成了翻毛劳保皮鞋。只有走烂的鞋,没有踏平的山,不出两个月,皮鞋底板磨出洞,有人腰间又挂上草鞋。

比这糟心的事情,还多。

不通公路,钻机多从水上运。有一回,没有船也没有船工,队员们自己动手,用抓钉将几根木头钉在一起,当船。钻机沉重,水流湍急,"船"在河心散架,两个队员失踪。

陆路风险也大。有队员跌下悬崖丢了命,有队员滚到半途被树杈挂住,三魂丢了两魂。

还要和阴险狡诈的土匪斗智斗勇,还要提防神出鬼没的豺狼虎豹,还要和只有馒头稀饭,有时连馒头稀饭也不能保证的日子做斗争。地质队成了探险队,难以想象的是:搬运钻机的队员总是把号子喊得山响；露天营地上，嘹亮的歌声，常常响彻夜空。

北江大队、南江大队遭遇的艰险，不相上下。

初到成昆线，谭开鸥被分在总工办。年轻气盛的她要贾志斌给个说法："让我在家里坐冷板凳，凭啥？"

贾志斌让谭开鸥负责渡口（今攀枝花）一段。她骑着毛驴去报到，然后又换了两次交通工具，先是溜索，后是"歪屁股"。

入驻工地第一夜，谭开鸥以泪洗尘。帐篷搭在河谷，夜深时分，半山腰开起"联欢会"。打头的是独唱，中间是小合唱，再是独唱、合唱轮番登场……

谭开鸥身子抖个不停——那不是人在"唱歌"，是狼。

抖不管用，就哭。哭也不敢大声，怕长了狼的志气。要怪就怪组里只她一个女的，独守一顶帐篷，而男队员对夜半"歌声"习以为常，想不到她会披衣枯坐到天明。

顾不得许多，第二天晚上，谭开鸥钻进了男队员的帐篷。队长心细，专门为她隔出一个"单间"。

这还不够，晚上，队长组织联欢会，为她壮胆，为大家解闷、打气，同时提醒那些"唱歌"的"邻居"低调一点。说是联欢会，无非唱歌讲故事。《勘探队之歌》，以前唱得就勤，联欢会上唱得最多、最响：

是那山谷的风，吹动了我们的红旗，

第一章 先行者 077

是那狂暴的雨，洗刷了我们的帐篷。

我们有火焰般的热情，战胜了一切疲劳和寒冷。

背起了我们的行装，攀上了层层的山峰，

我们满怀无限的希望，为祖国寻找出富饶的矿藏。

是那天上的星，为我们点燃了明灯。

是那林中的鸟，向我们报告了黎明。

我们有火焰般的热情，战胜了一切疲劳和寒冷。

…………

也曾有队员问过队长："地质队要找矿不假，但我们现在的任务是为成昆铁路搞地层调查，老唱这首歌合不合适？"队长的回答，引得大家哈哈大笑："找到的矿和炼铁的煤靠什么运？钢铁炼好，靠什么往外拉？幼稚！"

只有把地质问题都揪出来，设计人员才能有的放矢，工程施工才能顺利进行。

淘金者在金沙江流域留下密密麻麻的洞穴。"千里之堤，溃于蚁穴"，洞穴群得不到科学治理，钢铁巨龙难免扭曲变形。回填和打桩是最主要的解决方案，但具体细节如何处理，依据来源于缜密勘察每一眼洞及其周遭情况。高不过一点五米，动辄两三百米深的洞坑，队员们得一个一个钻进去，钻到底。在洞中是匍匐前进，像兔，像鼠。等到出洞，除了眼睛、牙齿在闪光，从头到脚，全都是土、沙、污泥。

天然岩洞也很多。勘察渡口附近的师庄隧道时，队员们发现，原来的设计路线要从一个岩溶区通过。这处鼻状隐伏构造，岩溶水每日多达两千方，对隧道施工构成巨大干扰。进一步勘察发现，岩溶区附近花岗岩结构稳定，具备改线条件。成功避让一个"烂洞子"，当地村民水源地得以完整保存。

地下水和石膏、芒硝、氯化物、硫化物等相遇，会生成具有腐蚀性的化学物质。混凝土、围岩表层被侵蚀，引发隆起、剥离、结构疏松、骨料分离，避免"踩坑"，查清水文地质情况是不二法门。谭开鸥和队友用全孔取芯钻探的方法精细操作，一米一米测绘地质剖面，科学分层并建立了完整的地层格架，为后续"剿匪"搜集到可靠情报。

成昆铁路沿线滑坡体星罗棋布，调查滑坡体，摸清规模，预测滑速，需要用钻机掘地三尺、三十尺，用钻杆代替眼睛，洞悉地底秘密。

迤步苦一段原来并未设计隧道，线路依江而行。南江大队钻探后，刘万兴越是盯着岩芯看，越是觉得不对劲。凭经验，他怀疑这个外表坚实的东西不是土生土长的。地质队员们扩大半径展开调查，直到确认它是顺着滑坡体从五百米外高处"迁徙"而来。铁路沿江摆布的方案，随之调整为打洞钻山。

一块岩芯的采取和分析，关系到一段线路的存废。1965年初，南江大队五分队打完最后一个勘察孔，就要班师回朝。正赶上魏承福从外地回来，当他得知岩芯采取率只有百分之八十五，比规范操作少了五个百分点时，眉头皱了起来。也不管钻机已打包装箱，魏承福要求重新开机打孔。作业在灯光下进行，接近天亮时，金沙江水位开始上升，一点点逼近钻机底座。魏承福守在现场，没有吭声，操作钻机的

野外地质勘察人员不分性别、年龄，只为查清线路所经区域的水文地质情况。图为铁二院女勘察队员在山野间进行地质测绘（摄于20世纪50年代）

队员们，也都没有分心。等到保质保量完成任务，作业平台周边，已是一片汪洋。

比成都会议要求提前半个月，南江大队、北江大队提交了初步勘察报告。

五个半月里，地质队共完成地质测绘一千五百平方公里、工程地质试验一万多组，钻探了二十一点二万平方米地层，提交各类成果报告一千零六十六份。

和地质队的谭开鸥、魏承福一样，铁二院的唐明德也是天天和泥巴石头打交道。

不同之处也是有的。"援军"只参与地质勘察，而铁二院地质方面技术人员除了前期勘察，还要承担地质设计，亦即在线路、桥梁、隧道、路基、站场等有关专业设计文件上，反映出地质方面的内容。

从唐山铁道学院毕业，在贵昆铁路完成实习，唐明德赶上大会战，来到成昆线。随着认识深入，部分已定测线路需要改线，勘测设计只得从头再来。唐明德起初被分到彭山、眉山、峨眉一带搞初测，没干多久，调到云南禄丰。禄丰待得也不长，1965年初，他所在的铁二院第一勘测队调回川，承担从德昌到金沙江边的地质勘测设计任务，直到成昆铁路建成通车。

铁二院有铁律，选线和勘测，必须"上山到顶，下沟到底"。换句话说，凡是铁路要经过的地方，两只脚得一寸不落先走一遭。米易县南的丙谷镇是第一勘测队驻地，丙谷以南是山区，几十里渺无人烟。顺着峡谷走出二十多公里，到了安宁河水文站，这是全程可供借宿的唯一据点。

水文站只有两间茅草屋、三四个人，却从解放前坚守到解放后。能够把寂寞熬得没了脾气、没了影踪的人是值得尊敬的。唐明德这么想，是因为临别前水文站老职工说的一句话。唐明德问："一年见不到几个外人，是不是盼着退休过热闹日子？"老工人答："清静和热闹，都是心里头的事。"

这句话，陪着唐明德走了很远很远。

那一次，队伍出去了一整个冬天。住的是帐篷，钻探设备和吃的东西，从民工肩膀上运送进来。有座山寸草不生，队员们叫它"革命村"。晚上休息时,大家把马灯立在白沙河边,排成两个纵队,围着帐篷跑步。跑步是为了驱赶寒冷,为了向蛰伏于草木间的野兽发出警告,也是为了让潜伏在内心深处某个角落的顾影自怜之感没有时间抬头。

任务告一段落,队员成了"野人",个个长发披肩。

钻探是拖后腿的工作,到了六七月份,留守的勘探队还在原地工作。也是这时,唐明德接到命令,再赴金沙江边。钻探机组遇到吃不准岩性的岩芯,需要技术援助。

队里只派得出唐明德一个人。技术上他能独当一面,走长路于他不成问题,让他发怵的,是两天的路程没人搭一句腔。太阳在天上缓缓地走,唐明德将被汗水浸透的衬衣系在腰间,也是缓缓地走。沿着峡谷往南行,有时在河床,有时在峭壁,有时在草丛,有时在密林深处。遇到支沟,过不了河,就得把支沟走到底,再折转回来,接上原路。心里已经够苦,太阳还捉弄人,让树木、山岩、河水和一切可见之物长出明晃晃的硬刺,戳得两眼生疼。

嘴早馋了,唐明德却连说出苦闷的心情都没有。

直到老工人的声音在耳边响起:"清静和热闹,都是心里头的事。"

唐明德向老工人掏心:"其实还是紧张。要是蹿出狼呢,土匪呢?"

这时候,说话的人变成了蓝田:"你怕他们,他们还怕你呢——钻机采取的岩芯再会伪装,也怕被打回原形。"

对话在唐明德心间展开。心头一热闹,唐明德不再觉得孤单。

勘察设计人员往前一步，铁路就离安全地带近一点……想到这个，唐明德从火塘里扒出热好的饭盒，简单的饭菜，飘出了诱人的香气。而他躺在因为太热，拆了围挡、只剩顶盖的帐篷里，被蚊虫一再刺探时，心里的苦闷也变得淡了，转而跟自个儿说，它们也难得见人，这些同寂寞长期作战的"勇士"，值得奖赏……

"下楼出院"，方应杰和何寿珍双双到了四总队，到了西昌。参加工作以来，这是他们第一次被组织上"照顾"在了一起。这之前，二总队的方应杰人在云南宣威，负责贵昆线路基变更设计；三总队的何寿珍则是成昆线南段路基勘测设计负责人，常驻一平浪。

新成立的四总队负责成昆线中段，从冕宁的漫水湾一直管到金沙江边。方应杰和何寿珍参与的路基勘测设计，根本任务是因地制宜开展设计，保证桥隧之外的地段路基安全稳定。

复杂的地质结构是他们必须闯过的层层关卡。就说这一带的"特产"昔格达土吧，遇水膨胀，脱水干裂，承载力差，对边坡和路基的填筑压实是一大挑战。

边坡挡土墙的设计同样让人抓狂。外行眼里，该挖的挖，该填的填，路基不是一个复杂的东西。实际上，它不像桥梁，墩就是墩，梁就是梁，受力明确；也不像隧道，有一套一套成熟理论。做挡土墙，首先要了解边坡土的压力及滑坡等病害的土压力情况。读大学时方应杰和何寿珍都怕这个，老师上头讲,他们下头听,一知半解。

成昆线中段,需要设计建造的路基挡土墙比比皆是。何寿珍带着来自全国各地的技术人员,夜以继日地开展《挡土墙标准设计图》的计算工作,为施工设计打下坚实基础。

四总队把管区划分为几个小段,各个段都有总体组,组成人员涵盖各个专业。何寿珍所在的总体组管着四个勘测队,从南到北,从北到南,没一天不是从天不亮跑到天黑。

西昌市北,热水河一带的路基已在按图施工,铁道部的领导现场调研,质疑道:"为什么不走河对岸?"

是河谷里的泥石流堆积物引发了领导的担心。最好的答案写在现场,写在工地上。铁二院、四总队领导带着何寿珍他们跑了一个星期,一直从西昌以南核对到金沙江边。事实和数据解除了领导的担心,何寿珍他们对自己交付施工的设计方案,彻底打消了顾虑。

何寿珍脚不沾地,被火线提拔为四总队副总工程师的方应杰,也是忙得没日没夜。

川黔线于1965年7月8日建成通车,此后,"西工指"从安顺搬到西昌,紧贴成昆线。

"西工指"副总指挥、总工程师彭敏是个实干家、创新派,勘测设计中的问题,他坚持用辩证法观察、分析、处理。参与过成昆线中线方案初测,还曾以蓝田助手身份参与成豫线(成都至信阳)踏勘的李本深,自"西工指"组建起,一直担任彭敏秘书。彭敏围绕成昆铁路勘测设计讲辩证法,说过不少"金句",李本深一一记了下来:

"在解放初期，国家的经济力量、施工技术水平、施工装备都薄弱，使用小曲线半径、陡坡度是对的，到了60年代施工技术已经进步，国家经济实力已有所增强，其标准则要相应地提高，这就是因地、因时制宜。

"50年代避免长隧，采取化整为零是对的，但用在今天就不对了。艰苦奋斗是指我们的精神，国家有限的资金要用在建设的刀刃上，不能因为贯彻艰苦奋斗精神，接待外宾时招待吃白菜豆腐。

"在做决定前要充分听取专家的意见，最后据实定案。光走自己的路结果是闭关自守，光集百家之长则不可能结合实际。集百家之长是技术民主，走自己的路是按自己的国情，是在技术上的集中。"

…………

彭敏编写的《铁路勘测设计工作条例》（"西工指"简称为"三十条"）印发到西南铁路建设各单位，引发了一系列科学试验、技术革命。为了实现"高速度，高质量，高标准，低造价"的目标，彭敏几乎天天晚上开会，"西工指"的灯光，时常彻夜明亮。关键方案都在晚上讨论形成纪要，该返工的返工，该出图的出图。除了勘测设计人员，施工单位也在现场。电话已接通，人马已到位，这边一出图，那边一秒钟不耽误，拿回去照图施工。四总队主要配合铁道兵，铁道兵盯图纸，盯得比枪弹还紧。

设计方案多在一线制订。方案经确定后才能组织施工，"技委会"副总工程师钟瑞清、赵燧章、章则怀、黄森，地质工程师孟英喆，隧道工程师潘明德、庄文虔等，长期沉到一线审查、优化、确定设计方案，以免延误工期。彭敏也常抽空往下面跑，有时带一两个老总，有时只带上李本深，穿梭在各个工地，现场听汇报，现场定方案。李本深就地写纪要，彭敏一签字，立马组织实施。

听说铁二院在安宁河畔建了一个"革命村"，附近有个"一步苦"，彭敏决定去看望勘测队员，审查设计方案。

安宁河并不安宁，平时不通航。"铁打的艄公、纸糊的船"，大家念起当地民谚，是想他打消念头。"西工指"就在邛海边，彭敏平时游到对岸，来回两公里，偶尔斜游到黑龙潭，单程八公里。许是仗着水性好，彭敏非去不可，没人拦得住。

小木船起伏动荡，巨浪、礁石、两岸奇峰陡壁，看得李本深眼花缭乱。岸边施工的战士，也都心惊肉跳。他们无不以为，激流中的小船成了脱缰野马……

彭敏在前面领跑，方应杰他们哪敢掉队。

认识在施工中深化，设计在实践中完善。

龙街粉砂层为一套以灰黑色、灰黄色、灰白色粉砂和黏土为主的湖相沉积，主要沿金沙江攀枝花、三堆子一段河谷两岸分布。铁路建设史上从未遇见过这种地层，有鉴于外国专家早年的结论，"地震区和龙街粉砂层无法修建铁路"，有人提议绕避。如此一来，增加投资、延长工期在所难免，负责这一段设计的第七设计队陷入两难境地。

毛主席说："你要知道梨子的滋味，你就得变革梨子，亲口吃一吃。"金沙江边，一个规模宏大的"露天实验室"横空出世，设计队员用锄头、十字镐开挖出不同类型的隧道，并填筑了几个试验路堤、几个不同边坡路堑，围绕基底荷载等十多个项目开展了一百多次试验。试验得出的一组组数据，像通向真相之井的阶石，设计队逐级而下，对龙街粉砂层特性的认识由浅入深。最终，龙街粉砂不仅没有成为铁道线路的拦路虎，反而被用作施工原料，为国家节约了大量投资。

安宁河畔的大塘河明洞，基础原设计为钢筋混凝土桩。开工后发现，土壤比预期硬，基底打不进桩。因地制宜改为卵石基础，投资、工期大幅度节省、缩短。也是在大塘河上，有一座涵洞，兼具排洪、行人通行功能。图纸上，涵洞三米高，施工部队发现当地老乡习惯背背篼，而背篼里的柴捆长短不一。涵洞为此长了"身高"，方便了群众通行。

金沙江边，橄榄坡隧道进场施工，建设人员才发现地质条件太差，开挖风险很大。隧道内移可以有效避开不良地质，但是如此一来，隧道口就要摆放在围椅形的山坡上。这种地形遇到暴雨，极易发生滑坡。

要确认隧道内移是否可行，搞清"围椅"身世是前提。

"调查就是解决问题。"设计人员到群众中寻找答案。

当地老农民薛大爷说："尽管放心，这把'椅子'，从来没有动过！"

"学生"仍是困惑："它是怎么来的？"

"老师"答疑解惑："以前有人在这里开过苞谷地，'椅子'形状是开排水沟开出来的，不是天生的。"

两根花杆插下去，洞口从哪里开更可靠，一时也还没底。薛大爷说："两个地方都稳定，但是靠江那根，虽然江水冲刷不到，山上石头打下来，难免磕着碰着。"

隧道内移，这下踏实了。

第二章

铁血者

现在，我们来到了第二节车厢。

铁道兵，一个已消失的兵种，你或许曾经听说。但是今天，我们沿着成昆铁路走近他们，跟随铁一师、五师、七师、八师、十师官兵的背影回到那没有战火，却时刻同生与死的考验面对面的战场。

铁道部第二工程局前身为西南铁路工程局，是新中国第一个铁路建设工程局。会战成昆线北段，秣马厉兵。一声令下，铁二局由二万余人扩充至十六点九万人。

英雄不问出处，不惧牺牲。钢铁筑就的成昆线，钢是钢轨，铁是铁骨。

女爆破手

梦想成真,当了铁道兵,胡清碧整日里偷着乐。更神气的是去铁一师三团一营报到途中,有小朋友拍着手说:"快看快看,那个解放军叔叔有辫子!"

是解放军不假,拖着辫子不假,但"叔叔"不是叔叔,是姐姐——胡清碧那年二十一岁。

三团女兵共八个。胡清碧从成都铁路工程学校毕业后,直接穿上军装。另几位来自北京、上海、兰州、重庆。

1965年8月,成昆线南段,距离昆明站十四公里的碧鸡关隧道建设接近尾声。初来乍到,胡清碧好生纳闷:都要大功告成了,干吗还昼夜不停作业?

团长戚广和成天穿着雨衣、挂着棍子在洞子里转。其实那是一根花杆,有时探路,有时挂路,多数时候用来测量进度。那天看见有个小战士蜷在避人洞里睡觉,团长手中的花杆成了"打人棍"。小战士看清面前站着团长,紧张得说不出话。绷着个脸的团长开了口:"毛主席都睡不好觉,你来这里开小差?!"小战士很机灵:"刚才在梦里,梦见毛主席说,碧鸡关隧道看样子要提前一年完工,我觉也睡得安稳了。接下来打蜜蜂箐隧道,你们肯定也没问题——我干活儿去了,团长!"团长哈哈大笑,花杆变回挂路棍。

胡清碧这时才知道，三团还在一号阵地，二号阵地已在等着他们。

一营另外两个女兵宁玉明、吴金荣，也是刚刚毕业。对于她们，部队按"铁姑娘"标准锻炼。有一阵子，团里让洞外作业的她们进隧道施工。

进洞二十多天后的一个夜班，胡清碧和吴金荣爬上八米高的太平梁，一人一把三角挖锄，将上个班留下的初凝混凝土从边缘刨松，移至搅盘，衬砌边墙。

木板搭在太平梁上，相当于操作平台。木板折得猝不及防，吴金荣和胡清碧直接摔到隧底。人、挖锄、搅盘、木板的对撞空中就已展开，落地方才结束。胡清碧多处软组织挫伤，脸上也开了花；吴金荣压缩性骨折，住院半年。

难得吃一回肉。打菜时，炊事班战士手一抖，一小片肉不翼而飞，会让胡清碧难过几天。蹲在沙地吃饭，大风起，缓则尘飞土扬，疾则飞沙走石，迟一秒伸手捂碗口，咽下喉管的，就不只是饭。棉衣表面那层布磨破了，大家索性把残存部分都撕掉，如同把雨打风吹得七零八落的墙皮，彻底揭个干净。棉花压得紧实，没了布面包裹，白花花的，远看像是羊皮。戚广和借题发挥，说咱们虽是一支"羊皮大军"，照样打胜仗。一顶帐篷住十二个人，女兵到底特殊些，营里把技术组那顶帐篷隔出一半，安顿她们。人有三急，晚上好办，找个角落将就，白天就只能少喝水……

奇怪的是从来没人抱怨，轻伤不下火线的事却时不时听人说起。胡清碧印象最深的是战友戴荣芳，差一点粉身碎骨，记者问他怕不怕，他说："怕的话，我就躲边上去了。"

离隧道出口两百米，滇池边矮坡上，立着炸药库。紧挨炸药库的，是起爆药制作房。1965年9月20日午后，一个雷管意外爆炸，引燃杂物，制作房上空升起浓烟。制作房里有四盒雷管、两百公斤炸药，还有两百个成品起爆药包。爆炸随时可能发生，戴荣芳迎着浓烟冲了进去。雷管与起爆药包存放一处，戴荣芳一把把雷管搂进怀中，抢在炸药爆炸前，扔到安全地带。

胡清碧是四连的兵，戴荣芳是二连战士，荣立一等功的他，让她刮目相看。

碧鸡关隧道全长二千二百八十二米，围岩软硬交替，地下裂隙涌水每昼夜达一千六百至三千八百方，个别地段严重风化，引发塌方一百七十七次。"羊皮大军"迎难而上，进口连续六个月保持百米成洞，出口连续八个月保持百米成洞以上。

1966年5月，碧鸡关隧道提前达到通车条件，部队开到禄丰的一平浪。

蜜蜂箐三座隧道都由铁一师修建，蜜蜂箐2号隧道交给三团。岩层破碎、地隙涌水这里都没出现，难怪战友开玩笑，"捡了根甘蔗来啃"。

戚广和手中的花杆，一刻没有放下。他说了："这里离广通还有三十多公里，火车已经摁响喇叭等我们，不可能洞子没打通，把火车从肩膀上面扛过去！"

1964年底，国家为成昆线下拨四亿多元机械设备购置专款，陆续从日本、联邦德国、民主德国、法国、英国、瑞典、瑞士、匈牙利等国，引进了包括开凿、衬砌、运渣三个系列的隧道施工设备。到1966年底，不包括风动工具及小型机械设备，全线各种施工机械有五十多种，共五千一百三十六台。自日本进口的ZC-419型液压钻臂式凿岩台车，全师仅有一台，配属到了三团。这是戚广和的底气。

全断面开挖，三团首开先河。此前，成昆线上，隧道都是分部开挖。分"部"也是分"步"：第一步，开挖下半部分，也就是通常所说的下导坑；第二步，挖上导坑；第三步，落中槽，打掉上下导坑间大约一米厚的夹层；然后挖边墙，最后才是衬砌、铺轨。一营技术组几名实习生被安排学习新技术新工艺，胡清碧被分到爆破班。念中专时她学过爆破，但那时真正掌握的，大概也就是"爆破"二字。初到碧鸡关时，听到放炮还捂耳朵呢，毫秒电雷管爆破技术，她掌握得了？

别人替胡清碧捏一把汗，她自己手心里也是湿的。顾名思义，毫秒电雷管爆破是以毫秒为单位控制爆破间隔。"西工指"派来的叶工程师天天和爆破班一起战斗，这句话，他说过不止一回："师长说得有道理，就算开飞机，没人天生就会，没人天生学不会。"

说到铁一师师长李万华，胡清碧除了敬佩，还是敬佩。

1933年5月，十六岁的李万华参加红军。跨过鸭绿江抗美援朝时，他已是铁一师二十一团团长。"上午炸，上午修；下午炸，下午修"，抢修路桥的战场上，李万华第一个喊出这句话。不屈不挠与敌军周旋，他带领二十一团连续奋战二十余天，修复被炸线路一百一十二处（次）、桥梁一座。光是这钢铁般的意志，李万华已让人佩服得五体投地，而他对技术人员的珍重，同样让胡清碧感佩万分。这件事她是后来听团长讲的：一次施工，管理人员下达命令，所有机关干部、技术人员全部去江边扛运物资。一位测量员扛着水泥爬陡坡，差点掉入江中。师长知道后大光其火，一顿狠批："把技术人员当搬运工用，是不折不扣的高射炮打苍蝇。搞建设也是打仗，也要拼刺刀。刺刀削土豆，乱弹琴！"

要是胡清碧当时能预知后来会有那样一件事发生在她和师长之间，她还不知道会感动成什么样子。但是，一百摄氏度的水已然到达沸点，胡清碧这壶沸腾的水，满腔热情，只有早日新手变熟手这一个出口。

一切都是新的，都在学中干，干中学。

凿岩台车十五台风枪，炮眼怎么布置、怎么打大有讲究。炸药填充，填多填少，全靠数字张口。她得学会和炮眼对话。

掏槽炮一圈圈响下来，才是翻渣炮。说是一圈圈响，外行听起来也就是"轰"一声。把一声"轰"分解为若干声的玄机在于雷管。一支雷管分二十五段，螺蛳壳里做道场，她得会这一套。

需要胡清碧掌握的东西还多。一百多个炮眼，一百多支雷管，串并联、并串联、大串联都会用到，节约、安全、效率都要顾及。每支雷管的电阻都要准确测出，填炸药前四百欧，填炸药后，三欧、五欧、八欧……零零星星加起来仍是四百欧，才可正常引爆，否则会出现"哑炮"，必须掏出炸药，重新装。费时费力在其次，掏炸药的风险系数，不是一般高……

工期紧逼，如拖在身后的影子，紧紧盯着一师，盯着三团，盯着一营。部队每天四班倒、连轴转，没有节假日。时逢雨季，施工便道泥泞不堪，全靠倒班下来的施工部队加班修整。遇到雨骤路塌，炊事班的人放下大勺，也要拿起钢钎。

每次爆破只能掘进一米多，理想的进度是二点五至三米。上了床，别人起了鼾声，胡清碧还在琢磨：问题出在哪儿？问题到底出在哪儿？

就连啃馒头时，胡清碧也抱着书，一个字眼儿一个字眼儿抠。选雷管、加工炸药包、装炮眼、连接爆破网络、检测、起爆，一道道工序，她一遍遍学，一遍遍看，一遍遍复盘。得了机会，胡清碧登上凿岩台车，与钻孔班一起探讨布眼、钻孔方案。钻枪她也要伸手扶一扶，图的是近距离观察钻进角度、深度。炮声响过，不等烟尘散尽，她就到了掌子面。爆破效果，她第一时间掌握。

施工四班倒，昼夜各两次爆破作业。班长照顾女同志，只让她白天进隧道。老中医的经验还不都是脉上号出来的？为了多"号脉"，她给班长讲道理："铁道兵就是铁道兵，里面也没个'女'字，我不要这个特殊。"

班长答应得快，忘得也快，胡清碧动起小心思。帐篷挨着空压机房，空压机休息，说明炮眼已打好，接下来就是装炮、引爆，她一翻身就往隧道里冲。但一入梦乡深似海，空压机的响动也惊醒不了沉睡之人。胡清碧很快想出应对之策：晚饭多喝汤，临睡多喝水，晚上多醒几次，战机便不会轻易贻误。

时间越往后，蜜蜂箐2号隧道里，爆破效果越好。新手变高手，胡清碧成了爆破尖子。

所有登上顶峰的人，都有过化蛹成蝶的飞跃。1984年1月1日，铁道兵离开了人民解放军建制，在此之前，胡清碧都在搞爆破。无论是借着中药店戥子秤将二两炸药分成多寡不均的若干份，还是一次性引爆八十吨炸药，胡清碧从未出过差错，就是因为在蜜蜂箐2号隧道，练就了一身本事。

炮声响起的地方，一座座隧道被打通，一座座山头被炸开，一条条沟壑被填平。不管是后来到了襄渝线（襄阳至重庆）还是兖石线（兖州至日照石臼港），每当硝烟散去，与路基、铁轨、车站、桥涵一起浮现在胡清碧眼前的，总有蜜蜂箐隧道那段岁月，里面有她最闪亮的青春、最痛苦的记忆。

降雨持续了半个多月。8月26日晚，跟随夜班连队进隧道，胡清碧一边拍打身上的雨珠一边想，再过很多年，书写这段经历，我会如此开笔："1966年，一个多雨之夏……"

放完炮出洞是晚上11时。临到洞口，没法走了——雨水从洞口涌入，足有一点五米深。胡清碧个头矮，不会水，战友把她扶上运送废渣的电瓶车顶，这才转移出去。

雨比进洞时大了许多，比过去十多天里大了许多（资料表明，这一晚的雨，该地区六十年难得一遇）。得此结论的是耳朵。雷声接连不断，仿佛天上也有个爆破班在点炮作业。闪电试图劈开大地，高压线上迸出的蓝色火球，兴奋中夹着惊恐。

隧道外的响水河，其实是一条沟。河宽十多米，对面是蜜蜂箐3号隧道进口。两山夹峙，坡陡谷深，各营都是化整为零，以连为单位，在山坡上、河岸边见缝插针安营扎寨。洞里排出的石碴儿没有弃场，堆在沟中，像加速生长的山，也就不足为奇。

胡清碧和另外五个女兵住在营部附近的席棚里。脑袋还没落在枕头上，她的鼻孔里就响起鼾声。

天亮了，天晴了。山还是那座山，只是植被似乎比往日茂盛。雨水淘洗过的空气清新香甜，阳光浅浅地舐着肌肤，柔柔的，软软的，不似日上三竿，每一束光都像长了牙齿。战友们相约上山游玩，胡清碧心里想着点炮，脚跟了上去。一株野葡萄藤从岩缝里探出身，果子繁密，闪着绛紫色的光。吴金荣摘下最大的一颗，塞给胡清碧。胡清碧好生奇怪，她不是在昆明治疗吗？咋回来了？果子到底诱人，胡清碧接了乒乓球大的葡萄，正往嘴里塞，吴金荣遽然高喊："快快扔掉，那是一支雷管！"

原来是一个梦。有人在外面大喊，却是真的："山都冲垮了还在睡！赶快起来，往山上跑！"

彼时，一营技术组组长曹厉强正和宁玉明谈恋爱，住在一百多米高处的曹厉强打电话到营部，让营部的人叫上女兵，马上转移。

胡清碧伸出脚，才知地上积水逾半尺，鞋子漂得不知去处。胡乱套上两只鞋，她和几个女兵手牵手钻出帐篷。

明灭的闪电似道道钢鞭，像是铁了心，非把小路折断不可。滚滚雷声不知疲惫地摇撼大地，自雷声缝隙间传出的声音惊心动魄。胡清碧能听到雨下成的河，撞得沟壁喊痛，撞得石头哀号；能听到堆在沟谷的石碴儿在松动，在奔跑……

天真的亮了，真的晴了。涌入鼻腔的空气里游动着怪异的气息，太阳还未露头，却有根根钢针，扎得人睁不开眼。

是投射在眼底的灾难的面目，不忍卒睹。

头晚住过的席棚已消失不见，令胡清碧大惊失色的，是席棚外那块一百多方的石头。石头形状不规则，顶部平整，大家平时爱在上面吃饭、聊天、学习、开会。到了晚上，它还是一个露天浴场。正是这块石头，顺着山坡，"漂"出一百多米！

清点人数，全营官兵平安无事。一口气没喘匀，坏消息传了过来：暴雨引发山洪，山洪裹挟弃碴儿，1号隧道出口与2号隧道进口间的大箐沟遭遇泥石流，二营九连二排连人带铁架子房全部被埋！

发生在大箐沟的灾难，更多细节，胡清碧得自张兴鳌。张兴鳌当时是二营文书，后来同胡清碧结为连理。

先工作、后生活，在成昆线上是常态。"后生活"不等于"没生活"，地方上时不时会组织慰问演出，团电影队"跑片"放电影，也算"打牙祭"。团电影队当晚"跑片"，为轮休战士放映纪录片《上海在前进》。雨一直下，从片头看到片尾，张兴鳌都穿着雨衣。冒雨摸回营地，大约零时。各连沿大箐沟驻扎，营部略微靠上，往下是团指挥所和八连，再往下，与成昆铁路平行的昆一铁路（昆明至一平浪，原属滇缅铁路的一段，成昆铁路通车后拆除）下方是九连。昆一铁路距大箐沟口的一平浪河还有一小段距离，六连、七连驻扎其间。

第二章　铁血者　099

二营营长彭耐久那晚也去看了电影，一直没敢合上眼皮的他听见外面响声越来越大，翻身起床，出了帐篷。

万幸是起来了。大箐沟里万马奔腾般的喧嚣告诉他，洪水正伙着弃碴儿，从高处俯冲而下！

张兴鳌他们刚刚被彭耐久从睡梦中叫出，营部伙房就被泥石流卷走大半。

团指挥所和八连、七连、六连电话打通了，九连怎么也联系不上。彭耐久猛一拳砸到桌子上，一个搪瓷茶杯应声掉落在地。

其他连队虽也驻扎沟边，离沟底到底有一段距离。九连二排无处生根，索性把铁架子房搭在了昆一铁路涵洞前的沟谷中央。从营部到九连驻地直线距离两公里，但汽车在施工便道上要开十多分钟，只因大箐沟不是一条直线通下去，而是曲线前进。这正是营长和张兴鳌他们所担心的：大箐沟每折转一次就有一道山屏隔着，上游动静，下游很难感知。战士们累了一天，熬夜看了电影，又都是睡眠最好的年纪……

彭耐久带上两名通信班战士，打着手电往九连赶。施工便道断了，在大雨中跌跌撞撞徒步一个多小时，一行人才抵达九连驻地。

入目的一切，痛得彭耐久无法呼吸：二排不见了！占据着昆一铁路前那块平坦开阔河谷地的，是深达数米的弃碴儿、山石混合成的壅塞体。昆一铁路路基面目全非，路基下直径一点五米的涵洞不知去向！

天亮了，师长赶来了，团长赶来了，团里调派的机械和人

成昆铁路凝聚了无数参建铁道兵的辛勤付出与无私奉献。图为铁道兵战士胡清碧参与修建银丝岩隧道公路便道（摄于20世纪60年代）

员赶来了。直到持续数日的搜救工作结束，人们还接受不了噩梦一般的事实：除五班副班长从涵洞冲出，被下游连队战友救起，二排干部战士全部被泥石流吞没。加上六连一个战士失踪，这一夜，二营牺牲了四十六人！

11月底，蜜蜂箐隧道打通了。铺轨机还没开来，胡清碧又随铁一师开往新（江）黄（瓜园）施工管区，拉开了"苦战金沙江"的序幕。

三团负责银丝岩隧道。工作的苦和累，胡清碧早习惯了，但是这件事，她无法理解——中共九大召开在即，解放军有五十二个代表名额，其中一个分到一师，落到她的头上！

"师长既是一师之长，又是老红军。除了他，谁去，谁不知趣！"胡清碧到处"告状"。

应和她的声音，也是有的。不得已，党委会上，师长李万华苦口婆心，帮大家加深认识："老红军当党代表当然没有问题。但是同志们，建设成昆线，最需要理论联系实际的技术人员。小胡技术过硬，又是女同志，她去比我去更有代表性，更能鼓舞士气！"

血色青春

银丝岩隧道以北，金沙江对岸，是四川地界。成昆铁路控制性工程之一、全长四千六百零二点一米的莲地隧道，在紧挨江边的攀枝花迤步苦村。

负责施工的铁七师三十二团手脚还没展开，就已动弹不得。卡脖子的，是路。

铁路，是汽车运出来的。自1964年西南铁路大会战开始至成昆铁路全线开通，六年间，汽车运输周转量累计十六点七亿吨。铁二局和铁道兵平均每年使用自有运输汽车四千五百八十辆。此外，1965年下半年至1967年上半年，先后有四川、山东、辽宁、青海的五个"支铁"汽车队支援铁二局施工；云南、贵州两省汽车队和成都、昆明军区车队配合铁道兵施工，运送了大量材料装备。为此，全线新建及改、扩建公路三千三百一十八公里。

最初议定的公路方案是走"越岭线"，从金口河翻越蓑衣岭，经皇木厂到乌斯河。

这条路其实也是乐西公路（乐山至西昌）中的一段。

铁二局副总工程师江大源受命修路。新中国成立前他就是公路专家，乐西公路选线、修建，他都参与其中。江大源首先否掉的，就是一百零四公里长的"越岭线"。

路陡路窄，坑坑洼洼，汽车走在上面，像是小脚老太婆爬坡上坎。蓑衣岭海拔两千多米，夏天泥石横流，冬天大雪封山，断道是家常便饭。

替代方案是沿河线。线路缩短六十二公里，公路铁路并肩而行，江大源要的是节约，是效率。

路是一步步走出来的。翻山过岭、过河越涧，五十九岁的江大源不落人后。他的帐篷边上，用红油漆写下四句话："道林子上地不平，搭起帐篷来扎营。修路工人何惧苦？只为火车山中行。"

公路修通，有人算了一笔账，沿河线比越岭线减少运输汽车二百七十五台，节省运输费用一千万元以上。

莲地隧道要开工建设，施工用的大型机械、支撑用的大量木料、排水用的大型设备、衬砌用的大宗物资等着运到工地。然而，隧道下面，金沙江汹涌澎湃；向上，陡峭的山峰直插云天。山是猛虎，风是帮凶。山高风大，人工背运不现实。

先头部队修建的路，只能算是自山顶盘旋而下的施工便道，如同从天上抛下的羊肠挂在山壁。隧道进口那一条十九公里，出口那一条十三公里。路比车宽不了多少，人在车上坐，心在空中悬。

三十二团运输队司机张彪艺高人胆大，人称"张不怕"。那天，张不怕驾车运送物资，半路遇到暴雨。退无可退，他把挡杆拨至二挡，吊着油门蜗行。尽管他强打起十二分精神，一个弯道上，车轮打滑，汽车侧翻到下一"层"路上。

部队向地方"支铁办"请求支援。人和车都来了，带队司机姓杨，据说这一带，如果搞汽车驾驶大比武，他是第二的话，一定是没评第一。那是一个早晨，山谷里飘着薄雾。老杨起先还和副驾驶座上的王连长谈笑风生，等看到弯来绕去的路时隐时现、时断时续，心里打起退堂鼓。王连长坐在边上，说是顺路上工地，实则为他加油。王连长不断轰"油门"，老杨的脚不停往回收。收到最后，老杨熄了引擎，拉了手刹。王连长倒也理解，这地方前是急弯，后无退路，上为巉岩，下临无际，人称"鬼见愁"。

也曾想过扩修道路。隧道进口的十九公里便道，最大高差八百六十米，需要修建十座桥、二十五座涵洞，开挖土石四十一万方。方案一出来就破产了——钱先不说，"西工指"给的工期，根本没有挖涵洞造桥这半年"预算"。

金沙江从三堆子流至龙街，蜿蜒八十公里，处处暗藏危机。师长许守礼、副师长刘明江顺流而下，只为打探前途。陆路不通，水路又如何？

老鸦滩是回水沱，江水表面文静，实则暗埋杀机。

老虎嘴，听名字就知道不好惹。长舌状的巨石直指天空，江水势如破竹，巨石岿然不动。

阴阳滩，船行此处，阴阳两隔的人多了去。

夺魂莫过大跌水。在这里，河床突然矮下去两三米，船行水上，人随船走，如履薄冰，如临深渊。

如果有选择，不可能去闯水路。

没有选择。铁七师抽调十八名战士组成"水上运输突击队"。

六个木排扎起来了。每个十八根圆木，用抓钉连为一体。

水上运输突击队十八勇士是从三十二团精挑细选来的。领队的排长罗福贵二十六岁，时年已是八年老兵。转战成昆线前，铁七师征战贵昆线上梅花山隧道。一次排危作业，罗福贵受了重伤，七天后方才苏醒。做过开胸手术，不等身体完全康复，他"潜逃"回了工地。

师团首长知道，要想打赢这一仗，政治、身体、水性，方方面面，扛旗者素质都得过硬。他们不知道的是，那些天，罗福贵心里也很纠结。老家通江发来电报，"父病危速归"。罗福贵已几年没回家，就连和山妹子的婚事，也是在工地完成的。父亲卧病在床，山妹子不止一次在信中提起，打电报却是头一回。头一回也可能是最后一回，罗福贵心里清楚，所以才几次走到指导员帐篷门口，又都转过身。

"这个时候走，可以不？合适不？过分不？"锯子在罗福贵心里拉过来。

"百善孝为先，临到入土都没见上面，父亲能闭眼？"锯子在罗福贵心里拉过去。

接到命令，罗福贵反倒不纠结了——是父亲让我当的兵，当了兵就要服从命令。执行任务是尽忠，也是尽孝。

罗福贵带着十七个战士探路前，副师长刘明江双手递上壮行酒。眼见战士们都将酒一饮而尽，罗福贵扯起嗓子问同志们："强渡金沙江，红军是榜样。绕过鬼见愁，大家信心够不够？"

"够！够！够！"回答震天响，压住了江水的咆哮。

几番周旋，老鸦滩有惊无险。

百倍小心，老虎嘴全身而退。

木排上的队伍凌波踏浪向阴阳滩挺进。架在排尾的舵，罗福贵双手紧握。分列左右的战士，麻利地挥臂划桨。

疾风卷起江水，涛声响成滚雷，浪花打在脸上，木排变成飞艇。阴阳滩近了，近了，更近了！

"见面礼"是一个石嘴，阴森森立在江心。往左有一道石岩，罗福贵一个满舵，木排疾冲过去。

避过石嘴，却没躲过巨浪。木排从浪尖跌落，失重感攫住心尖。罗福贵脑子里划过一道黑色闪电：木排，不会解体吧？

又一个暴浪迎面扑来。天是蓝的，云是白的，河床是青灰色的，两岸的山是大片大片的黛绿，被脑袋撞碎的水浪是颗粒状的惨白，眼前却是金星四溅！

罗福贵差一点晕过去。是紧绷在心上的弦，让他在关键时刻保持住了清醒：往前五十米就是阴阳滩，你的任务还没有完成！

没错，此刻，罗福贵脑子里装的，不是"生"和"死"，是"任务"，为物资转运闯出一条新路！

一决高下的时候到了。

左边是石岩，右边是石梁，木排拨开的是滚滚巨浪。罗福贵稳住舵，在石岩和石梁夹击的水路上发起冲锋。

如骏马腾空而起，如巨浪拍打礁石。木排从江面跃至空中，自空中跌落水面。

世界安静了三秒钟。短暂而漫长的三秒钟里，排身被回流

第二章 铁血者

裹挟，飙向一道石岩。向右打出满舵，罗福贵使出全身力气。木排擦着石岩过了阴阳滩，消失的涛声重新灌满耳朵。这个时候，战友们才注意到，罗福贵的一条腿，在舵与水的搏击中折断了……

水路抢通，莲地隧道施工渐入正轨。物料和大型机械化整为零地运到工地。

隧道最大埋深九百米，主要岩层为石英砂岩、石英砾岩、石英质黏土板岩，岩层十分破碎。正洞掘进仅几米，眼前砾岩，成了"豆腐脑"。大炮不敢放，怕引起塌方。小炮也不是想放就放，得看岩层"脸色"。"脸色"实在难看，就跪着、趴着、躺着，用钢钎刨，用锄头掏，用支撑木为人和隧道争取安全空间。

蚕食掉一百多米长的"豆腐条"，施工迎来小慢跑。只是没跑多远，特坚石挡住去路。

风枪一响，火星四溅。一字形风枪钻头换成三岔形，炮眼仍打得吃力。十字形合金钻头上阵，这才挽回一点面子。

一百多米长的硬骨头，啃了三个月。

还真是先苦后甜，单口月成洞，这之后达到两百米。

"能不能突破三百米？"会正开着，前方传来消息："地下热库"被炸药掀开"暗门"，洞中温度飙升到四十多摄氏度。施工的战士在洞外穿着棉衣，一俟进洞，边走边脱，到了掌子面，只剩背心短裤，仍然大汗长淌。

闯过"火焰山"，又遇"水帘洞"。迤步苦大沟的逆断层破碎带长逾两百米，个别地段裂隙丛生，最大涌水量一昼夜可达上万方。头顶降落的暴雨、地下冒出的喷泉、洞壁喷射的水柱，把隧道变成了暗河。洞中气温在零摄氏度以下，泡在齐腰深的水中，扛风枪的战士冻得浑身打抖。

施工再掀高潮，得益于八十多台抽水机上阵排水，不眠不休，施工工艺和工序相应做了调整：引线点火爆破被电雷管引爆代替，引线被淋湿熄火的问题迎刃而解；成形导坑，及时灌注拱墙，做到步步为营；施工由三班倒改为四班倒，尽最大可能避免感冒、溃疡侵扰，保持战斗力……

这些都是师长许守礼、政委杨旭初下沉指挥，打军事民主会上得来的主意。点子若干，镀了金的是这一个：充分利用已有纵深和总长度四千零八十一米的平行导坑，开凿横向通道，增加作业面。

平行导坑，就是开凿在隧道一侧，与隧道走向平行的坑道，可超前预测正洞经过带地质情况，兼有测量、排水、通风、减少运输干扰之用。从平行导坑横向切入隧道一次，可增加两个作业面。

十四个横洞，成都端八个，昆明端六个。自1967年7月1日发起总攻，铁七师集结十四个连队，负责成都端一千一百七十米路段施工；昆明端投入十二个连兵力，战线为八百四十五米。当月，成都端成洞五百七十一点二米，昆明端成洞四百三十一点八米。

隧道开掘离不开爆破，爆破离不开炮手。

被技术员叫作"胆小鬼"时，铁十师四十六团一营二连八班战士蔡方鹿，选择了沉默。

本来他是不服的。

痛，他不怕。从上导坑往下跳，一枚生根在模型板上的十五厘米长的铁钉，从他的脚心钻进去，脚背钻出来。十七岁的蔡方鹿不等别人帮忙，自己拔出钉子。

累，他不怕。虽是城市兵，没干过累活重活，到部队的第一个月，水泡血泡，泡上加泡，他没吭过一声。

苦，他不怕。一个月见不着一片菜叶，顿顿盐巴下饭，他照样有说有笑。

痛不怕累不怕苦不怕，说他胆小鬼？

是练习点炮的手出卖了他。他的手在抖，一直抖。

要怪就怪老兵不该讲那不该讲的——"我们旁边工地，爆破员炸药放过了量，炮声响过，点炮那只手，挂在一棵树上……"

蔡方鹿的手还在抖，又出事了。金沙隧道塌方，埋了几个战士。

开过追悼会，团里把抢险任务交给二连。

清运塌方体，战士们挖一米，上边垮下两米；再挖一米，又垮两米。堆积物越来越多，除了土石方，还有草和树！

对付"通天洞"，得跳出隧道，跳出边挖边塌的死循环。方案调整为从山顶浇注混凝土，类似为滴血的伤口补个创口贴。

水泥和沙从安宁河运到山脚，再由人力背运。任务由八班执行，班长支农去了，代理班长蔡方鹿带队出征。

只有七八十米高的山，因为没有路，因为陡，看起来高不可攀。一次背一袋水泥，一袋水泥五十公斤，拿绳子捆在背上，抓着草根、灌木往上爬。还没出发，战士们已是汗水透背。蔡方鹿给他们壮胆，给自己打气："抬起头，山压着我们；迈出腿，山踩在脚下！"

背完水泥又背沙。昼攻夜战一周后，半个篮球场大的"漏斗"边缘，被"创口贴"补得严丝合缝。

经此一役，蔡方鹿胆子大了，练习点炮的手不抖了。学成出师，他先后点过一万多炮，从无失手。

然而，出现哑炮，却是在所难免。

铁五师二十四团六连十五班新战士冷长明1968年5月来到米易县境内枣子林时，全长三千三百米的隧道只掘进到一千米。那时候，1965年入伍的老兵进洞鏖战已逾三年。

师党委下了命令，1969年10月1日前拿下枣子林隧道。承担作战任务的二十四团三个营，一分钟也不敢浪费。

1969年3月5日8时，轮到六连十五班上了。

这是每次出发前的必修课：值班长布置任务，明确目标；齐声高呼口号，振作精神。

"向雷锋同志学习！"

"与帝国主义抢时间、争速度，早日修通成昆线！"

从住地到工地，《铁道兵志在四方》的歌声填满山谷：

背上了那个行装，扛起那个枪，

雄壮的那个队伍浩浩荡荡，
同志呀！你要问我们哪里去呀，
我们要到祖国最需要的地方。
离别天山千里雪，但见那东海万顷浪。
才听塞外牛羊叫，又闻那个江南稻花香。
同志们哪迈开大步呀，朝前走呀，
铁道兵战士志在四方！
…………

洞口，测量员将新的开挖尺寸标画于挂图之上。

爆破后所需支撑架，木工班正抓紧准备。圆木、横梁木、填塞木长长短短，让冷长明想到了战场上的炮筒、弹药。

机械连战士忙着检查高压风管、进出水管道。

枣子林隧道采取分部开挖法。高二点八米、宽四点二米的下导坑，进去不多远，一片混沌。两盏低压灯烧坏了，电工正爬上高凳更换。

离掌子面十多米的地方，衬砌班已拉开架势。

战斗正式打响，凿岩机钎头转动的"嗡嗡"声、岩壁喊痛的"嗷嗷"声展开了音量比拼。

按规定是打水风枪，钎头边转动，水管边喷淋，粉尘遇水成浆，不易侵入口鼻。水风枪也有弊端：孔眼容易被砂浆壅塞，工效只有干风枪的二分之一。为抢进度，多数工地都打干风枪，十五班也是。班长说了，向雷锋同志学习，不能停留在喊口号上。战士们说了，与帝国主义抢时间、争速度，需要决心，更要见行动。

冷长明喜欢打风枪。风枪打炮眼，炮眼填炸药，引爆，支撑，出碴儿，才有后面的工序，才有进尺。气势恢宏的合唱，领唱最有成就感。他总觉得，打风枪也是领唱。

但是这天，他的任务是出碴儿——把火药撕扯下的山体碎片，用斗车运至洞外。

大约是这天早上的第四次，冷长明的身影从亮变暗。正往隧道深处走，紧促的哨声响了起来。

——值班长向所有人发出指令，引爆在即，立刻撤离。

一切就绪，炮响了。

"轰！"

一。

"轰！"

二。

"轰！"

三。

…………

"轰！"

九。

填装的炸药共十管。数炮员在心里准备好了"十"，最后一声"轰"，却是下落不明。

清理哑炮等于排雷。不同之处在于，排雷靠工兵，清理哑炮，得安全员来干。

也是巧了，安全员那天生病住院。

冷长明向值班长请缨:"我去试试!"

"你?"

不是信不过冷长明。参军九个月就入党的士兵不多,冷长明是一个。要说干工作,拿着放大镜,也别想轻易在他身上找出瑕疵。但是安全员不是砌墙的砖,随便抓一块都能凑合。值班长眼睛亮了一下,随即又黯淡下来。

在值班长把一米七五的冷长明从头到脚一寸寸打量的同时,冷长明睁在心上的眼睛,也向自己走过的人生之路,投去囫囵一瞥。

冷长明本来姓吉。出生三个月,母亲病逝,父亲失踪,隔壁冷家收养了他。冷家已有八个娃,冷长明成了第九个。盖的是谷草,篾条当裤带。已经够可怜了,冷长明不到十岁,养父母相继去世。如果不是政府伸手、乡亲接济,是死是活还不知道,哪当得上兵?所以,参军入伍那天,冷长明在心里说:生我的是父母,养我的是党和人民。穿上这身军装,死了我也乐意!

值班长的目光和冷长明的碰撞一处。值班长意欲转移视线,被冷长明截住了:"安全员处理哑炮,我见过不止一次。"

值班长还是摇头:"看过不等于干过,等安全员回来再说。"

冷长明也很执着:"可是一时半会儿,他也回不来!"

值班长未置可否,目光看向别处。冷长明顾不得了,他大着嗓门对值班长说:"安全员半天不回就要停半天工,一天不回，这一天就打了水漂！"

过了一秒钟，又过了一秒钟，再过了一秒钟，值班长缓缓扭过头来："注意安全！"

有人递来藤条帽，值班长替他戴上。

有人递来手电筒，冷长明接到手中。

脚边有个木柄的秧耙，冷长明俯身拾起。

距离炮响十五分钟，冷长明在前，爆破手在后，两个人拉开距离往洞里走。

化身粉末的岩石与爆炸产生的硫化氢、二氧化硫，被昏暗的光线调和得黏滞浓稠。越往里走，越是呼吸困难，在催泪瓦斯般的气体的刺激下，眼泪成了脱缰野马。冷长明抬起握着手电筒的右手抹泪，光柱晃动，洞壁上像是有一只蝙蝠飞过。没走几步，泪水重新溢满眼眶，洞壁上，又飞过一只"蝙蝠"。

乱石堆积体足有半人高。徒手清理安全些，冷长明嫌慢。几十个人在外面等着，早一分钟扫清障碍，抢回来的时间就有几十分钟。

冷长明弯下腰，两手紧握秧耙。随着刨到身后的石堆变大，他的喘息变得浊重，从额头滚落的汗珠，颗颗饱满。他也感到了腰部酸胀，感到手肘调动力量的指令遭到抵制和反抗。他该停下来歇一歇，至少让气喘匀一点，可是他没有。

"轰！"

等在洞口的人们，听到了想要听到又害怕听到的第十声炮响。值班长拔腿往洞子里冲，爆破手焦灼的声音迎了上来：

第二章 铁血者

"冷长明——他被埋了！"

是耙齿触发了哑炮，还是"哑巴"自己张口说话，冷长明也不知道。就连那一声"轰"，他也没有听到，就被埋在了碎石堆里。

一百二十多块石片、石粒，嵌进了冷长明的脸、颈、胸、腹、双臂，以及他的两只眼睛。

冷长明被战友用平板车拉出隧洞，送到米易县医院治疗一周，又转移到驻扎在会理县的五十九野战医院。

睁开眼睛是第十天。冷长明眼前一片混沌，晃来晃去的人影，是男是女，他分不清楚。

一百二十三天后，冷长明重新回到工地。他的身体里就此多出来一百多块无法取出的碎石，与他相伴一生。

铁八师三十八团三连六班班长、二十三岁的董金官永失光明，也是因为哑炮。

三十八团官兵，领教过六渡河隧道的厉害。六渡河隧道在云南楚雄牟定县境内，1965年4月的一天，凌晨3时，隧道塌方，老战士廖光玉为保护两名新兵献出宝贵生命。消息传出，上上下下痛心不已——任务一个接一个，廖光玉四次推迟婚期，牺牲这天之前的接连三个昼夜，他没睡一个整觉。

掘进到一半，六渡河隧道的脾气已经摸透。活儿干得顺，董金官心气也足。11月8日清晨，临进隧道，董金官抬头看了看天，同战友颜德钧相视一笑："等到出洞，好好晒晒太阳。"

上午10时，施工按下暂停键。战士们等候在安全距离以外，等着爆破手点燃引索。

炮响了。如同过去的无数次，不等粉尘落定、硝烟散开，战士们便冲向掌子面。

悬挂洞壁的石头，用钢钎连根拔掉。

"当，当！"

匍匐地上的石头，用斗车装载运走。

"咣，咣！"

董金官正干的活儿，是将堆了一人多高的石头移入斗车。碎石用铁铲铲，大一些的石头用手抱。更大的，两人、三人合力抬。

又一次俯身时，董金官脑子里"嗡"了一声。石头缝隙间，冒出一股白烟。

哑炮！董金官对着身后战友颜德钧、龙玉元大喊一声："跑！"

没有一点犹豫，向着烟雾下的石堆，董金官张开双臂！

"轰！"

向下俯冲的二十三岁的生命，与无数腾空而起的石块，碰撞在了一起。

左眼球不知去向，右眼球严重破碎，下巴骨裂成两瓣，九颗牙齿不翼而飞，一张年轻俊美的脸，成了五十多粒碎石争相瓜分的地盘。

团卫生队病房里，董金官醒来是三天后。"颜德钧、龙玉元都没事吧？"仅仅说了一句话，他又晕了过去。

昆明军区总医院调集最好的医生，把董金官从阎王手里抢夺回来。

"我的眼睛，啥时可以拆线？"董金官天真的表情，五官科副主任杨世光记得清楚。

杨世光什么都没有说。他把答案翻译成了长久的沉默。

进了隧道，就是进了战壕。"冷枪"避之不及，出乎意料的"暗箭"，也是防不胜防。

1965年8月24日，对铁八师三十六团四营十七连战士们来说，差不多算是过年。团部通知各连轮休的战士去操场看电影，这晚的伙食，是难得吃上一次的糯米饭。

饭后，十七连四排十三班进了隧道。十三班是机动队，哪里需要上哪里。当晚任务是扩边墙——在立模型板之前，把突出的岩土刨去，保证边墙混凝土厚度。

熊汉俊钢钎舞得正欢，排长赵锦坤走了过来。熊汉俊不免纳闷：排长上了一天班，不去看电影，进来干啥？

原来，运碴儿的翻斗车经过时，下导坑轨道边的支撑排架有些抖动，下班前的这个画面在脑子中一闪，赵锦坤迈向操场的步伐，临时改了方向。带领四排看电影的事，他让十四班班长胡士良负责。

"熊班长，支撑排架不是很牢靠，你们别扩边墙了，先来加固排架。"安排工作后仍不放心，赵锦坤在隧道深处找到四营教导员罗喜，报告了下午的发现。罗喜闻言，安排他和营技术员袁运重，为十三班提供技术指导。

说是指导，赵锦坤上了排架。

躲在暗处的对手出手突然。感觉到排架摇晃的幅度比之前大了许多，赵锦坤提高嗓门，喊了一声"当心"。

就是这时，排架倒了。二十多米长的支撑排架连同上下导坑间的岩石垮塌下来，掩埋了赵锦坤、袁运重、熊汉俊和另外四名战士。

收到电影队喇叭里发出的救援通知，胡士良立即起身，带人赶赴工地。

隧道里一片漆黑。顾不得脚下磕绊，胡士良边跑边喊："赵排长，熊班长！"

赵锦坤和胡士良是浙江老乡，平时关系很好，胡士良有拿不准的事，爱找赵锦坤出主意。就在赵锦坤进隧道前，胡士良还塞给他一个橘子。胡士良心急如焚：我的赵排长，你可千万别有事！

江西清江人熊汉俊个头不高，身材单薄，论工作却是"大高个"。吃晚饭时，胡士良跟他搭话："夜班费力气。如果不够吃，我分你一点。"胡士良心如刀割：我的好兄弟，你说过以后带我去看井冈山，说话必须算话！

被埋的七位战友，先后被扒了出来。由于伤势过重，颅底骨折的熊汉俊当场牺牲。

一山一隧皆有泪，一草一木起悲声。

内昆铁路（内江至昆明）、中老公路（中国至老挝）、贵昆铁路……一路摔打过来，铁五师二十二团三营技术主管陈万福以为，自己也算是见过世面。来后方知，以前修路是修路，上了成昆线，却是把脑袋别在了裤带上。

橄榄坡隧道一千九百四十三点三六米。打这样的隧道，一个团是标准配置。然而，修建任务，由三营独立担负。

二十二团承建的隧道都在雅砻江边，周围渺无人烟。橄榄坡那时是一片野地，山上没有人，山没有名字。部队驻扎下来，眼见山坡上稀稀拉拉长着几棵野橄榄，便将这里叫了橄榄坡。空压机、凿岩机、电瓶车、搅拌机、碎石机陆续运送过来，有了姓名的橄榄坡有了生气。同时到来的还有机械连和汽车班，很有打大仗的氛围。

橄榄坡属沉积岩地层，岩石坚固性系数为2—4。为赶进度，营长任恩和变一个横洞为两个横洞，增加作业面。开口子，精密导线要跟上。陈万福不缺干劲不怕流汗，他唯一担心的是装备不够先进，影响测量精度。他对任恩和道出了自己的担心。"人家贺老总，两把菜刀，照样干革命！"营长说完就走，没有多余的话。

贵昆线上要出操，有军事训练。这儿除了施工就是施工，全年无休。战士林森林刚到橄榄坡时爱念叨：今天星期一，今天星期二，今天星期三……数到星期十一星期十二，他接受了一个事实：这里只有月和年，没有周和天。

"安全标兵第九连"，这面旗帜扛了十年有余。来了不多久，遇上塌方，一个战士被木杆砸中，纪录瞬间清零。

2号横洞刚开打，一块落石将林森林的脑袋削掉三分之一。战友把他放在木板上往外抬，陈万福正好遇见。他脱下军棉衣垫到林森林脑袋下，担架还没走远，棉衣成了红黑色。

十一连有个排长，贵州兵。那晚值夜班，排长带着战士们打眼放炮。有个炮没点燃，排长割了一截引索，接着点。剩下的引索太短，炮响得很快。战士们跑了出去，却没见着排长。回头找，排长倒在血泊里。

修建橄榄坡隧道，三营牺牲了十六个战士。

——如果把不穿军装的战士也算上，则是十八个。

为缓解铁道部队技术力量不足的情况，铁道部从全国调配技术工人。机械排有两个技术工人，其中之一的王金生，四十多岁，江苏人，家中有五个孩子。一次转运机具，碎石机挂在汽车后面。担心机具脱钩伤人，王金生站到碎石机上。一个急刹车，悲剧发生了，王金生跌下碎石机，一块笋状顽石插进了他的脑袋。

隧道里的支撑木，为当地民工从雅砻江运到河滩，再由汽车运至工地。当地老乡承担水运任务时，没有像样的船，他们用抓钉把圆木钉成木排。水深浪急，礁石密布，木排被撞散架，隔三岔五遇到。有一回，一个船工掉进江中，被散架的木排中的一根圆木撞到头部，再没唤醒。

千里成昆线上，每一个隧道工地，都是紧张忙碌的景象，意外随时可能降临。

云南省禄丰县境内，渔坝村3号隧道的必经之路上，横亘着一处岩堆。1966年8月5日，四百多方土石坍塌，将铁一师四团十六连二十五个战士堵在洞内。战士们一个不少从通风管里爬出来，团长徐成山刚松一口气，随即又皱起眉头。岩堆坚固性系数为0.6，隧道处于松散坡积层，松散体沿基岩滑动引发塌方，也许难以避免。

接下来的作业，得更为周详地安排。在工程师丁顺祥主导下，四团大幅提高了施工标准。爆破作业减少装药量，洞内施工采用小导坑牵引，为的是减少扰动地层；加大支撑强度，衬砌及时跟进，为的是强筋健骨，扼制地层压力。

防不胜防。继9月12日隧道小规模塌方后，12月6日，二十多米高处，六千多方沙石崩滑，掩埋了隧道出口。

担负出口主攻任务的十六连、十七连，立即组织疏通。

12月8日下午，十六连副连长黄元辉率一排战士清除石碴儿，二排战士组成两条人工传送带，将石碴儿清运到山坡下面。

那一声响石破天惊。3时40分许，洞口不远处，崩塌形成深坑，直径三米，深约一点五米。五班班长葛发志、战士聂兴成、潘风林、岳正金、周兴明跌入坑中，不断下陷。

没有人看到过这样一幕，但是人人都见过旋涡，见过被卷进旋涡的枝叶。

"救人，快救人！"紧急关头，副班长王明发一边高喊，一边往坑里跳。

塌方引起料场塌陷。施工水池也崩溃了，水和沙子、水泥混为一体，深坑成了旋坑！

坑越来越大，人越陷越深。被救的人还没救起，救人的人又成了待救的人。短短几分钟，二十八名战士被困。

其他连队闻讯赶来，手拉手向上拽人。

眼见一块石头从高处滚下，砸向大半个身子被埋的战友，王明发挣扎着扑向石头。拦截并挪开石头，他连扶带托，把身边战友往上面推。

随着一声闷响，洞口再次塌方。旋坑不断下陷，王明发和十三名战友，被卷到旋涡深处。眼看着泥浆埋至王明发胸口，十七连副连长张弟裕、五连战士车强武救战友心切，跳进坑中，想把他拉扯出来。怎料下陷处加速下陷，王明发只剩脖子、脑袋留在外面，张弟裕和车强武半截身子被埋。

靠近坑边的车强武被拉了出来，张弟裕和王明发仍在不断下陷。刚刚赶到的徐成山见状，也要往下跳。是喊，是哭，是请求，张弟裕仰着糊满泥浆的脸向团长喊话："不要来了，不要白白送命！"

王明发也在高声哭喊："不要白白送命！"

几个战士死死拉住徐成山。拉住他的战士中的两个，却想再试一试。

"都他娘的别送命了！"徐成山从地上捡起一根木棍，谁往坑边靠，棍子就落到谁的身上！

…………

两天后，十八座墓碑立了起来。向长眠的战友敬礼，年轻的战士泣不成声。

坚持，为了战友。放弃，也是为了战友。

1965年9月3日下午4时，中班接班，铁十师四十七团二十二连战士徐文科进了大渡河边的大桥湾隧道。

掌子面上，徐文科光着臂膀，手举风枪，眼睛盯着钻杆。

第二章　铁血者

钻杆消失一寸，意味着钻头在和岩层的较量中，占了一寸上风，意味着成昆线的钢轨，又可以向前延伸一寸。汗水从前额淌到脚背，徐文科没感觉到热。

没有任何征兆，洞顶突然塌方。支撑拱部的木排架瞬间被毁，石头、断木砸向洞底，徐文科和身边多位战友还没反应过来，就被全部掩埋。

十班副班长周绍堂和十二班班长韩月城、副班长潘树岗、战士师福龙顶着烟尘赶来，搬开石头，搬开木杆，刨开泥沙，全力展开救援。

埋得最浅的王林光被扒出来了。接下来是田大军、吴毅民。

终于找到了徐文科。浑黄的手电光下，徐文科满头是灰，满脸是血，腰部以下完全被埋进碎石堆，两只手臂，被东倒西横的支撑木紧紧锁住。

徐文科参加铁道兵仅一年，这位二十三岁的战士，没有喊痛，没有呼救，而是用微弱的声音恳求副班长："先救其他战友，不要管我！"

泪水模糊了双眼，周绍堂的手却是一刻未停。

副指导员张保祥来到现场，投入抢救战斗。徐文科苍白的脸上，愈加显出焦灼："副指导员，我不行了。你带大家出去吧，不要白白牺牲。"

张保祥挤出一丝笑意，轻声说道："别犯傻了，我们是同生死、共患难的兄弟！"

小规模塌方不时发生，半个多小时后，徐文科已晕了过去，他的双腿还埋在碎石下面。

再次醒来，见张保祥还在带人救他，而隧道顶部，石头不断掉落，徐文科的话里有了哭腔："副指导员，求求你，不要救我了。死在成昆线上，我是光荣的。你们好好活着，把路修通……"

徐文科话没说完，头顶上方，隧道再次塌方……

师长尚志功坐镇指挥抢险。师卫生科长李本信，师医院主治医生李经伟、桑听英，外科手术室护士长张伯仁守在现场，只能干着急——隧道被完全堵死，进不去。

尚志功让人从隧道右下角挖出一个导洞，给被困的战士送水。营长赵金安迫不及待地钻进去，却没法从洞中脱身。导坑狭小，身材魁梧的他，被卡住了。

几个战士拽住双脚往外拉，总算把赵金安拉了出来。赵金安泪流满面，不是因为背部、胸部、小腹、大腿伤痕累累，而是因为隧道里的一幕：徐文科呼吸已十分困难，却不断把身边战士身上的碎石，刨往自己身上……

抢险进行到第六天，六位烈士的遗体全部从乱石堆中被扒出。"伟大的战士，真正的英雄"，师政治部通报了徐文科的先进事迹，号召全师官兵向英雄学习。不久后，"徐文科烈士纪念碑"在徐文科牺牲的地方不远处，高高矗立起来。

为一位筑路烈士单独立碑，这是成昆线上的第一次。

也是唯一一次。

同样是隧道塌方，同样是舍己救人。徐文科牺牲一年后，另一个铁道兵的名字，永远地熔铸在了成昆线上。

别看铁七师三十一团五连战士向启万年龄不大个头小，到连队才两个月，抡锤打眼、装药放炮，却都不在话下。大半年后，工地上十八般武艺，向启万样样得心应手。难怪在战友眼中，他是"新兵老战士"。

1966年8月18日，云南省禄丰县密马龙村境内，密马龙隧道深处，施工一如既往地紧张。这天，身为连队施工安全员的向启万手持青冈棒，对着洞壁危石和支撑木敲敲打打，眼里射出的光柱坚硬如钢。

向启万的耳朵里，突然传来异响，不是细如发丝那种，是麻绳般粗壮那种——

"嘣！"

一根一米多长的杉木，如炮弹垂直降落在离向启万脚尖一尺处，杵出一声闷响。紧随其后，是岩石推推搡搡的声音，支撑排架挤压变形的声音。

"要塌方了，快撤！"喊过一嗓子，向启万右肩向前一顶，抵在了支撑架上。

肉身挡不住子弹，黄继光还是要扑向枪眼。

一己之力扛不住山垮石塌，向启万还是想阻止灾难发生。

王作林等六个战士因向启万及时预警安全转移，向启万却被五十多方垮塌物和混杂其中的长长短短的支撑木死死困住。

碎石还在不断落下。向启万头负重伤，胸部以下深陷落石中。

团长带着卫生员赶过来了。

铁道部大桥局桥梁施工队老队长刘进祥带着千斤顶赶过来了。

当务之急是把人从石堆里扒拉出来。三班战士冯贵荣匍匐着钻进塌方区，刨开堆在向启万胸口的碎石。往下，冯贵荣手脚并用，却是徒劳无功。向启万大半个身子卡在石缝里，徒手搬开巨石，有如蚍蜉撼树。

千斤顶也派不上用场。支撑木乱如鸡窝，难以施展手脚。

老工人陈多发拿起锯子，向支撑木发起进攻。要锯的木头不少，外围干扰太多，千斤顶所需作业面，迟迟没有打开。

又是一阵异响。向启万吃力地抬起手，扯了扯副指导员张源清的衣服下摆，诚恳而坚定地说："副指导员，快撤，危险！"

眼前这张脸蒙着厚厚的尘土，只能看到两个眼珠子在动，看不出往日样子。但是，这张脸的旧日光景，清晰地浮现在张源清眼前：轮休时，主动为全连战士理发的，是他；战友病了，到镇上买来饼干糖果的，是他；很多时候，"偷偷摸摸"打扫驻地厕所的，也是他……

"坚持，挺住——这是命令！"张源清努力稳住向启万。

救援力量还在集结。兄弟连队的抢救突击队赶过来了，铁七处工友手持钢钎铁铲赶过来了。浑身力气使不出来，人人手心里，捏一把汗。

烫得快断成两截的锯条，终于杀出一条血路。

然而，五十吨的千斤顶，根本无济于事。换成一百吨的，

第二章 铁血者 127

仍是绠短汲深。人们这才注意到，散乱的支撑木横亘在巨石、洞壁之间，是难以对付的帮凶。

五个小时过去了，大半个身子卡在石缝里头的向启万，失血过多，昏了过去。

卫生员一针强心剂，向启万慢慢睁开眼睛。张源清俯下身子，轻声问道："兄弟，吃点东西？"

向启万的声音十分微弱："我上衣口袋里，有一本《毛主席语录》……"

张源清摸摸他左胸前口袋，十分肯定地说："好好的呢，放心！"

一抹笑意浮上向启万的嘴角。待他再次说话，声音却更小了："石头，石头里面……"

向启万再次昏迷前的后半截话，说得断断续续："里面埋了……一把风枪，五根……钻杆……不要……忘记了……"

距离塌方发生七小时四十分钟后，向启万被战友刨了出来。此时的他，早已不是那个生龙活虎的"新兵老战士"。死神紧扼着他的喉咙，随时要掐断他的呼吸。

哨声未响，生命的拔河怎能终止？医院组织最强的力量抢救向启万，师长许守礼来到病床前，把师党委的慰问信，一字一句读给他听。

刮去发黑、发臭的烂肉，痛到浑身是汗，向启万不哭不喊。高烧没完没了，额头烫成火炭，向启万心静如水。他的"止痛药""镇静药"是一个信念："隧道没打通，成昆线没修好，等出院，我要继续战斗。"

1966年9月7日晚，向启万战斗到了最后一刻。这天，他的病情突然恶化，四十摄氏度高烧，迟迟退不下来。一遍遍为他敷上冷毛巾，护士彭涛的泪像一场经久不息的雨。

终于，眼睛半闭，向启万吐出一句话："我要……穿军装……"

看着他血肉模糊的双腿，彭涛边抹泪边说："身上有伤，穿军装会破皮出血。"

向启万努力睁开眼。彭涛第一次看见，这根就算痛晕过去也不叫出声来的铁骨头，露出了乞求的眼神："这是……我的……最后一个……心愿。死了，我也是一个……铁道兵……"

穿好军装仅仅两分钟，一颗普通但绝不平凡的心脏停止了跳动。

成昆铁路修建过程中，平均五百米就有一位筑路勇士献出宝贵生命。

一个土堆一个英灵，一片荒山一片坟茔。

无所畏惧的铁道兵战士，无往不前的铁路工人，可以凿通几百座山，可以架起近千座桥，可以为抢救战友牺牲自己，却很少为生死与共的兄弟好好立一个碑，修建一座陵园。

但英雄应该被记住、被纪念。

1966年3月23日，一辆黑色轿车在紧贴大渡河峡谷左岸绝壁的施工便道上走走停停。

驾驶员旁边是时任西南三线建设委员会第三副主任彭德

怀，后排座位上坐着警卫参谋景希珍。

彭老总此行，目的地为攀枝花，成昆铁路建设工地亦是察看重点。

金口河海满隧道旁边，铁十师四十八团五营战士激战正酣。铁锤敲打钢钎，钢钎叩击山岩，半空中叮叮当当，是一场声音的暴雨。抬头看，只见战士们腰系长绳，凌空开凿炮眼。

战士们穿梭转运石碴儿。彭德怀拦下一辆手推车，拍拍战士肩膀："我来试试。"

运完一车石碴儿，彭德怀钻进隧道。

海满隧道出口端，山坡上一片新坟，映入了彭老总的眼帘。四十八团团长姜培敏报告彭老总："里面埋的战士、民工，是为开凿隧道牺牲的。"

沉默片刻后，彭老总说："打仗就会有牺牲，搞三线建设是一场与帝国主义争时间、抢速度的战斗，他们是为国捐躯的勇士。走，看看他们去。"

夕阳的暖意难敌大山的荒凉。山是一片焦黄，坟是一片土黄。彭老总的目光从一座座坟头上缓缓移过，像是检阅一列列庄严肃穆的士兵。

自新坟入眼那一刻起，彭老总神情凝重。此时，见许多坟墓没有墓碑，有的只在土堆前插了一块木板，彭老总的目光久久没有挪开。

之后，彭德怀看向在海满隧道蹲点的铁十师副师长段金城，一席话情真意切："同志，这样不行，这样我们就对不起为建设成昆铁路牺牲的战士、民工。我们要让祖国和人民永远记住他们，记住他们为了祖国，积极参加三线建设的无畏精神！赶快请人来给他们立块石碑吧，石碑上要写他们的姓名、年龄、籍贯，这样，我们才能记住他们，他们的亲人才找得到他们！"

离开攀枝花，彭德怀做的第一件事，就是找到铁道兵指挥部，商量筑路烈士身后事。

很快，二十二座烈士陵园，矗立在了成昆铁路沿线。

两行长轨何人筑？高高耸立的筑路烈士纪念碑，在讲述过去，在告诉未来。

不穿军装的战士

1966年初,三年前从成昆线去了贵昆线的罗良才,回到成昆线。

这时候的他,是铁二局九处三队技术主管。

903工程队负责的嘎立3号隧道,是越西牛日河旁乃托展线隧道群里的一座。隧道上方两百米地势平坦,有一个彝族村寨。隔着牛日河,是嘎立2号隧道。2号隧道地质稳定,不利因素是温度偏高——洞内气温大约四十摄氏度,工人施工,打着赤膊。水从洞里流出来,甚至有些烫手。

怪得不得了。仅仅一河之隔,嘎立3号隧道完全是另一重天地。

洞口是个滑坡体,须以明洞进入。横洞刚打开,罗良才大吃一惊:每三四分米就是一个岩层,水从岩缝往外涌,水量大得惊人。风枪一上,水柱射出几米。

接着遇到断层。泥土、黏土填充在岩体间,含水量饱和。不知断层有多长,罗良才让人打平行导坑摸底。

平导也难打。风枪开钻,堆积物往下掉,碰瓷似的。于是上支撑厢架,硬顶。支撑木密度加到间隔五分米一根还顶不住,直到增至间隔两三分米一根,岩层才老实起来。

这老实却是"装"出来的。平导打了十米,耳朵里传来响声,像支撑架在响,像岩体在响,又像支撑架和岩体都在响。越听越不对劲,罗良才组织工人往外撤。出洞不到一分钟,平导垮了,密密麻麻的支撑架不知去了哪里。

罗良才的脾气上来了:"这是横竖不让路的意思了?也不打听打听,903工程队是干什么的,我罗良才又是干什么的!"

1965年12月13日,铺轨在即的贵昆铁路花苗隧道拱圈破裂,塌方一百六十九米。"西工指"总指挥吕正操坐镇指挥,副总指挥郭维城,副总指挥、总工程师彭敏也在现场,商议后急调在梅子关隧道连续三个月单口成洞一百米的903工程队攻坚抢险。有处长冯文林、总工程师杨光烋、队长沈定江在场,轮不到罗良才说话。可几次三番不奏效,罗良才多了一句嘴:"钢筋混凝土不行,改成钢轨混凝土。"铁二局局长刘文听进去了,指示冯文林:"偏方治怪病,试试小罗的招。"罗良才在避车洞住了二十八个昼夜,1966年正月初一大功告成,他才出了隧道。自此,903工程队成了铁二局的金字招牌,罗良才则是一战成名。

换个角度,罗良才继续打平导。

断层是绕不过的,罗良才想,角度变换,土压力或许会随之变小。进入断层两米多,罗良才方知,自己想得天真。平导掘进,石碴儿外排,需要借助铁轨。铁轨进入断层两米,里面的土往外挤压,每米三十八公斤的钢轨,直接折成两截!

蔫儿坐洞口的罗良才,看起来也被挤压变形了。冯文林和沈定江往这边走,冯文林的玩笑先到一步:"小罗小罗,成小罗锅了！"

罗良才没有心思开玩笑："该想的办法都想了，死活拿不到'通关文书'。"

沈定江在罗良才身边站定："蘑菇你都拿得到手……"

此"蘑菇"非彼蘑菇，而是"蘑菇形开挖法"。隧道施工，一般采用上下导坑先拱后墙法。梅子坡隧道施工中，罗良才大胆试验，弧形导坑、中层、漏斗一次开挖，大幅提升了工作效率。状如蘑菇的开挖方式在铁二局九处推而广之，后来还写入隧道施工工具书。沈定江想拿一朵封了神的"蘑菇"，为罗良才伤了元气的信心进补。

罗良才话没出口，有人大声喊队长。

是青工杨金文。杨金文跑到跟前，弯腰喘着粗气，半天说不出话。

"有话快说！"沈定江踹他一脚。

"沈师母来工地了！"杨金文边躲边说。

沈定江红了脸："来……来……来干吗！这是她来的地方？"

这当口，媳妇腆着肚子，提着一只红公鸡，摇晃到了跟前。

"你……来干啥？！"沈定江的脸比鸡红。

媳妇白他一眼："你要当爹了都不回去，我来还不行？"

"这是工地，你来添什么乱？"沈定江的脸变黑了。

"这就是你的不对了——铁轨那么硬，该转弯照样转弯。"冯文林替沈定江拿了主意，"兄弟媳妇大着肚子往回走,心里没压力?听我的,孩子就在工地生!"

冯文林带着沈定江两口子找地方搭棚子去了,留下罗良才在原地发呆。

"大着肚子往回走,心里没压力?"处长说这句话时,罗良才的脑子里,一根弦动了一下。这会儿,他的思绪,顺着这根弦往下捋:压力来自圆滚滚的肚子,孩子生下来,这个压力,也就不复存在。

罗良才眼前一亮:释放掉断层堆积物里的积水,土压力是不是也会随之消失?

打听到一种直径十厘米的YQ-100型钻机,可以打一百米深,罗良才向冯文林提要求,无论如何要找到。两个人在花苗隧道时,上下级关系就已混淆。冯文林每天都要进洞,向罗良才汇报材料准备情况。一开始,罗良才也会说:"整颠倒了,你是处长,该我向你汇报。"冯文林说:"工程进展的事你给我汇报,材料上的事,我给你汇报也没错。"一来二去,天长日久,蒸笼就分不清上下格了。

冯文林搞到了罗良才要的钻机。两个平行导坑都堵死了,罗良才让人从正洞打。果不其然,打到四十米处,积水释放,土压力变小。

下导坑一般打四米至四点五米宽,罗良才多长了一个心眼,只让打一半。二十米厚的断层刚突破,嘎立3号隧道进口不远处的窝棚里,发出响亮婴啼。沈定江早为儿子取好了名字:娃是在嘎立3号进口端生的,就叫沈立进!

当了爹,沈定江仍然天天进洞打风枪。一个掌子面上,五台风枪同时开动。每台风枪两个人扛，另一个人用力往前顶，把个弹丸之地挤得满满当当。人与人离得如此近，彼此的声音却无法听清——噪声实在太大。必要的交流靠比画手势。比手势也要凑到眼皮下，粉尘大雾似的，一米开外，看不清人的鼻子长在哪儿。

一个班下来，就算戴两层口罩，鼻腔还是会成灰坑，喉咙里咳出来的，仍是瘀化的尘土。傻子都知道这样伤身体，沈定江很愤怒："这个方维兴，简直就是找死！"

方维兴是个"老顽固"。十次交班，他九次要在隧道里多"赖"一会儿，理由还很充分："回去也睡不着觉——毛主席都睡不着，我睡得着？"

这次实在过分。接连上了两个班，方维兴仍不出上导坑，还仗着自己是个工班长，冲要他下去的工人发脾气。

挨了训的青工一"气"之下找沈定江"告状"。沈定江也是急了，立马去找方维兴。

如果不是有人指认，沈定江并不能确定，这个死死抱住风枪往岩上顶，一副要随钻杆钻进岩层里去的样子的灰人，就是方维兴。

"下来，方维兴！"沈定江扯着嗓子喊出的话，被风枪的轰鸣吞没。

沈定江只得手脚并用爬上去，一巴掌打在"灰人"肩上："你是疯了吗？赶快滚下去！"

"再干两个小时我就走！"方维兴看着队长，握住风枪的手，一点没有松动。

"不要命了？！"沈定江厉声大吼。

方维兴犟着不动："前段时间，断层耽搁工期太多……"

"那也要稳扎稳打，不能拼命蛮干！"沈定江两手抓住方维兴，使劲往后拽。

方维兴几乎是在求情了："队长，说话算数，再干一个小时我就走！"

沈定江拿他没办法："多赖一分钟，老子给你处分！"

两小时后，又有人来找沈定江："方班长他……他倒在澡堂子里了！"

沈定江还在门外，就听到澡房里传出鼾声。进屋看，躺在水泥地上打鼾的不是别人，正是方维兴。这家伙裹着一层黑色肥皂泡，身子不停颤抖，是风枪的节奏……

提到嘎立3号隧道，不能不提王学良。

不高不矮，不胖不瘦，不黑不白，不多言语，903工程队上千职工中，毫不起眼的一个老头儿。

那是就相貌来说。了解王学良底细的人，对他却都要高看一眼：这个人连自己的名字都写不端正，可每到紧要处，领导总要他上，他总不负厚望。

又涌水了。水柱从岩缝喷射出来，大大小小几百条。

"积米成箩"是个比方，积水成河，这时却是实写。

抽水机开动起来。十四个出水口，每小时出水四百零九吨。时间一分一秒过去，导坑里的水位，上涨，稳定，回落。

水位突然报复性上涨。停电了。

安排电路抢修，值班领导犯了难：开抽水机的工人病倒了，导坑里的抽水机电闸，派谁去推？

还得王学良。

利用洞口木料，王学良和工友扎起木筏。洞口离洞里放置抽水机的地方两百多米，水深一米有余，需要交通工具。

电来了。王学良口含电筒，手划木筏，瘦小的身影隐没洞口。

水管、风管、电线，正被涌水吞没。左划一桨，王学良心急如焚。

浸泡越久，隧道越易塌方，这些天的努力就要白费。右划一桨，王学良焦急万分。

两百米，漫长的两百米。

一桨一桨划，慢慢悠悠走，王学良哪受得了。洞壁上，通风管与人齐高，王学良站直身子，抓住通风管用力拉拽。

终于看到第一台抽水机。合上电闸，王学良心花怒放。第二台、第三台……十四台抽水机，电闸一一合上。抽水机雄壮的合唱声充满隧道，怒放在王学良心里的花，由孤单单一朵，开成火艳艳一片。

王学良可以在功劳簿上躺两天，端端这两天，他躺在电闸下方。

没人要他去，也没人拦得住，王学良把床扛进隧道。

罗良才问他："这是哪股水发了？"

"哪股水发了"是四川方言，可以理解成"犯了什么毛病"。王学良答："万一又停电呢？电来手伸，一秒不耽误！"

1968年的日历刚翻两页，嘎立3号隧道再次涌水，涌水量比两个月前有多无少。

也是抽水机正干得卖力时，电开了小差。

王学良挽起袖子扎木筏。五根大腿粗的圆木，要用抓钉整合。抓钉没找到，电来了。王学良跺了一脚，骂了一句："闪尿劲！"

也不等抓钉，也不扎木筏，衣服一脱鞋一蹬，王学良光着身子进了隧道。

就算盛夏，嘎立3号隧道里的水也是冰冷刺骨，遑论数九寒天。这座隧道坡度为千分之十二，洞口比洞内高。水在洞口只是没过脚踝，越往里走，积水越深，很快淹到王学良颈部。

王学良张嘴想骂娘，一口水先进了口中。

前面是重重封锁，道道险关。

封锁他的不是机枪，胜似机枪。岩缝里射出的水柱细的如小拇指，粗的像搪瓷碗口。

除了"机枪"挡道，还有"炸弹"空投——岩顶、岩壁不时有石块脱落，激起"嗵嗵"声响。

王学良没有停下脚步，没有后退。他的心从没这样硬和烫过："走不动了，老子游过去！"

有惊无险到了现场，王学良面临新的考验：电闸打湿，伸手合电闸，没准会触电！

王学良浸泡在犹豫之中。死，他不怕。怕的是人死了，电闸没合上。

一块碎石打在举棋不定的右手背上，王学良眼前，突然有

第二章 铁血者

了光：用手背推起电闸，即使触电，电也不会伸手抓人，只会把人推开。

"嗡——"

抽水机大声欢呼起来。

"金江的太阳马道的风，燕岗打雷像炮轰，普雄落雨如过冬。"

在普雄过冬是什么概念？最冷时，中午11时冰才融化，下午3时又开始结冰。晚上睡觉，裹着三床被子，仍打哆嗦。

夏天也不好过。1966年5月，铁二局552队从川黔线转战至普雄。夏天比我们先到一步，这是普雄给模型工班长吴承清的第一印象。

又是一个艳阳天。吴承清感冒三天不见好转，室友江勇峰一早就劝他请个假，留在宿舍发汗。"发汗"是个治疗感冒发烧的土办法，往身上堆几床被子，把体内病毒同汗水一起"撵"出身体。吴承清抿着起了壳的唇，不接话。

四川三台人吴承清，参加工作后，上了川黔线。一到贵州遵义的蒙渡车站就在抢工期，每个月只能休息一天。钢材水泥国家都有限制，工地上需要大量石材。吴承清第一份工作，就是搬运石头。

重活累活日复一日，吃的住的不如农村老家，吴承清有过思想斗争。之所以坚定下来，是因为上上下下，心比刀口齐整。虽然没干出什么成绩，可领导看你有个芝麻大的事做得像点样子，立马一顿表扬。而且领导总抢着干活儿，对人又好，感觉上就是长辈。

建好川黔线，才能转战成昆线。按照计划，1965年10月川黔线就要通车，然而，到了1965年2月，蒙渡车站还有几十万的土石方要完成，哪怕不休息，按照之前进度，还得干上一年。

552队展开了劳动竞赛。最开始三人一组，一天工作八小时，土石方拉得最多的组，拉了六十多车。吴承清所在的组奋起直追，早出晚归，拉了八十五车。

"八十五车，吴承清组，出门又早，收工又迟……"工地广播一天到晚这么念，其他组斗志被激发，速度的比拼，一浪高过一浪。

包志荣小组递来挑战书，吴承清不知道"挑战"两个字是什么含义。等到明白过来，他只是感到，沉淀一天的疲惫，突然不知去向。三天后，吴承清小组，创造了一百一十八车的纪录。

西南铁路大会战，工地总指挥部树起"十面旗帜"，评出"五朵金花"，吴承清榜上有名，凭的不仅仅是一百一十八车石头。

吴承清刷边坡（对道路、大型基坑等边坡的表面进行平整处理），三天三夜没回屋休息。班长王明树拿他没办法，要工会主席包世荣出面来管："这样下去，累出了病，怎么跟他的父母交代？"

包世荣到工地冲吴承清喊话："小吴你下来，有个重要任务，你去抓紧完成。"

一听有任务，吴承清下了边坡。

"跟我来！"包世荣撂下半截话，转身走了。吴承清跟到广播室，还没反应过来，就被包世荣抓住肩膀，按在床上。

"你小子现在的任务，就是好好睡觉。"包世荣接着又说，"这是支部的决定，不能反抗！"

吴承清腾地站起来，冲包世荣嚷："你怎么不管管张莲花？！"

"五朵金花"中，汽车运输队数百名驾驶员中，二十一岁的张莲花，是唯一的女同志。

张莲花开"解放牌"。个儿矮，腿脚短，对她的视线、操作构成巨大挑战。有人说她来错了地方，张莲花眉毛一扬："错的是你，不是我。"言下之意，你的结论下早了，下错了。驾驶座上垫一块厚木板，后背再垫一块厚木板，观察路线，控制离合、油门、刹车，难题被一一破解。

那时不像现在，可以靠手动、电动发动汽车，那时是靠手摇。入冬，凌晨三四点起床烤底盘，为发动汽车预热。云贵高原道路又陡又窄，大雪封山时，挂上防滑链，车轮照样打滑。遇到起大雾，伸手不见五指。行车考手艺，更考胆量。钢材、水泥还得往工地上送。那天，张莲花打开车门，站在脚踏板上，左手抓住门框，右手握住方向盘，紧盯着防雾灯中间一点白线，把汽车一米一米开出雾区，开到工地。

担心出事，队长讲了"下不为例"。张莲花"口是心非"，躲开队长，随即又坐到驾驶座上……

包世荣来气了："乱弹琴，张莲花又不归我管！"

吴承清才不觉得理亏："又不是我一个人在加班，有的工人端着饭，还没吃就睡着了。有人上厕所时打瞌睡，滚到崖坡下。'通车了再休息'，大家都是这样说这么干的！"

吴承清还要犟嘴，包世荣懒得啰唆，留给他一个背影。

川黔线上的经历浮现眼前，至为清晰的是"挑战"二字。

那时候从来不知疲倦，身上的劲总是使不完，完全是人的精神意志在起作用。吴承清知道，来自外部的挑战可以激扬精神，向自己发起的挑战，才最能砥砺意志。

脑袋是往日里的两倍重，身子有一种棉花似的轻。几颗星星在眼前闪了一下，又闪了一下。脚下一软，吴承清一个趔趄，差点撞倒江勇峰。

江勇峰抓住他的手臂："吴班长，你最好先下去休息一下。"

"我心里有数呢，放心！"一个"心"字出口，更多金星，飞到吴承清眼前。接下来，星星消失了，江勇峰消失了，蓝天消失了。吴承清眼前一抹黑。

木板车驮着吴承清箭一样"射"进工地卫生所。一测体温，吴承清烧到四十摄氏度！

一瓶点滴见底，吴承清睁开双眼。发现自己睡在卫生所，他同医生护士死磨硬缠，非回工地不行。

任吴承清怎么说，医生护士都不松口，他这才不犟了，答应配合治疗。哪知人家刚转身，他就拔了针头，重新爬上桥墩。

接到报告，队长火冒三丈："立模是高空作业，他要是从桥墩上摔下来，想进卫生所都没有机会！"

桥墩下的队长又要给自己派任务。有了川黔线上的"前车之鉴"，吴承清才不上当。队长急了，攀脚手架爬上桥墩，揪着吴承清的耳朵，拎进卫生所。

鏖战沙马拉达

没有一步路是平的。每往前走一截，王成援脚下都会走出四个字：七上八下。

实在是暗合了他在沙马拉达隧道的心路历程。沙马拉达隧道是成昆线峨眉至攀枝花段的一座隧道，是成昆线的第一长隧，也是最难啃的控制性工程。

王成援是1965年夏天来这里的。之前，铁二局在苍溪招工，他插队的生产队有十多个知青，三个报名应征，十七岁的他是其中之一。

到了才知是来修沙马拉达隧道。吃的是苞谷饭，白开水里撒一撮盐就是汤，住进谷草搭的席棚，王成援仍然开心。不是人人都有机会修铁路，何况成昆铁路受到毛主席的惦记。

隧道两边同时施工，指挥部在南口，王成援在北口。他每天用胶轮车推土，有时也推木料、石头、水泥。

沙马拉达隧道海拔高，王成援胸口上像压着一块铅。就说打篮球吧，看着球在前方，想去争抢，却跑不起来撵不到。一袋水泥一百斤，在这里却像两百斤，抱不起来扛不动。

王成援心气高，一定程度上受了吉克产九的影响。南口两公里开外是喜德县沙马拉达乡呷主村（现马布村），村民吉克产九从1959年1月起，在沙马拉达打了三年隧道。当时喜德民工队分来两三百人，呷主村二十多人，只他一个进洞。"铁二局破门进洞我在现场。"吉克产九说这句话时，语气里尽是自豪。

工长王一雄对王成援的影响也大。两千多斤的发电机要运上山，等不得修出便道，王一雄说："我们有肩膀，肩膀就是路。"

抬杆压在肩。

双脚陷进土。

一声声"嗨佐"，震得灌木丛"唰唰"作响。

一夫当关万夫莫开的手扒崖，抬杆人站成两列，有一列没地儿下脚。

王一雄跳到路面下方石崖上，立起"第一墩"。紧接着，第二个、第三个、第四个"人体桥墩"立起来，一座"云栈"，从无到有。

全长六千三百七十九米的沙马拉达隧道是"成昆之巅"。人在沙马拉达，很容易生起一荣俱荣之感。有时，抹去额头汗水，一朵云会飘进王成援的眼眶。从蓝色天幕上飘过的云朵轻盈俊逸，看着看着，王成援心里也很空灵。

然而没过多久，天上云朵，变得沉重起来。隧道两端各有一千多米进尺，王成援没进洞干过一天。这是打隧道吗？这是看热闹！

1965年7月17日，王成援来工地不到一个月，隧道里出了大事。

这天上午，三十余人进隧道时，一路有说有笑。拱顶突然坍塌，二十多米长的塌方体，将整个工班的人，全部埋在下面。

张宝图埋得最浅。右脸划破了，火辣辣的。他想摸清伤情，才发现两只手都被死死压着，动弹不得。尝试从塌方体中挣脱出来，双腿不听使唤。

听到救援人员进洞，张宝图大声呼救，人家听到的却是哭声。脸和腿在喊痛，全身每根骨头每块肉，都在喊痛。

左腿缝六针，右脸缝五针。缝之前，医生问张宝图打不打麻药。打的好处是觉不出痛，坏处是伤口愈合会留下疤痕。张宝图初中没毕业就到小相岭，破了相，以后怎么找媳妇？"不打"，医生从他眼神里看出来。

六个工友没能活着出来，张宝图大哭一场。悲伤的情绪弥漫在病房里，弥漫在沙马拉达隧道工地。工地上的人，八成来自边远山区，苦和累吓不倒他们，但是命只有一条，谁敢保证，下一次厄运不会找到自己？悲伤尽头是恐慌，工地上一时人人自危。

洞子不是头一回出事。来不多久，王成援听人说起"王大炮"。头年11月，一次爆破，"王大炮"出了意外。张秀英带着十八岁的儿子赶到工地，才知道丈夫不是伤了，是没了。人说活要见人，死要见尸，可张秀英连丈夫尸体都没见到——"王大炮"的身子，没法拼得齐全。和丈夫的遗像告别后就要返程了，张秀英把儿子的手交到队长手中："娃的爸留在这里了，让他代替他爸，接着放炮。"

王成援不想进隧道了。就是继续留在沙马拉达，他也

第二章　铁血者

不想。

张宝图同样在心里嘀咕过，伤好之日，回家之时。哪知领导做工作，做到了病房里来。

"毕竟是偶发，咋可能天天出事？"

"只要思想不滑坡，办法总比困难多。"

张宝图不是三岁孩子，可他冷了的心，还是被焐热了。领导说，这次出事是因为支护不到位，我们要举一反三。

领导们在反思，张宝图也在问自个儿，大家都走了，路还修不修？回转身，他做起工友的工作：亮敞敞出门，灰溜溜回去，自己狼狈，家里人没面子。

王成援思想上的弯，也在领导助力下转了过来。

出事不到十天，隧道恢复施工。支护加强，机械设备增加，塌方掩埋的笑容渐渐回到工友脸上。王成援心里又痒了，他想进隧道。

心想事成，王成援不再是个"看热闹"的。工地两千多人，以前他总觉得，这个数字里有水分，自己就是一滴"水"。如今，实实在在打一米洞，砌一米边墙，真的上了成昆线。

王成援干过的活儿多，称得上喜欢的，是衬砌边墙。边墙多是混凝土浇筑，地质坚硬的地方用石头。

用石头是为节约水泥。成昆线已部分通车，水泥从广州坐火车到甘洛，走完第一程。第二程，坐汽车。几十公里山路，弯多，陡坡也不少。到了山下，汽车走不动，改用平板车，走完第三程。第四程，坐斗车。一斗车能装零点七五方水泥，一吨重。虽然有轨道，但有一段是木头做的，和没有差别不大——石碴儿、泥浆，把洞底填平了。隧道里没有电瓶车，两个人推车，坡度大的地方，反过来车推着人走。

衬砌的石头用斗车送，片石条石，规格、形状不一，衬砌进度难免受影响。加快进度得加班。一天八小时的规定不管用，十小时、十二小时连续干，常有的事。

每天工作八小时，工资二十八块。干十小时二十八块，干上十二小时，还是二十八块。评选先进，也就奖励一条毛巾、一个杯子或一本毛选。没人抱怨没人计较，大家干得热火朝天。就是干了十二小时，好些人也没歇着。胡乱吃点东西，象征性睡个觉，又是"满血复活"，当起志愿者，往洞里送饭送水。

大家都是这么干的。尤其到了下半月，成洞一百米、一百二十米的当月任务没过半，加班成了"加时赛"。

那天也是加班，王成援往石头上抹砂浆，头顶传来"嘎吱"一声。几乎同时，余光里，一只"老鹰"俯冲下来。出于本能，王成援拔腿要跑，"老鹰"却踩在脚背，让他难以脱身。这才看清楚，哪是什么老鹰，是洞顶脱落的石头。钻心的痛把王成援摁倒在地，他知道，右脚脚掌已然成了一堆肉泥。待工友搬开石头，却发现王成援右脚所在位置，恰好是一个坑。

铁十二处医院设在南口。王成援打了石膏，住院一个多月。

出院那天，迎接王成援的是一个噩耗："王大炮"十八岁的儿子，被炮吞了。

钻进小相岭肚子里，才知它不是铁板一块。最大埋深六百多米的沙马拉达隧道，地表沟谷密布，暗河交叉纵横，断层随处可见，一经开挖，断层泥、断层角砾岩瞬间变软，成了嫩豆腐。

豆腐上没法打炮眼。风钻用不上，钢钎、二锤也用不上，只得动用木工，先把掌子面封闭起来。封闭时留下一扇"窗"，作为作业面。坑道狭窄直不起身，工人们或蹲或跪，手持桃形锄、十字镐、钉耙，一点一点掘进。地面石子多，跪得久了，膝盖承受的是剔骨之痛。于是换个姿势，趴着，躺着。水从岩壁渗下，滴到脸上脖子上，汇成一条条小溪，在袖口、裤管里壮大成河。

比豆腐破碎的是豆腐渣。在这样的地段作业，桃形锄和十字镐不敢用，耙钉不敢用，怕如推多米诺骨牌般引起塌方。

用双手刨，用十指抠。没人敢这么想，工长魏强山却是这么干的。他说："总不能等着洞子自个儿往前走！"

五个指头，如同五枚钢针，一点点揳入泥沙。手指变短，再变短，直到整个手掌都插入泥沙里，魏强山又把另五枚"钢针"打入泥沙。然后，像搂过婴孩那般，小心翼翼调动起腕部、肘部、肩部力量，让十指合围下的泥沙脱离岩体。指甲磨平，指尖出血，指头肿成萝卜，魏强山和工友依然向前探索。

"哎哟"是张勇叫出来的。下了班，把蓑衣、水鞋留给下一班工友，钻出阴冷隧道，在草坡上眯眼躺一会儿，逼出骨缝里的寒气，让快要被水泡散架的身子变牢靠，是一天里最盼望的时光。张勇这声"哎哟",听得身旁的魏强山心里生疼:"老子就说,你娃吃不下这个苦。"

张勇的手指头肿成了红萝卜,脚趾起了皱,白得瘆人。进洞八小时,什么姿势都做过了,偏是难得打直腰身,说不苦,那是假的。但是工长这么说他,张勇并不认同。父亲也是铁路工人,被宝成铁路上一次隧道塌方夺走生命。那时张勇刚满三岁,十五年后上成昆,他在父亲坟前说过:"接你的班,我不会丢你的脸。"

那声"哎哟"到底跑出来了,张勇没法嘴硬,只在心里嘀咕:难道这张嘴长着反骨,不受我的控制?太阳空中照,淡淡水汽缭绕成一张网,横七竖八躺在地上的工友,是挂在网上的鱼。洞子里"哗哗"流的水中常常能看到鱼,发现自己也像一条鱼,他的心思游回了洞子里面。张勇对工长说:"苦这东西,谁也不喜欢。若是一味药,该吞还得吞。"

隧道打通,火车"轰隆隆"穿过沙马拉达,眼下吃的这些苦就都不是苦。他的意思,魏强山听得明白。这样一个伢子,魏强山当然喜欢。他摸了摸张勇的头:"好好晒着,不然隧道打通,给你介绍个女娃子,人家还当你是浑身长霉的臭豆腐。"

1966年1月7日上午,又是魏强山当值。抽换下导坑支撑,活儿干到一半,一块核桃大的石头砸在他的头顶。

"幸好老子戴着钢盔,不然就报销了!"明明是藤条帽,魏强山说是钢盔。话音刚落,他听到一阵杂沓的说不清是涛声、鼓声还是蹄声的声音,以很快的速度从远处涌来。他晃了

第二章 铁血者

晃脑袋，以确定这到底是不是幻觉。他的脑袋还没回正，右前方洞壁塌了！紧随其后，一条长龙从垮塌处奔涌而出，龙头在飞出五六米后跌落洞底，拖着无尽长的身躯往隧道口冲！

洞底翻滚的巨龙无尽长，钻进耳朵的声音的巨龙，也是无尽长。

水位迅速上涨，很快淹过了腿肚子。是时候撤退了，可魏强山知道，这一走，洞里的设备就保不住，十指抠出来的下导坑就保不住。

魏强山脚下生了根，身边六十五个兄弟，没有一个退缩。

临时抢险方案是用两根轻型钢轨稳固豁口，人沿轨缝逆流进洞，将一根根圆木横在豁口背面。

三十八公斤每米的钢轨抬了来，粗壮的圆木背了来。

张勇把自己扒得只剩条裤衩，上了脚手架。

魏强山一把将他拖下来："毛还没长齐，你娃胆子倒先长大了。有老子在，轮不到你来冒险！"

"你上有老下有小……"张勇顶嘴道。

"老子用得着你教！"魏强山将张勇推到一边，侧身爬向豁口。

张勇抱住了他的大腿："人多力量大，我们两爷子快去快回！"

魏强山还想说什么，终于没有开口。时间不等人，何况张勇这小子，看来劝不住！

一老一少，一前一后爬上洞壁。

如果脑子里闪现半个"险"字，抢险都不可能进行下去。

成昆线隧道建设中，常常遭遇塌方、涌水、岩爆、高地温等不良地质影响。图为铁道兵战士冒着隧道涌水将掘进隧道产生的石碴儿运向洞外（摄于20世纪60年代）

偏偏张勇初生牛犊，魏强山身经百战。

豁口直径八十厘米，深约一米。魏强山一手抱住圆木，一手抓钢轨，如鱼洄游进洞。脚手架上的张勇，扶着工长的背、腰、臀、腿，一点点往里面送。

进洞才一半，魏强山就被水流冲了出来！

幸好他搂住圆木的手没有松开，幸好他慌乱中抓牢了钢轨，幸好张勇长了眼睛的手抓住了他的衣领。

喘了一口气，魏强山又要往洞里钻。张勇这次没听他的，抢先将头颈没入水中。汲取教训，魏强山没有死守在豁口，而是紧跟着钻了进去，用头、用肩，把张勇往深处拱。

第一根圆木竖起来了！

两个人喘气的当口，工友从下导坑传上来第二根。

这一回，魏强山争回了主动权。水急，水冷，水下无光，长时间水下作业，就算张勇真是鱼变的，也会受不了。

学着工长的样子，张勇紧随其后钻进水中，当起"垫背的"。

…………

随着圆木"栅栏"不断织密，水流慢慢变小。下导坑有望保住，魏强山、张勇和工友们的脸上有了笑容。

最凶残的杀手，最擅长隐藏杀心。就在抢险进入尾声，魏强山和张勇即将撤离之时，豁口再次坍塌。

涌水在倾泻，洞壁在战栗，大声呼唤着工长、呼唤着张勇的工友们，手在颤抖，泪在狂奔，心在滴血！

上午10时20分，立在沙马拉达隧道口的广播骤然响起："洞内塌方，有人被埋，大家马上集合抢险！"

队长齐旺礼定下两个目标：挖出被埋的人，保住下导坑。

导坑里需要沙袋，立马有人去扛。

堵豁口需要棉絮，棉被、垫子、枕头，很快堆成小山。

组建抢险队，举手报名者有职工，有家属，有后勤岗位女工，有腿上缠着绷带的老工人崔万章……

棉被、草垫、枕头、石头、沙袋不断填进去，不断被冲出来。

再填进去，再冲出来。

不是鱼死就是网破。以二十四小时涌出一万二千至二万方水的气势，豁口摆明了要与人拼个高下。

水位快速上升。

小腿被淹。

膝盖被淹。

大腿被淹。

眼看着大家腰部以下全部没入水中，而涌水量一点不见减小，工程师吴鸣冈知道，再不撤退，牺牲更大。

齐旺礼同意适度后撤，变填堵豁口为垒砌挡墙。

后撤越远，意味着离魏强山、张勇他们越远，意味着将被涌水毁掉的导坑越长。通往隧道口的路，齐旺礼走得艰难。

距离溶洞二十米，一堵挡水墙越垒越高。

水位也在不断升高。墙想挡住水，水想推倒墙，挡水墙的晃动，由轻微变得剧烈。紧贴沙袋、圆木、石头堆砌成的挡墙，工人们用血肉之躯筑起一道人墙！

墙缝射出的水，像箭。水流冲击下的墙，晃动如有地震波。"箭"越射越远，"震感"越来越强，吴鸣冈抓住齐旺礼的双肩不停摇晃："再不撤，就来不及了！"

人刚撤离，挡水墙轰然倒塌。

一百米外，又一道挡水墙迅速崛起。保住配电房、发电机房成了当务之急——配电房在，抽水机正常工作，水就可以外排。

挡水墙筑在配电房前。随着水位上升，六台每小时二百八十方流量的抽水机，两台停止了工作。

这是无声而凌厉的警报：六千六百伏高压电一旦触水，人们很难活着出去！

顾不得了，豁出去了。

青工张坚身体单薄，个儿又矮，平日里，工长不安排他干重活累活。但是这会儿，他扛起一包水泥就往隧道里冲。

进洞几十米，积水淹过张坚的大腿。隧道里坑坑洼洼，负重一百斤蹚水而行，张坚喘出的气，一口比一口粗。离豁口还有二十米，他的步伐显出踉跄。水面以下，一块石头或是一个土坑，推或拽了张坚一把，"扑通"一声，水泥掉进水中，张坚趔趄两步，一头栽倒下去。

乌黑的血从洞壁往下流。殷红的血从水下往上冒。又一个十八岁的生命，没了。

豁口还在变大。

水位不断增高。

"叭！"11时30分，配电房传出一声巨响，隧道完全陷入黑暗。

打着手电筒的人们，仍在和涌水搏斗。

"同志们，这是我们用汗、用血、用命换来的隧道，是成昆铁路的制高点，我们一定要保住它！"是齐旺礼的声音。

"保住它，一定保住它！"工友们高声回应。

吴鸣冈眼里起了血丝。拉齐旺礼到边上，他流着泪说："涌水不会停，但是电已经停了。堵的办法，铁定徒劳无功！"

"难道隧道不要了？"

"留得青山在，不怕没柴烧！"

"但是今天，我们损失了三个兄弟！"

"所以不能有第四个！"

....

齐旺礼哽咽着下达了撤退命令。

一步三回头，是他和他们最后的倔强。

水还得堵，只不过，主战场转移到了洞外。山上的水从地表渗透下去，此长彼消，周边老百姓的庄稼没了水喝。技术人员拿出治理方案，地方政府组织力量，千方百计围堵。

实在堵不住的，便"劝"——"劝"它改个道，井水不犯河水。正洞与低处平导间每隔百来米有一个横向通道，涌水引进平导，施工就没了干扰。

抽排积水，小排量抽水机换了大排量的，排水管由小口径改为大口径。一个抽水站，八台抽水机，工人昼夜不休。

上一个工班还没撤退，下一个工班顶了上来。接力排水，张宝图轮到几回。水后退一步，身子骨就轻了几斤，为何会有这种感觉，他也说不清楚。

1966年6月，沙马拉达隧道正式贯通，南北两路大军胜利会师。

现场测量的结果，王永国难以置信：隧道全长六千三百七十九米，两条中线相对偏差，只有八毫米！

天堑架飞桥

谁人不知赵州桥。

河北省石家庄市赵县城南洨河上,全长六十四点四米的赵州桥宛如初月出云、长虹饮涧,是世界桥梁建筑史上绕不过去的奇崛一笔。

成昆线上也有一座让人不得不记住的石拱桥,名叫"一线天桥",位于汉源老昌沟。1966年10月,一线天桥竣工,成为我国最大跨度空腹式铁路石拱桥。

老昌沟在大渡河边,临时便道逶迤在大渡河峡谷左岸。从金口河往乌斯河方向走,铁二局七处青工王万林的心,一路上都是皱巴着的。在峨眉时,目光是撒开的折扇,聚头散尾。过峨边,入峡口,折扇半叠。自金口河始,两岸愈发靠得近,悬崖壁立,半叠的折扇又半叠。

终于到了。抬头看,老昌沟上方的天,不是峨眉时的一片、金口河时的一绺,是窄如刀缝的一线!真是"上有一线天,下临万丈深渊"。

难怪要叫"一线天"。

桥,此时尚在图纸上。王万林,就是来修桥的。

桥两头是隧道,曰"老昌沟",曰"长河坝",也都才开始打炮眼。

　　成昆线上有桥九百九十一座，总延长一百零六公里，相当于从北京向天津架设了一大半的空中走廊。其中不少桥隧相连，都用架桥机，时间成本太高。必须节约的还有建材，还有建成后的养护成本（钢梁桥每年每米需一百三十元至二百五十元，石拱桥每年每米只需不到八块钱）。为此，吕正操出了题目：就地取材的石拱桥，多修一座是一座。

　　建栈道、埋地垄、架设索道、安装钢拱架所需的机具，清单列了一长串：直径十五至三十二毫米钢丝绳，十一点八吨；三十八千瓦双筒卷扬机，三台；单轮、双轮、三轮、四轮滑轮，一百五十七个；五吨至十吨手摇绞车，十二台；十五吨起道机，四台；五吨至十吨链条滑车，六台；五十吨、三十吨油压千斤顶，各两台；附着式、插入式振动器，十一台。此外，还需电动传送带、混凝土搅拌机、砂浆搅拌机……

　　钱能买的，不操心。

　　来之不易的是石头，就地取材的石头。

　　老昌沟底为冲积漂石土、卵石土夹砾石土、粉细砂尖灭层，总厚虽达二十五米，不可取。

　　沟壁为震旦系灰岩，节理发育，岩石坚硬，可作拱石。但修桥队伍入驻后，老昌沟里到处是帐篷，没法操作。再者说，山炸垮了，桥还怎么修，隧道还怎么建？

　　往大渡河上游走是乌斯河，峡谷里可辟出采石场。乌斯河再往上，毛头马又有采石场。一日，毛头马，有人守着一方石头抹泪，王万林凑巧遇见。一问方知，小伙儿当采石工，刚满

第二章　铁血者　159

一周。也是这七天，天亮到天黑，钢钎加二锤，他凿出一块石头。"处女作"换回仨字："不合格！"虎口震裂，手心磨破，锤柄被血水打湿，小伙儿没觉出痛，可这三个字如同三根钢针，扎在他的心上。

不是收方的人为难他。拱桥所需四千九百三十块条石不能多一块不能少一块，每块相差不能超过三毫米，石条间隙，不能超过一厘米。

除了拱石，还需片石、镶面块石。后来统计，一线天桥共开清拱石六百一十一方、开片石及清镶面块石三千六百二十六方，累计花费二万三千四百九十八个工天。

石头上沾着汗和泪，沾着血。

老昌沟口，仅有的一块平地，没有堆材料、建工棚，而是立起篮板，支起乒乓球桌，供工人得空时消遣。地方政府组织慰问演出，也在那里进行。地就那么点，篮球场不到标准球场一半大，只有一块篮板、一个篮圈。场地虽小，但工人看球打球的热情比来老昌沟前不止翻一番。这当中，跳得最高的，王清秀要算一个。

这几天，球场上没了他的影儿。

起初，大家以为他是为头天"犯规"怄气。说起来王清秀也是冤。两个队打比赛，队友三次传球，王清秀三次失手。认定是藤条帽影响视线所致，王清秀心里一急，摘了帽子。

就是这个动作，裁判判他犯规，罚他下场。

打球要带藤条帽，这是真的。人玩球，山上猴子学着人的样子玩石头，得预防它扔来"三分球"，所以在老昌沟打篮球，规则多出一条：戴上"安全帽"。

脱帽被判犯规，即使放诸世界篮球史，也是独一无二。王清秀心里不得劲儿，不奇怪。

奇怪的是不见王清秀情绪低落，反见他眼睛比平常亮。有些日子没吹的口琴，他吹起来了。《翻身农奴把歌唱》《北京的金山上》《让我们荡起双桨》……一曲接一曲，不像往日"挤牙膏"。一线天风大，吹得琴声散了架，变了形，他脸上的笑容，却像打了铆钉。

工地上没有女同志，大家平常不修边幅，王清秀也不修边幅。但这几天他衣服洗得勤，胡子刮得也勤。大家都觉得哪里不对劲，至于哪里不对劲，说不上来。

真相来了。王清秀结婚十来天就上了工地，小半年没回。趁着农闲，妻子从川北老家看他来了。

小嫂子长得俊俏，咧嘴一笑俩酒窝，仿佛有美酒要流出来。那身打扮费过心思，从上到下，喜气盈盈。

川北的核桃真是香。嚼着核桃，工友们冲王清秀说话，一句比一句火辣——

"天上乌云撵乌云，地上婆娘撵男人。"

"大别胜初恋，小别胜新婚。"

终于轮到小两口单独说上几句。这当口，有人来找王清秀："这次爆破，孙工长说，还是你上为好！"

妻子嘴巴动了动。

王清秀冲她笑笑："手上功夫，要不了多大一会儿。"

王清秀是爆破标兵，深孔松动爆破新技术试验正在关键阶段，工长成天盯着，他也放心不下。

这一去生死两别——爆破出了意外，被人从石堆里扒出的王清秀，再也喊不答应。

"……我都还没来得及说……你要当爸爸了……"妻子的哭声震动山谷。

拱架如期安装，两半跨同时进行。

1965年11月初，邓小平视察三线建设，来到一线天石拱桥砌装现场，见证了拱架合龙。

天默默蓝。风柔柔吹。旗子传达指令，挥得遒劲有力。

拱券有六榀拱架。包括套节，每榀拱架十四节，三十四吨。最后一榀钢梁吊起来了，操作吊机的师傅沉稳如山。这份沉稳传递给了缆索，又由缆索传递给一点点上升、一点点平移、一点点调整姿态的钢梁。

长虹飞渡，合龙成功！邓小平带头鼓掌，工友的欢呼震动山谷。

然后拱架定形。

然后安装胎模。

然后，用九十九天完成拱券砌筑。

最后，拆卸拱架。

1966年10月，成昆线上二十四座石拱桥之一的一线天桥胜利竣工。

两个月后，火车开过"一线天"，开向成昆线北段建设物资集散地——甘洛。

成昆线上的桥，都是"活雷锋"。

以跨越龙川江的拉旧大桥为例。北端，地形无法修改；南端，车站落子不悔。双方互不相让，拉旧大桥打起圆场：以栓焊梁跨过龙川江，为选线争取更大自由。

云南禄丰桐模甸附近的螺旋形展线，地质水文条件要求异常严苛。又是桐模甸2号大桥默默承担所有：增加墩高，加深钻孔桩，强化防爬措施……

越岭隧道进洞出洞，沟底通常作为首选。沙马拉达越岭隧道方案是十里挑一来的，净空高度不足的压力，转嫁给了桥。理想方案是设一中墩，架设两孔十六米短钢筋混凝土梁，"副作用"是洪水下泄不畅。舍己为人的，依然是桥：通过取消中墩保证行洪，以低高度大跨梁一跨过沟。

地形所限，全线曲线车站达七十五个，占车站总数的百分之六十一点四，乌斯河至喜德和尹地至广通展线地段，曲线站占到九成。也是地形限制，五十七个中间站无处容身，所以才有了一次性引爆三十八吨炸药，削山填谷而成的关村坝火车站。上行是关村坝隧道，下行是白熊沟隧道，关村坝火车站只有站房可见日月星辰，接发车作业得在隧道里进行。

成昆线有"地下火车站"十一座，"天上火车站"则多达三十一座。

"天"即是桥。

金口河1号三线大桥，就是一片"天"。

金口河站设在流疏溪隧道进口处，洞在半山，山下是河，所谓车站,并无寸土。

洞口虽可架桥,桥上虽可建站,一个问题必须面对。头一年,也就是1965年,我国粗钢产量仅一千二百二十三万吨,各行各业用钢都紧张,能省则省。

为了让金口河1号三线大桥带一个"省"的好头,铁二院驻峨眉设计组负责人陈俊真决意另辟蹊径,采用柔性墩。

"柔性墩"是个新词。难怪人们紧盯着朝夕相处的他,都觉得眼里的人很陌生。

也不兜圈子,陈俊真操着宁波腔为柔性墩画像:"传统的简支梁,各个桥墩单独受力,柔性墩把几孔简支梁大部分水平力传往间插其中的刚性墩。除了不搞肥梁胖柱,大幅节省钢筋水泥,柔性墩还有两个好处:一是细胳膊细腿儿,就像练过轻功,脚底下承受得起;二是人工就能挖孔桩,不需要机械设备。"

指挥部看好陈俊真,看好柔性墩。

二十四个柔性墩拔地而起,四个刚性墩各就各位。

陈俊真说得中听,工人们建得中看,但柔性墩中不中用,只有梁知道。

架梁这天,架桥机开过来时,山崖上、河谷里,到处挤满了铁道兵、修桥工人、当地农民。大家拭目以待:这个柔性墩,是真能以柔克刚,还是花拳绣腿?

马达轰鸣,十六米长的钢筋混凝土梁,一点点举到空中。

梁往上抬,人们的心,跟着往上提。梁往前送,人们的头和颈,也在向前伸。

一切都很顺利，直到梁的前端，试探着靠向墩顶。

"啊——"

人群惊呼起来。

他们看见了，都看见了——柔性墩的头，重重点了一下！

点头意味着期待、赞许、接纳。这是人的语言，肢体语言。换了柔性墩，则是另一回事。就像树梢，鸟落其上，晃动两下，动则动矣；换作熊在上面则大不一样。高声惊呼的人，联想到树枝断折。

梁还没放稳，又被赶快抬了起来。

桥墩下，陈俊真直着嗓子喊："为什么抬起来？！放，往下放！"

指挥长问陈俊真："没见桥墩晃得厉害？"

话是对指挥长说的，陈俊真却一直盯着上方："有振幅才叫柔性墩。我有把握，振幅在可控范围。"

"这么有把握？"指挥长还是不放心。

"我是信得过它。"陈俊真收回目光，晃晃手中牛皮纸封面的计算本，"大大小小的计算，我做了无数次。"

话音刚落，陈俊真将本子插进裤兜，大步走向脚手架。脚手架搭在柔性墩上，从墩底通到墩顶。

只差一步就上顶了。陈俊真挥动旗帜般对着架桥机操作手摇晃计算本："相信科学，相信我！"

钢筋混凝土梁前端，重新靠在柔性墩上。

又是一阵晃动，又是一阵惊呼。再看陈俊真，面不改色。

晃动小了，更小了。中国柔性墩第一桥，站稳了脚跟！

柔性墩让人眼界大开，空心墩亦是"新"得晃眼。

成昆铁路大部分地段处在断裂带与地震区，打此经过，铁道线如履薄冰。没有现成的路可走，还要为以后的铁路建设积累经验，为此，1965年4月13日至17日在成都召开的西南铁路技术委员会第一次会议上，"西工指"副总指挥、总工程师彭敏发出动员令："多想办法，敢走新路，一个骨头一个骨头地啃，一个问题一个问题地解决。"

轻型桥墩战斗组随之成立，核心成员杨永诚、伍竞飞、许成业、张锻，分别来自科研、设计、施工、教学单位。

铁西车站双线大桥采用素混凝土厚壁空心墩。直白一点说，墩是厚壁、空心，材料无非水泥、砂石、水。

钢筋混凝土薄壁空心墩，通过在素混凝土空心墩中加入钢筋减轻壁厚，减少地震带扰动。大桥局在安宁河3号大桥率先试验，节约圬工（瓦工的旧称）百分之五十。

埃岱车站三线桥、甘洛牛日河3号大桥2号墩，采用施工更为简便的石砌空心墩。

…………

成昆线上二十一座大桥采用的一百六十五个空心墩，截面形式、壁厚、坡度各不相同。从圆形、矩形到圆端形，从就地立模灌注到抽动钢模灌注，从就地灌注墩体到预制构件拼装……到了哪山唱哪歌，嘹亮的"歌声"，由成昆线飘向其他新建铁路工地。

柔性墩、空心墩的技术创新不能解决所有问题，复杂的地形逼着设计者、建设者再出新招。

曲线、坡道双重制约下的埃岱谷架大桥，最初方案是石砌实体桥墩。临到施工才发现此路不通：一边是山，一边是河，基坑开挖之日，便是外侧公路断道之时。比这更大的麻烦在于，线位地质情况为白云质灰岩，粗大的石砌实体桥墩，是不可承受之重。

灌注空心墩、石砌空心墩，思路提出又被毙掉。场地、运输、工期，都是问题。

板凳、沙发都可坐人，轻重大不一样。"板凳桥"设计灵感来自于此。

板凳形的桥墩，面是实的，腿是实的，横撑是实的，其余部分，"虚怀若谷"。

四根墩柱钢筋混凝土截面不过是实体墩身的八分之一，孔桩基础开挖，对外侧公路几乎没有影响；桩柱和横撑构件可事先预制、现场拼装，作业面狭小不是问题。六孔十六米钢筋混凝土梁，铁二局桥工大队仅用十九天半就全部搞定。

人上一百，形形色色。九百九十一座桥梁遇到的问题，也是千奇百怪。正因如此，成昆线上，像轻型桥墩战斗组那样，科研、设计、制造、施工、材料、试验、维修"七事一贯制"的四十多个战斗组中，为桥而生的，就有十三个。

岷江水系、金沙江水系，卵石地层无可回避。基础新技术战斗组全力以赴攻关，钻头钻不下去、桩没法打的世界级难题遇到克星。

在桥梁厂建造好再运到工地，通过架桥机架设的钢筋混凝土梁，会战中需架三千六百余孔。桥隧相接，桥头没有架岔线，悬臂式架桥机成了摆设。新型架桥机战斗组不怕疲劳，连续作战，仅用七个月就设计制造出我国第一台无需桥头岔线的架桥机。

铺架时间，架梁占到七成。为给隧道、桥涵、路基、车站让出时间，必须来一场"梁式革命"。

反对的声音不仅有，而且大："思路虽然不错，技术问题很难解决。"

争论喋喋不休，彭敏力排众议："成昆铁路要建成世界先进水平，就要有自己的东西，就要上进、追赶、克难、创新。拿来主义出不了新经验，不能都去伸手摘桃子！"

设计、科研、施工三结合的栓焊梁战斗组，有六十八名成员，分别来自铁道部科学研究院、西南研究所、专业设计院，铁道部大桥工程局、第二工程局，铁道部第一、二、四设计院；来自兰州铁道学院、清华大学、中科院声学研究所、一机部焊接研究所；来自铁一师、铁五师、铁八师、铁十师、铁道兵科研处；来自山海关桥梁厂、宝鸡桥梁厂……

彭敏点将，战斗组由四十多岁的潘际炎领头。

潘际炎毕业于清华大学土木工程系，承担过武汉长江大桥等国内多座桥梁工程设计工作，曾受国家委派赴越南任桥梁专家。

被潘际炎选定的"试验田"在云南禄丰，是全长二百零三点四米的迎水河铁路大桥。该桥主跨一百一十二米，拱跨九十六米，分别两倍于我国20世纪60年代建成的雒容、浪江栓焊钢桥。潘际炎要以成昆铁路为跳板，让栓焊梁大踏步走向大跨度焊接桥梁应用现场。

一百一十二米系杆拱桥设计是重中之重，战斗组成员不厌其烦地开展振动试验、横向风载静载试验、全跨加载试验等一系列试验。与此同时，焊接疲劳、栓接疲劳、栓接性能及表面处理工艺的研究也在抓紧进行。

试验中暴露的问题层出不穷，最让潘际炎头疼的，是我国生产的16锰桥钢，强度和厚度尚不能满足需求。见梁上裂缝有如道道伤口，有人不免垂头丧气。

铆接钢梁占据统治地位超过一百年，看来不无道理。但是潘际炎相信，先进的必定推翻落后的，新的必然覆盖旧的，栓焊梁必定代替铆焊梁。

潘际炎打报告提需求，冶金部技术部门、鞍山钢铁公司合力研制出了厚度五十六毫米、极限强度大幅增加的新钢种，但那是次年的事。从最大厚度二十四毫米的16锰桥钢上踏过去，战斗组别无选择。

焊接工艺、探伤工艺、新型结构模型研究……更多试验，以更大密度展开。

眼前黑了，又被电焊照亮。

螺栓松了，又被扳手拧紧。

不待山海关桥梁厂承制的一百一十二米刚性梁柔性拱钢梁、两千六百多根杆件、三万五千颗螺栓全部到位，担任迎水河铁路大桥架设任务的铁七师十三连官兵已是摩拳擦掌。

战士们手中的工具，简陋得令人咋舌。看看每个作业组都配备的什么：风扳机一台，开口短扳手一个，套口短扳手、套筒各两个，八磅大锤一把，四磅大锤一把，小油漆桶一个。

预拼组、拼装组、螺栓组、辅助组各就各位。栓焊梁桥能不能征服迎水河，灼热的目光，"烤"得一寸寸向上、向前延伸的钢梁发热、发烫。

施工现场地面温度超过四十五摄氏度，爬上钢梁拧螺栓，汗水滴落梁上，转眼蒸发殆尽。

那晚天气说变就变，一时雨骤风狂。六个工作灯坏了四个，巧得不得了，一根杆件这时吊到梁上。头顶雷声滚动，脚下大河奔涌，当班战士汪国民、张崇林、王大喜站在不到五厘米宽的拱架上坚持作业，直到这根杆件成功加入"组织"。

……………

1966年秋，一道钢筋铁骨的彩虹，高挂在迎水河的上方。

之后，成昆线上，潘际炎和战友们一路追赶彩虹：一道，两道，三道……四十二道。

同在云南禄丰的密马龙5号大桥长二百二十七米。论长度，是个"小字辈"；论高度则了不得，最打眼的3号墩高五十六米，全线首屈一指。

基础还是卵石层。还要和汛期赛跑。只有一年工期，只有一个连施工。

要想加快进度，天天搞竞赛。

"你追我赶搞竞赛，提升出土是要害。三班同志搞革新，自制设备出土快。开挖雨水汇水坑,务必让它足够深。保证抽干坑积水,持续挖基早完成。开挖基坑连续干,一气挖成多流汗。洪水跑来袭击时,墩出水面笑颜开。"工间休息,演唱组下基坑演出,为的是鼓舞士气。胡兴杰心里的苦,却像脚下基坑,一日深过一日。人家唱的,到了他的耳朵里,调还是那个调,词却面目全非:"你追我赶搞竞赛,加班加点太厉害。要是知道这么苦,当初我也不会来……"

混凝土飞快浇注,桥墩长到十米时,胡兴杰的手和脚都软了。

他恐高。

3号墩浇注到五十六米时,运送混凝土的钢塔架已不下六十米。

别说五六十米,就是十米八米,掉下去也要命。胡兴杰思想上开起小差,请假、装病、请求调动……

指导员黄灿给他"开小灶",讲传统:1949年9月初,洛阳、潼关间的陇海铁路(兰州至连云港)8号桥钢梁被毁,桥墩在爆破声中变得高低不平。抢通线路,必须凿除四个桥墩墩顶近五十方混凝土,使墩高保持在同一水平线上。陇海铁路8号桥是当时全国第一高桥,中国人民解放军铁道纵队奉命抢通。利用洋灰墩面突出的铁夹板搭建单面云梯,登上四十五米高的桥墩,办法是战士杨连弟想出来的。借助一根前端捆绑铁钩的长杆把脚手杆一个个钩上去,搭成单面云梯,杨连弟第一个爬上墩顶。

老生常谈了。接下来,黄指导员就该讲:"8号桥为此改叫'杨连弟桥',我们铁一师一团一连一班,就是杨连弟生前

第二章 铁血者　171

所在的班！"没让指导员再费口舌，胡兴杰抢了一句："那里四十五米，这儿六七十米！"

　　面前若是个老兵，黄灿的喉管这时就成了爆破筒，胡兴杰才入伍，是个娃娃兵，他只能好声好气地说："四十米高的地方爆破有多危险，你想过没？打炮眼、填炸药、引爆都在巴掌大的桥墩上，稍有疏忽，出什么事都有可能。但是杨连弟靠一块木板做保护，爆破一百多次。高空作业的五十九个昼夜，分分秒秒，都在和阎王掰手劲。"

　　"你看见了？"胡兴杰心服口不服。

　　"我看见了！"党支部委员边俊文接话。他和杨连弟在一个战壕里待过。边俊文接着说："1951年5月，美军集中百分之八十的空军力量轰炸朝鲜北部铁路干线，清川江大桥被炸毁，近百列火车的军用物资滞留。杨连弟带一个排奋战三十多个昼夜，十二次架设铁路浮桥，保证了滞留物资过江。"

　　胡兴杰不再嘴硬，目光却依然恍惚："一往高处爬我就手抖腿颤，心'哐哐'跳得厉害，他……咋就不怕呢？"

　　"不是不怕，是'革命理想高于天'！"黄灿话音刚落，边俊文接过话头："1952年5月15日，清川江大桥，一颗定时炸弹突然爆炸，杨连弟当场牺牲，后来被追授'一级英雄'。我们'杨连弟连'，什么都可以缺，杨连弟的精神不能缺！人要登高，思想必须登高。思想到了高处，人跟上去，害怕和困难就被踩在脚底！"

　　黄灿、边俊文和胡兴杰在密马龙5号大桥3号墩下的谈话，在午饭后短暂的休息时间进行。不知什么时候，战士们围拢过来。发现被围在中间，胡兴杰满脸通红。

当晚，胡兴杰写下决心书，交到党支部："思想不打退堂鼓，一切困难能战胜！"

从十米到三十米，胡兴杰腿不再颤，手不再抖。然而，三十米往上，他的心，仍是"哐哐"跳得厉害。他如实向边俊文袒露紧张情绪，边俊文说："明天爬墩时跟着我，除了我的后背，哪里你都别看。"

翌日，边俊文后背上多出一块纸牌。纸牌上，红墨水写着两行大字：

下定决心，不怕牺牲，

排除万难，去争取胜利！

战胜恐高，胡兴杰成了榜样。而黄灿和边俊文彻底被他征服，却是钢塔架"长"到四十五米那晚。临入睡，胡兴杰突然记起，因为别的事打岔，一颗只拧了一半的螺栓，悬在塔架上面。第二天作业时拧紧也不碍事，但是他想，假如明天搞忘了，或者又被别的事打岔，桥上就埋下了隐患。胡兴杰摸黑跑到工地，爬上四十五米高空，拧紧了那颗螺栓。

提前两个月建成密马龙5号大桥的命令下达才两天，垂直运送片石的摇头扒杆罢了工。

扒杆在六十米高处。

胡兴杰自告奋勇站了出来："能不耽搁，一分钟都别耽搁。"说话间，他已脱掉外套，爬上扒杆。

雨后扒杆湿滑，爬一截溜一截，再爬一截再溜一截。十多分钟后，胡兴杰在六十米高空找到症结。

排除故障，没地下脚，胡兴杰两腿夹住扒杆，身子"挂"在空中。风吹扒杆晃，桥墩下的人，心提到嗓子眼儿。胡兴杰心里装着的却是"杨连弟桥"上的杨连弟——墩顶爆破他都不怕，我怕啥……

扒杆故障排除，工地再度沸腾。

大决战

1966年初,成昆铁路南段,用电频频告急。

急即是喜——电力紧张,说明机具攒劲。

机具背后是人。施工队伍背后,是科研人员、技术人员、地方政府、人民群众组成的强大靠山。

修路中遇到的所有困难,成昆线上都遇到了。突破技术难关,离不开科研人员探路引航。"西工指"针对牵引动力、通信信号、线路上部建筑、桥隧土石方四个方面六十五个技术难题,从全国科研单位、大专院校和设计、施工单位抽调骨干力量一千二百余人,组成四十多个战斗组开展攻关,将阻碍工程进展的技术瓶颈各个突破。

非常之时,成昆铁路建设采用"边勘测、边设计、边施工"的非常之举。主体工程、准备工程的施工设计,多是现场进行。设计人员加班加点绘制图纸,让风枪钻头有了落点。

地方政府和广大群众倾情"支铁",同样是功不可没。

"'支铁'工作是重要政治任务。铁路沿线县、市、州成立'支铁办',主要领导必须深入施工一线全力抓好'支铁'工作,确保后勤供应。"云南省委亮明态度。

"修建成昆铁路是伟大战略决策,必须大力支持。书记、县长要上'支铁'第一线!"四川省委第一书记廖志高

成昆铁路建设得到了沿线各级政府和各族群众的热情支持。图为凉山彝族同胞自发为成昆铁路建设工地运送木料（摄于20世纪60年代）

明确表态。

铁五师四个团和师机关常驻米易县，与铁十师两个营、铁二院两个分队和四川省交通厅第九工程处（简称"川交九处"）、106地质队加起来六万余人，相当于米易全县人口的百分之六十。米易县委县政府在沿线工地开设五十一个商业、银行网点，组织慰问团开展慰问演出，不遗余力为工程建设提供支持。

部队生活供应紧张，伤员急需营养食品。县委县政府发起"三献"（献菜、献鸡、献蛋）活动。一个月内，沿线各族群众献出九百一十二只鸡、一千六百一十四公斤鸡蛋、一千一百九十五头猪、八百九十九只羊、四十一万公斤各种蔬菜，供销社统一收购，原价转售部队。

米易麻陇公社附近隧道塌方，急需大量填塞木。麻陇公社是个彝族公社，男女老少加起来不足三千人，公社干部带领彝族同胞突击三天三夜，砍伐箭竹十万余公斤，背去填塞木八点三万公斤。

莲华公社社员杨兴汉听说附近施工连队吃不到蔬菜，立即将自家蔬菜背了去。一次给部队送菜，杨兴汉遭遇车祸，邻居们接过他的背篼，展开了送菜接力。

一朵云的后面是一片天。米易县1965、1966年"支铁"清单背后，政府、群众"支铁"热情，堪比攀西阳光——

提供肉食：一百万公斤；

提供各种副食：五十一万公斤；

提供蔬菜：九百万公斤；

提供锄、锹、镐、锤、铲等工具：四千五百一十九件；

提供建房用茅草：二百三十八点四万公斤；

提供压木、横梁木：三十万八千二百根；

提供填塞木：一千七百六十三万公斤；

投入劳动力：一百一十万一千五百个。

"支铁"洪流浩浩荡荡，米易县、莲华公社，都不过只是浪花一朵。只要成昆线需要，人也好，物也好，沿线政府、各族群众鼎力相助，掏心掏肺掏家底。拿铁十师师长尚志功的话说："这些老乡太热情了，只差没把身上的肉割给我们吃。"

工地人马不足，那就把人送来，把马牵来。四川省雅安专区从汉源、天全两县抽调两千名民工参与修筑"支铁"公路。眉山县半年之内，组织动员十六个公社七十五个大队四百一十三个生产队一万五千六百八十四人次参与铁路修建。为配合施工单位驮运物资器材、主副食品，凉山州大力输送架车、驮马，仅1964年，越西县出动架车七十六部，甘洛县出动架车二十部、马一百八十八匹，喜德县组织驮马三十五匹。云南省南华县组织四百一十四名民工，组成民工第三连、第四连配属8702部队修建莲地隧道。楚雄州先后支援马车一千九百余辆、木船一百一十只、驮畜四千余匹，帮助施工单位开展短途运输。成昆铁路施工人数最多时达三十五万九千七百五十四人，除铁道兵约十五万人，铁二局等单位职工约十五万人外，全部为沿线民工。

住的，吃的，挤得出来就挤，挤不出来的，组织力量，扩大生产。四川省西昌专区以借让方式，提供临时住房五万二千九百四十三平方米，赶修简易住房二十三万平方米支持建设单位。喜德县除了调剂腾让三千平方米房屋，1964年7月至1965年8月，还供应施工单位草二百八十万斤、竹笆四点零六万平方米、青砖二十八点九万块、青瓦七十三点二万多匹、石灰三十一点二万多斤、回填料七十六万余斤。眉山县在成昆铁路沿线设置粮食供应点六个、商业供应点三十余个（包括副食、百货、邮电、缝纫、银行、书店、理发店等）。为保障施工队伍吃上蔬菜，该县全力保证种植面积，就近组织生产队与施工伙食团签订供应合同，不经过商业环节。1965年上半年，全县动员八个公社、三十八个大队、二百九十一个生产队，供应鲜菜一百一十六万余斤、干菜八万多斤、肉类三十余万斤。

其他方面的支持，同样不遗余力。例如，截至1965年上半年，四川省乐山专区新建、改造"支铁"重点公路、港口的六十四座桥、七十五座涵洞，对新乐、乐沙、夹峨等公路突击整修。又如，从中央到地方，不间断组织文艺团体到建设工地慰问演出，作家艺术家深入建设一线采风创作，宣传典型，鼓舞士气……

人心齐，则士气足。西南铁路大会战打响伊始，"百米月成洞"竞赛在成昆全线展开。而后，竞赛活动升级到了"双百（月成洞百米、每米百工）、双保（保质量、保安全）、两不超（材料、风电不超耗）"的"2.0版"。

一份1965年的《铁道兵工作总结》，让人触摸到"赛场"的余温：

> 隧道施工不断创造新纪录。年初设想创造月成洞一百五十米纪录，结果超过预期。五师4月首创单口月成洞二百零二米纪录；七师9月首创单口月成洞三百零二米纪录；十师11月以二十九天又创单口月成洞三百零五米纪录；12月五师又创双口月成洞六百三十米，其中出口成洞四百零八米创国内最高纪录；八师创双

第二章　铁血者　179

口月成洞五百二十四米，其中进口三百一十一米的优异成绩，并创造了人工开挖月成洞一百六十米纪录。创造纪录的同时，平均进度稳步上升。西南五个师总平均从5月的二十九点四米，上升到6月的三十四点八米、7月的四十四点七五米、8月的五十五点七八米、9月的五十八米、10月的五十六点七米、11月的六十一点七米。

镜头切换到大渡河畔的关村坝隧道，施工场面也是如火如荼。

1964年11月，头年2月停工的关村坝隧道恢复施工，承担修建任务的是铁二局十一处，参加会战的还包括冶金部井巷三队、煤炭部京西一队，都是业界翘楚。

昆明端，平导施工由井巷三队负责。运用"直眼掏槽""立式错台开挖法"，他们创造了月进平导二百八十二点七米的新纪录。

成都端，京西一队在平导施工中采用"多机多循环作业""快速装碴儿"先进经验，进度紧逼昆明端。

通往高处的路，总要转几道弯。

一度逼停施工的岩爆又出现了。1965年1月17日，5号横通道与平导交叉处，一块长三点五米、宽一点五米的岩石发生爆裂；1月22日、23日，岩爆接连出现。

工作面少、运输能力不足、开挖方法落后，都是加快施工进度必须转的"弯"。

金属锚杆挂网支护的钥匙，打开了岩爆的锁。由国家科委，重庆大学，同济大学，西安矿业学院，铁道部科研院西南研究所、专业设计院和承担施工任务的铁二局十一处组成的关村坝隧道快速施工战斗组，此后还创造、改进、推广了"导坑作业流线图""移车器""自动风门""循环调车运输"等先进技术。

踏平坎坷成大道。1965年1月、2月，铁十一处连续创造了单月双口各一百米成洞的全国隧道施工奇迹。

3月8日，吕正操以"西工指"13号《简报》，将关村坝的喜讯上报中央。

次日，中共中央第一次为一座隧道的进度发去贺电——

西南铁路建设指挥部转全体官兵、职工同志：
  看到指挥部13号简报，说关村坝隧道创造了双口各百米的纪录，并且向双口一百五十米的目标前进，中央看了很高兴。望全体干部和全体兵、工，加倍努力，保质保量，注意安全，争取创造新纪录，为加快建成西南三条铁路而斗争。

1965年3月9日

关村坝沸腾了。当月，关村坝隧道双口月成洞六百七十二点七一米，创下历史最高纪录。

冲锋的脚步没有停歇。1966年5月16日，以单口平均月成洞一百五十二点三一米的进度创造了成昆铁路隧道施工最高纪录的关村坝隧道胜利竣工，比原计划提前十三个月十四天。

冠军抵达终点，比赛仍在进行。

千里成昆线上，形势一片大好。云南东南方向，却是战火纷飞。1965年2月13日，美国总统约翰逊批准对越南北方实施"逐步升级"计划。之后，美军加快侵略步伐，仅4月3日、4日两天，就派出飞机达四百架次空袭越南含龙桥。应越南政府请求，中国决定组建中国人民志愿工程队开赴越南，抢修、改建铁路、公路，帮助越南构筑国防工程、军用机场。

援助越南的铁道兵，除承担河友线（河内至友谊关）、河老线（河内至老街）、东太线（东英至太原）的抢修、改建，还要负责新建克太线（克夫至太原），任务十分艰巨。铁道兵十五个师都在执行重大项目，兵力如何调配，铁道兵参谋长何辉燕要全盘考虑。

有一点却是再确定不过：成昆线上，一兵一卒不能动。

因为中央已做出决策：1968年7月1日，成昆线建成通车。

时间倒逼行动。李井泉召开"西工指"扩大会议，形成纪要："全体军工人员必须雷打不动，坚定不移，知难而进，坚决完成！"

与"南北并进、主攻北段"的战术调整同步，"西工指"对施工力量进行再明确、再部署：云南境内，铁七师完成贵昆线后转场到南段，支援铁一师、铁八师；四川境内，新建铁路划分为八个施工区段，由铁二局、铁四局，铁一、铁五、铁七、铁十师施工（铁五师完成贵昆线后转场入川，铁一师南段完工后倒段入川）；大桥工程局负责大渡河、金沙江大桥施工。

方向、任务确定之后，干部就是决定因素。1966年8月26日，《工地指挥部党委关于提前修通成昆铁路的战斗动员令》下发到各单位、各部队。

当晚，铁二局干部职工立即响应；铁二院召开誓师大会，表达集体意志。

"修我戈矛，与子同仇。"电话铃声此起彼伏，电报、请战书雪片般飞进指挥部。

天有不测风云。

1966年9月，一场超大"泥石流"爆发了。

造反派冲击西南局和四川省、成都市党政机关。很快，成都铁路局、铁二局、铁二院党委也陆续受到冲击……

1967年5月，"西工指"领导刘建章、郭维城、彭敏等人被造反派押到甘洛，自此成为批斗对象。

铁二局驻地甘洛，行政机构名存实亡。

造反派夺权后，铁十处陷入瘫痪。负责新民3号大桥的1017队大部分工人外流，剩下一小部分，人在心不在。

偏偏有个叫樊子友的老石工，每天坚持上班。石工的工作，当然是打石头。1017队驻扎尼波，尼波一段桥隧比占到四成，需要大量石头。

造反派看他，横竖不顺眼："我们要造反，要革命，你不参加我们的组织，就是和我们唱对台戏。"

"你造你的反，我打我的石头。铁路不是造反造通的，要修，才能通。"樊子友手上是石头，眼里也是石头。

造反派拿他没辙，灰溜溜走了。

看笑话的人钻出来："大家都在耍，就他一人干活儿，一定是脑筋出了问题。"

你说你的，他干他的。遇到合适的人，樊子友也有话说："我是工人，工人就要坚持上班。毛主席说，三线建设要抓紧。他们不干是他们的事，我又不是他们。"

真正的强大，是宁愿做一粒岸上的沙，也不跟着水走。

从冬到春，樊子友打石头。

从春到夏，樊子友打石头。

到了第二年冬天，樊子友还是天天在河滩上打石头。此时，人们发现，他一个人开出的料，足够砌一个桥墩。

一个樊子友撑不起成昆线。一百个、一千个樊子友也撑不起。

成昆铁路北段几乎停摆。而在南段，虽然中央军委下达了"铁道兵不进行大鸣、大放、大字报、大辩论"的命令，建制基本保持完整，但交通运输几近中断，材料供应严重不足，大量人员抽调支援地方，施工难以为继。

1966年底，全线共有四百四十五个口次月成洞突破百米，其中三十六个口次达一百五十米，十九个口次达两百米，十四个口次达三百米；共有二百三十九个口次成功实现"双百、双保、双不超"。总长三百四十四点七公里的隧道，剩下一百六十公里。

半年过去了，上面的数字，有的略有变化，更多的原来是多少，现在还是多少。

只有今昔施工力量对比堪称"巨变"。

1966年底，成昆线上有三十五点九万施工人员。1967年中，十之八九的铁路工人去如黄鹤。

铁二局留守处却是人满为患。从院门口到楼梯走道再到每一间办公室，诉苦声不绝于耳。

1966年起，苏联军队在中苏边界东段界河乌苏里江上一再挑衅，直至1969年3月，在珍宝岛地区引发较大规模的武装冲突。

不独北方有人挑事。在越南，美国集结三十万大军发动侵略战争，严重威胁中国安全。

再不觉醒就晚了。为此，毛主席提醒道：

"今天不打，明天打。明天不打，到了后天，还是有人逼着你打！"

"没有枪和炮打什么仗？造枪造炮要好钢好铁，攀枝花铁厂要争取早日建成出铁。"

"离了铁路和火车，再多人，再多枪和炮也拉不出去。成昆铁路建设要抓紧！"

1969年5月12日，周恩来总理做出指示："成昆铁路建设由铁道兵统一指挥，加速施工。"

"西工指"随之撤销，取而代之的是铁道兵参谋长何辉燕挂帅的铁道兵西南指挥部，人称"铁西指"，驻成都市马家花园，代号"520"，负责成昆线、渝达线（重庆至达州）、襄成线（襄阳至成都，渝达线、襄成线后来合为襄渝线）西段等的建设。铁二局,自此由铁五师实施军管。

军管只是手段,成昆铁路早日建成通车,才是目标。

何辉燕面对的,是一盘散沙、一局残棋:

乱象并未随"军管令"下达而止息,"武斗"仍在继续;

大批技术档案在"武斗"中化为灰烬,大批工人外流;

长时间停工导致路基塌方、支撑木腐朽、坑道变形;

进口设备零件缺失,运输车辆趋于报废,施工材料严重短缺……

没有退路。制止"武斗",整饬工地秩序,指挥部重拳频出;严令外流职工限期返回,各单位迅速组织施工,何辉燕铁腕治军。

云迷雾锁的天空,隐隐现出亮光。

铁二院排除派性干扰,昼夜赶制设计文件。

包括铁二局代总工程师姚佐周在内的"反动技术权威"从"牛棚"中放出,重返工地。

情况似乎在慢慢变好。

铁二局机械化筑路处总工程师谢淮昌一度成了"火头军",此时放下锅碗瓢盆,重拾图表、计算尺,脸上放了晴。出了"牛棚"后的他到孙水关隧道担任技术指导员,人没上路,袖子撸得老高。预定时间只剩三个月,导坑还有一百米没打完。这一仗注定难打,正是这个"难"字令他骄傲——轻而易举能拿下的阵地,没有激动可言。

报到没三天,阴云再次覆盖了谢淮昌的笑容。虽是三班倒,施工日夜不停,但不少工人思想上还在"大鸣大放",

出工不出力。有人上工不到十分钟就往地上躺，有人离饭点一个多小时就张口喊饿；更有甚者，家什一撂，拍屁股走了，说自己动手丰衣足食。工长拿纪律管人，有人打起嘴仗："这是修正主义的管、卡、压，必须彻底砸烂！""管"不行，改"诓"，工长自掏腰包，请谢淮昌买来"大前门"，挨个散发。这招虽有点效果，谢淮昌却也明白，这不是长久之计。

不止孙水关上空阴晴不定。

铁二局一个工地上，卷扬机被人用炸药"肢解"，铺好的路轨被毁，斗车被推下谷底。

另一个工地，每十厘米安一层片石，桥墩才符合要求。安装片石是细活，操作中，有人将斗车里的片石一股脑儿倒进基坑，胡乱倒腾一下，便开始浇注水泥。"头没洗好就动剪刀，这能行？"施工员此话一出，人家白他一眼："老子才不管这些条条框框。你算老几？资产阶级反动学术权威！"

攀枝花铁矿冶炼试验组的工作，同样受到影响。

有"借鸡生蛋"得来的经验做支撑，在西昌四一〇厂进行的验证试验进展顺利。此次试验，攀枝花兰家火山矿运来人工开采的五千吨矿石，不足部分，用化学成分与攀枝花铁矿相近的西昌太和矿作为补充。西昌高炉试验按矿种分三个阶段进行，此间，承德高钛渣冶炼技术的可行性得到充分验证，承德试验中生铁质量差、铁损高等问题得到有效解决，攀枝花铁矿高炉冶炼工艺得到明显改进，攀钢基地建设、生产，吃下了"定心丸"。

接下来就该在北京首钢进行试验了。然而，当时冶金部部分领导和工作人员被送去改造学习，周传典也在其中。直到1967年春，李身钊才接到去首钢招待所报到的通知。铁水提钒、提钒后铁水（半钢）炼钢试验、转炉钒渣返回高炉冶炼试验李身钊都参加了，从始至终，左等右盼，他也没见到周传典的身影。

从头收拾旧山河，最需要重振士气。

1969年12月20日，党中央在京西宾馆召开会议，主题只有一个——解决四川问题。

会议期间，成昆铁路建设小组迎来了周恩来总理、李先念副总理和国家计划委员会、铁道部、铁道兵部队负责人。

周总理代表党中央提出要求：1970年7月1日，成昆铁路建成通车。

这也是党中央对攀钢出铁画下的时间红线。

参会的铁二局政治部副主任、革委会主任陆效成如芒在背：自1967年2月4日铁二局革委会被夺权，成昆铁路建设全线瘫痪。就算立即全面复工，剩余桥梁、隧道、土石方，一年拿下都没有绝对把握，何况半年。

"两派一定要搞革命大联合，坚决把武斗制止下来。"略作停顿，总理又说，"至于具体困难，可以提出来。"

"汽车损失很严重，需要八百辆汽车的配件。新增五百辆汽车。炸药、水泥、木材、钢材、铁轨，不能拖工期后腿。"陆效成想到就说。

周总理的目光看向李先念副总理和国家计委生产组组长袁

宝华："能解决吧？"得到肯定答复后，他的目光，再次投向陆效成，"困难和问题，还可以提。"

为期六天的会议，以毛泽东主席在《关于解决四川问题的报告》上批示的"照办"画上句号。

三天后，中南海西花厅大客厅，窗外月色溶溶。周恩来总理召集李先念、李德生、纪登奎、粟裕、余秋里等中央领导同志和有关部门负责人，重点研究"四五"计划中成昆线、渝达线、襄成线建设事宜。

当天上午，铁道兵参谋长何辉燕、铁五师师长顾秀也接到了会议通知。

顾秀第一个发言。在他简要汇报铁五师承担的建设任务和南北两段兵力分布、工程进展后，何辉燕补充汇报了当前面临的形势任务：实施军管后，施工逐渐恢复正常，但是剩余工程量依然很大。铁二局方面，二十九公里隧道、七公里桥梁有待完成；铁道兵管段内，四公里隧道、零点七公里桥梁还在建设。剩余九十三座隧道，二十三座严格控制工期，剩余十座重点桥梁，两座控制铺轨。此外，铺轨、土石方的任务也很繁重。

总理抬起头，对何辉燕说："帝反修随时都想对我们发动侵略战争，我们是在与他们争速度、抢时间。许多三线建设项目等着成昆铁路通车，成昆不通，一切皆空。"

总理突然提高了音量："1970年7月1日建成通车。"

总理没有问，"是否可行"。

总理没有说，"这是命令"。

这，就是命令。就是再次下达命令。

半个小时后，铁道兵司令员刘贤权接到通知，赶到西花厅。

"刘贤权同志，成昆线明年'七一'全线通车，听听你的意见。"总理开门见山。

顾秀、何辉燕的关切，刘贤权说出来了："现在主要是材料问题。还有铁路运输，有的没指标，有的拿不到车皮。"

国家计委第一副主任余秋里和铁道部副部长郭鲁当场表态，材料、运输问题，优先安排解决。

"成昆线应该放在第一位。"总理与何辉燕四目相对，"成昆铁路修不通，其他建设是空话。你要拿出战时抢修铁路的士气来决战。解决不了的问题找刘司令员，再解决不了，刘司令员告诉我。"

握别刘贤权、何辉燕，同一句话，总理说了两次："务必'七一'通车。相信铁道兵一定能完成。"

顾秀当时任渡口市革委会主任。1965年12月1日，中共中央书记处总书记邓小平到攀枝花视察后，否定了将攀枝花钢铁厂建在西昌的方案，确定就近建在弄弄坪。握住顾秀的手，总理说："你还有'七一'出铁任务，辛苦！"

剩下的时间，半年。

剩下的工程量：隧道三十三公里，桥梁八公里，铺轨三百五十二公里。

用半年时间抢回三年工期，"铁西指"司令员何辉燕主持起草的《保证七一通车的施工组织实施意见》（简称《实施意见》），提出六项解决措施：

第一，昼夜连续施工，"人停机不停，分分秒秒有进度"。

第二，调整兵力分布。铁道兵支援铁二局，承接礼州至三堆子一百八十九点五公里正线铺架任务，铁二局全力以赴投入桥梁、隧道、土石方工程。

第三，采用人工预铺，方便隧道、桥梁、土石方施工。

第四，采用便梁预架和就地灌注钢筋混凝土梁等措施，压缩架梁时间。

第五，清仓查库，加强运输，解决材料缺口问题，减少周转层次。运输实行统一调度，完善后勤保障。受到"武斗"影响的个别路段，报请成都军区实行军事管制。

第六，土石方施工以机械为主，大力推行深孔爆破、条形药包爆破、深孔预裂爆破，加快进度。

为贯彻党中央"七一"通车的指示，师、局、团、处单位领导干部会上，有一项重要议程：讨论《实施意见》。

针对六项措施中的四项，看法很快达成一致。但是人工预铺、预架，分歧很大，争论十分激烈。

人工预铺，每公里多耗用人工和增加运费合计六千三百元。礼州至德昌、礼州至喜德两河口的一百五十二公里，会增加投资九十五点七六万元。持反对意见的同志据此强调，人工预铺违反常规，不符合"多快好省"精神。

支持方则坚持认为，人工预架、预灌、预铺，是应对工期紧张的有效办法。如果沿用通常的线形施工工序，等到隧道、桥梁等下线工程全部完成才用铺桥机铺轨架桥，"七一"通车目标则不能实现。

"会议，会议，就是要议。"原计划开一天的会，开了整整两天。

认识在统一，但分歧并未完全弥合。

也曾横刀立马，焉能优柔寡断。何辉燕的总结讲话，每一句都闪耀着这位老红军战士、老将军的胆识、忠诚、勇敢、担当——

"现在，隧道、桥梁、土石方、铺轨的任务都很重，按常规，不可能在'七一'之前通车。周总理代表党中央发出'务必令'，本质上是要'不惜一切代价保证"七一"通车'。

"我要强调，如果还有同志仍然坚持按正常的、常规的方式施工，是对成昆铁路、襄渝铁路的战略意义缺乏认识。再坚持这种观点，就是无视党中央提出的'成昆线务必于1970年7月1日全线通车'！

"从1964年起，中国周边环境就开始恶化。南面，美国对越南发动突然袭击，直接威胁到中国安全；西南面，中印边境紧张局势还未完全消除；北面，中苏边境又开始冲突不断。四面受敌的新中国，处在前所未有的严峻时刻。

"成昆铁路延迟近两年，已经刻不容缓。周总理在三线建设会议上，在拟定国民经济五年计划会议上，在钢铁工业发展会议上，在国防建设会议上，反复讲到一句话：'铁路不通，一切皆空！'

"讨论中，个别同志说，'现在又不是战争'，这在讨论中是允许的。现在作出决定后，就不允许了。如果还有同志想不通，坚持自己的观点，我就得告诉你：错了！你知道什么是战略决策？我们抢在帝修反前头，用战时抢修的原则，把铁路抢通，把国防布局调整好，战争被延迟，敌人不敢轻举妄动，就是三线战略的伟大胜利，就是一切战备工作最佳效果。《孙子兵法》有一条：不战而屈人之兵。这是最佳兵法、最大胜利。"

会议的最后，何辉燕将军斩钉截铁："紧急行动起来，勇往直前，不胜不休！"

决战决胜，军号已吹响，钢枪已擦亮，行装已背好，部队已出发！

礼州至三堆子，正线一百八十九点五公里铺轨任务由铁五师承担。

没有铺轨经验的连队不在少数，铺轨是项技术活，不懂就得学。培训、练手、磨合，三个月过去，任务只完成了五分之一。

只有拼了！

1970年3月25日擦黑，在喜德丙谷大桥工地上，突然刮起大风，下起大雨。"风大不能架"是规定，连长黄德龙把战士们往桥下赶，他们要么假装听不见，要么假装应下，才走两步就转过身。费了九牛二虎之力才把桥面清空，散开的战士又围拢过来："连长，风没刚才大了！"

加强安全措施后，战士们重新回到桥上。当晚，两个工班顶风冒雨，架梁四孔。

焊接前的准备，需要半个多小时。为省时间，一班班长吴世兴在第一片梁刚落下时，便登上挂在梁下的脚手板，一个焊点一个焊点做足准备，只待第二片梁落下，马上展开焊接作业。宽不盈尺的木板在几十米高空晃动，虽然吴世兴拴着安全绳，但是黄德龙的心还是提得比桥面高。下次他再要上去，黄德龙就不让了。吴世兴的语气，听起来像个营长："不把能想的办法都想到用到，休想完成任务！"

大村大桥，准备工作紧锣密鼓，只为次日早上7时30分架设第一孔梁的作业计划万无一失。两股道上，五台满载轨料的机车严阵以待，打头的轨料机车前方，担负喂梁任务的机车突然出现故障。抓紧抢修机车，时间耽搁不起，何况有五辆轨料机车挡道。值班司机郑培柱袖子一撸，当起修理工。问题还真被他解决掉了，风笛点燃朝霞，第一孔梁架设，一点没受影响。

担负架梁任务的五连战士大受鼓舞。潜能激发，激情点燃，后方基地开足马力，轨排生产仍跟不上架梁进度。

凌晨1时，十六连连长颜家山接到任务，赶制三个轨排。颜家山带领五个班连夜急行军，拆掉临时岔线，在天亮前把赶制的轨排送到工地。

一个架梁新纪录由此诞生：二十七小时五十分，架梁十孔！

铺架施工如火如荼，隧道施工也进入了最后冲刺。

铁五师承担米易至三堆子段五十六点七九公里正线建设任务，承担长四十点九二公里的渡口支线建设任务和"三片"

（第一片是河门口、格里坪地区六条专用线；第二片是弄弄坪地区八条专用线，直接为钢铁生产服务；第三片是朱家包包矿区铁路专用线）铁路建设工程。

"建不建攀枝花，不是钢铁厂问题，是战略问题。"攀钢要出铁，就要有密地的精矿粉、河门口的煤。两地相距几十公里，需要一条铁道线，把铁矿、煤矿和钢铁厂串联起来。此外，采煤、采矿、炼钢炼铁，需要大量大型机械设备。这些设备运进来，今后攀枝花的钢铁、矿藏运出去，公路和汽车同样无法承载。从成昆铁路上的牛坪子、三堆子分头出岔，绕行于群山峡谷之间的渡口支线应运而生，成为百里钢城的神经和动脉。

摆在四万余人的铁五师面前的任务何其繁重。四川乐至县的轮换工，加上先后划归铁五师指挥的九三信箱、川交九处、五一二林场工人、凉山民工团，一共一万四千余人，铁五师兵力仍然不足。经中央军委批准，1969年4月20日，铁道兵兵部急调铁八师三十团五个营、三十八团四个营配属铁五师施工。

铁五师师长顾秀知道，上级已尽最大能力支持，接下来就看五师的了。

五师指战员，从来不曾让顾秀失望。

"我是数学家，我能计算出一道道数学难题，但是我永远计算不出铁道兵对党和人民的忠诚。"这是华罗庚在贵昆线上讲的。成昆线上，这句引发无数人共鸣的话，无数次在顾秀心间回响。

铁道兵战士以对党和人民的忠诚，在成昆线上谱写了壮丽的英雄诗篇。图为奋战在成昆铁路建设工地的铁道兵指战员（摄于20世纪60年代）

"天是罗帐地是床，金沙江边运水忙。"在连洗脸水都不能保障，住的也是干打垒的不毛之地，开拔至此的战士，休整三天就投入了战斗。这是对党和人民的忠诚。

一个月津贴七八块，一天伙食费五毛、施工补助一毛、进洞施工二毛。身上十分劲，战士们绝不留一分。这是对党和人民的忠诚。

在枣子林、手攀岩、橄榄坡、九道拐、新庄等隧道施工的二十二团、二十三团、二十四团、二十五团一直在险恶环境下战斗。那些地方，有的地下水源源不断，有的煤气瓦斯层出不穷，有的修到哪里塌到哪里，有的涌水冰凉刺骨，有的洞内温度高达四五十摄氏度，没人消极怠工，没人临阵脱逃。这是对党和人民的忠诚。

全长二千八百米的渡口支线九道拐隧道石质坚硬，是个水帘洞。因为炸药容易被渗水溶化，爆破员想出了沥青二次密封炸药的招，保证爆破效果，同时将哑炮发生的概率降到最低。也是在九道拐隧道，指战员狠抓技术革新，探索出掏心挖壁爆破法，即在掌子面中心打一排等腰三角形炮位，放炮时先点掏心炮，掏出一个洞，其他炮位爆破时阻力减少，效率随之提高。

1970年4月17日凌晨，太阳还在看不见的地方往山巅攀爬，铁五师二十五团五营二十二连副班长孙剑明，一头扎进九道拐隧道。

这天早上，该班长带班。班长生病了，刚下夜班的孙剑明二话不说顶了上去。

成都七中高68级学生孙剑明参军来到部队，表现不是突出，是耀眼。入了党，当了班长，又是高中生，难怪司令部要调他去机关工作。孙剑明却坚持等到通车再说。排长说他傻："这样的好事，不是谁都碰得上。"孙剑明有自己的理由："来这里干了两年多，眼看着就要通车了，半途而废，不划算！"

数了两遍爆破眼，确认导火索连接完好，炮手开始点炮。

"轰！"

"轰！"

"轰！"

…………

耳膜的颤动停息下来。接下来的流程是通风除尘、安全检查、进洞出碴儿，然后，展开新一轮掘进。

抢着进洞的战士被安全员拦了下来："等一下！爆破节奏不太正常，到底响了几声，听得不太清楚！"

十之八九有哑炮。孙剑明请缨排"雷"："炮眼怎么布置的，我最清楚！"

指挥员同意他去，但是得再过一会儿："爆破后容易掉石头。过一会儿进去，该掉的也掉得差不多了！"

"我等得，工期等不得！"孙剑明甩下一句话，大步走进隧道。

支撑木密布的下导坑里粉尘翻滚，越往里走，越像一条鱼游向水底。

掌子面上，如狼、如虎的岩石面目狰狞。孙剑明没有时间害怕，手脚并用爬上乱石堆，一点点移动手电筒，一点点扒开石头。

头顶响声雷动，石头倾泻而下。

比雨密集！

比冰雹大！

…………

战友刨出了孙剑明的遗体，刨出了他的心路历程。

"成昆线上锻炼人，能为成昆修一段路，可以骄傲一辈子！"日记本扉页上，孙剑明留下一句话。

路途遥远，交通不便，孙剑明同家里联系，以书信为主。不忙时一两个星期一封，忙时两三个月一封。

头天写好，还没来得及寄出的信中，孙剑明对两个哥哥说："作为革命后代，革命重担应该担在肩上，而部队正是完全彻底为人民服务的毛泽东思想的大熔炉、大学校。等成昆铁路建成了，我还要留在渡口修支线，我还要去北京修地铁，去坦桑尼亚修坦赞铁路！"

父亲孙传学参加过长征，时任四川省民政厅副厅长。得知儿子殉职的消息，眼泪，在指缝中流得无声无息。

当英雄的父亲开口说话，身边的人个个湿了眼眶："成昆线正是决战阶段，需要用人。剑明有两个哥哥，请部队把他们安排到剑明所在连队。我还有一个侄孙女段海燕，十六岁，让她也上成昆线！"

1970年5月26日，夜幕降落在孙水关1号隧道上空，比往日稍早一步。黑云压顶，雷鸣翻滚。紧接着，天空裂开一道口子，雨水银河般倒泻。

孙水关1号隧道地处冕宁县泸沽镇盐井沟，左靠大顶山，右邻锅头峰，两面高山陡险，中间沟谷深切。隧道口不远处是铁二局408工程队、414工程队驻地。考虑到山地高程对气流有触发作用，容易生成地形雨，形成泥石流，26日晚10时，军管部队与工程队革委会决定组织职工转移。

第二章　铁血者

两个工程队各有六百多名职工。当晚适逢铁二处召开"学习毛主席著作积极分子代表大会",安排放坝坝电影,三分之二的人去了那边。所以,被雨幕消减了音量的报警的枪声,这部分人并未听到。

留在驻地的人,也有没听到的。隐约听到了的,心里嘀咕一句:今天这雷,咋跟枪响似的。

小河涨水大河满。大顶山、锅头峰上的山水汇入盐井沟,洪水席卷起石块,裹挟着泥沙,捎带着草木,以雷霆万钧之势扑向沟口。

10时30分,红褐色的泥浆冲进席棚。直到翻身起床,发现泥浆没过脚踝,黄远波才明白过来,席棚保不住了!

探亲的妻儿被他摇醒。雷声、雨声、水声、滚石声响成一片,看见席棚在闪电的抽打中浑身战栗,妻子抱着两岁的儿子蜷成一团,儿子吓得哇哇直哭。

紧张和恐惧犹如两块巨石,压得抱在一起的母子俩挪不开步,黄远波抓住他们的手往外拖,怎么也拖不动。无奈,黄远波出了房门,爬上门口石台察看情况。就在他回头之时,洪峰撞上席棚,家和妻儿,消失在汪洋之中……

408队共青团员景安明迎着洪水奔跑,在洪峰到来前的最后一刻,拉响了逃生的警报。洪水持续冲刷,工棚轰然倒下,协助工友转移的景安明不幸被木杆击中,被洪流卷走。

414队老队长刘俊雄不顾腿伤复发,站在齐腰深的水中指挥大家撤离。清空席棚里的人后,刘俊雄正要转移,一个浪头打来,筋疲力尽的他一头栽进河水,再也没有站起来。

侥幸逃生的职工和家属，摸黑向高处转移。工人王永超脚下一滑掉下河岸，战士倪志立见状，纵身扑入水中。王永超被推到岸边，倪志立的生命之树，却被连根拔起。

…………

外面发生的一切，正在孙水关1号隧道指导施工的406工程队技术员张洮一无所知。头年12月23日，孙水关1号隧道4号横洞与正导坑交叉处接连塌方，造成十五人死亡、六人受伤。414工程队元气大伤，406工程队奉命补位。越是胜利在望，越不敢掉以轻心，这段时间，不管该不该张洮上班，一有时间他就往隧道里跑。跑和不跑总是不一样的，这天，隧道掘进速度再创新高，张洮同调度员老刘边讨论次日工作边往外走，一抹浅浅的笑意，挂在他的脸上。

走到隧道口，张洮愣了一下，脸色大变。架在山顶的高音喇叭正在播放紧急通知："414工程队、406工程队工棚和人被泥石流冲走，大家快去抢救，快去抢救！"

"你去叫人！"张洮把图纸往老刘手中一塞，转身冲进雨幕，冲向孙水河边。

闪电一道接着一道，像电压不稳的灯泡挂在天地之间。张洮由此得以看清，泥石流像一条粗壮的黄龙贴地狂奔，下午进洞前还打过照面的工棚不见了，堆在河岸边的沙石、水泥、钢材也都无影无踪。

探照灯调来了。灯光打在回水沱上，几十截"木材"沉沉浮浮。

"是人！"有人喊。大家定睛再看，果然不是木材，是人！

黄远波捶胸顿足大哭起来。迅即，悲声四起，盖过了雷声雨声。

战士刘光华率先跳进水中。紧随其后，张洮"扑通"入水。406工程队的工人，前赴后继往水里面跳。

回水沱里捞起的五十多个人都没了呼吸。大家正满含悲痛清理遗体，河对岸隐约传来人声。

十几辆解放牌汽车朝着对岸亮起灯光。灯光下可见浊浪翻滚，可见对岸的河边怪石嶙峋，离河岸远一点的地方却是一片黑暗。

呼救声还在传来。顾不得许多了，张洮咬着手电筒，奋力游向对岸。

又是催人泪下的一幕：二十多具尸体横七竖八地躺在乱石丛中，眼睛、耳朵、鼻孔、嘴巴都被泥沙填满。

这次山洪泥石流，伤五十九人，淹死、冲走一百零四人。

后来，铁二局四处在新铁村车站旁为遇难者建起烈士陵园，竖立起筑路烈士纪念碑。

张洮他们需要直面的，除了失去战友的伤痛，还有战友未竟的事业，还有愈发紧张的工期。

只有懦夫才沉溺悲伤，强者的目光，经历再多曲折，也会投向前方。擦干眼泪，挽起袖子，这群铁骨铮铮的汉子，投入了新的战斗。

不出意外的话，成昆铁路通车庆典将于7月1日举行。

当然不能出意外。中央代表团已整装待发，大凉山上、成昆铁路沿线，人们翘首企足。

成都马家花园，"铁西指"指挥部，何辉燕将军钉子一样钉在办公桌前。

进进出出的电话没有断过。一些工地还在抢工，告急、诉苦、担心的声音还在传来，施工中的问题还在暴露……

该鼓励的鼓励，该安抚的安抚，该赶工期的赶工期，该出主意的帮着想办法。

目光落在台历上，何辉燕想起离京赴任时总理的叮嘱："务必'七一'通车。"

电话又响。何辉燕皱起眉头："什么？你再说一遍！"

红峰展线尽头的两河口隧道已经竣工，正在清场。一个小时前的下午3时，隧道里传出一声巨响。过了不到一分钟，隧道再次塌方。而后，规模不小的塌方又有几次。

次日凌晨3时，何辉燕赶到两河口。铁二局老领导黄新义、刘文已从甘洛赶来，陆效成、姚佐周也在现场。

塌方发生在成都端，数万方土石堵在洞中，要抢通至少还要半个月。

有人建议向上级报告，延迟通车。

何辉燕能答应吗？

当然不能！

"人民铁军"的光荣称号不答应。从1946年6月，东北民主联军铁道司令部成立，到1953年，中央军委决定成立中国人民解放军铁道兵。铁道兵的历史，是一部勇往直前、无往不胜的历史。解放战争中，野战军打到哪里，铁路修到哪里，大兵团作战部队调动、后勤补给和重型装备运送，因此如虎添翼。新中国成立之初，用时一年，铁道兵完成了敌人预言非十年八年不能完成的抢修任务。三年抗美援朝，敌人出动五万八千九百六十七架次飞机，向志愿军铁道兵团已修通的铁路线投弹十九万枚，重约九点五万吨，相当于第二次世界大战期间德国投向英国本土炸弹总量的一点五倍。在缺少大炮、飞机保护的情况下，铁道兵与敌人争夺铁路线。战士们在枪林弹雨中跳进零下三十摄氏度的冰河抢修桥梁，在子母弹炸断双腿的情况下爬行三百米点燃警告响墩，在钢轨出现意外时用螺丝扳子连接钢轨，以身体顶住扳子放行十八列军列，最终使朝鲜的铁路线由志愿军入朝时的一百零七公里延伸到了一千三百九十一公里，向前线输送兵员和物资三十八点五万车皮，用鲜血和生命铸就了打不烂、炸不断的钢铁运输线。从朝鲜战场凯旋后，铁道兵奉命抢建广西黎塘到广东湛江的黎湛铁路、江西鹰潭到福建厦门的鹰厦铁路，又是大获全胜。日本侵占东北时，曾四次试图修建森林铁路，四次被年冰冻期长达七个月、气温低至零下五十七摄氏度的严寒逼退。铁道兵一举打破严寒地区不能修建铁路的魔咒，于1967年6月28日，实现了嫩林铁路（黑龙江嫩江至西林吉，后延筑至古莲和富克山）的嫩江到加格达奇段胜利通车。"铁军"，毛主席的亲笔题词。"人民铁军"，朱总司令的高度赞誉。延期通车，相当于向敌人屈服，向后方退缩，这不是军人的选项，不是"铁军"的性格！

　　牺牲在成昆线上的战友不答应。三线建设启动，铁道兵扩编至三十七点二万人。朱总司令提议，毛主席同意，周总理安排，三分之一的力量上成昆，承担六百六十七公里铁道线建设任务。六年会战中，一千二百余名铁道兵战士为早日抢通成昆线献出了宝贵生命。加上铁路工人和民工，牺牲的战友，达二千五百多名。生死关头，他们尚且在向前冲锋，关键时刻，我们又怎么能选择后退？

何辉燕不答应。长征、抗战、解放战争、抗美援朝，一路走来，何辉燕不认得"后退"二字。作为铁道兵参谋长，他指挥修建过我国第一条沙漠铁路——全长九百八十九点七公里的包兰线（包头至兰州），为建设北部边疆立下汗马功劳。之后，指挥大兴安岭林区铁路会战，他不辱使命，再立新功。"决不回头的指挥员"，是几十年南征北战赋予他的隐形勋章。首长的重托、战友的信任、将军的荣誉，如何辜负得起？

目光从远处徐徐收回，何辉燕的脸上，没有一丝犹豫。暴雨后的孙水河汹涌澎湃，何辉燕的话，压住了震耳的涛声："天高我敢攀，地厚我敢钻，险山恶水听调遣，英雄面前无难关——成昆线不就是这样修过来的吗？办法总比困难多，牵住牛鼻子，再犟的牛也降得住！"

四个人牵住四只角，图纸在离地一尺处铺开。

思路逐渐清晰、定型：绕过全长二千零七十一米的两河口隧道，抢架一座临时军用桥梁，确保按时通车！

天刚放亮，孙水河谷已是人潮汹涌。铁道兵来了，铁路工人来了，架桥所需的吊机、钢材也在连夜运来。

1970年6月29日，夜的深渊里，何辉燕钉在施工现场。

每个焊点都是蓝光闪烁。远远望去，星空下面，也是一片星空。

几十个战士肩扛钢轨从桥头走来："嗨佐！嗨佐！"

眼皮下，一个工人正紧固螺丝。何辉燕接过扳手，套住螺帽，使劲往怀里的方向一扳，纹丝不动！

这天晚上，何辉燕没有离开大桥。

6月30日凌晨，中央代表团专列驶出甘洛站，两河口临时军用桥上，分秒必争的抢建还在进行。

3时9分。汽笛的长鸣、品字形的机车大灯划破沉沉夜幕，车轮与铁轨的撞击声，同漫山遍谷的建设者的心跳声，交织在了一起。

3时10分，专列缓缓开上临时军用桥。一刻钟前，临时军用桥最后一颗螺栓，由何辉燕将军亲手拧紧。

没有欢呼震天，没有掌声雷动。看着火车从桥上开过，连续奋战了五个昼夜的勇士们，静静伫立原地，一任夺眶而出的泪水，洗去满身疲惫……

第三章

捍卫者

第三节车厢上，捍卫者们已伸出双手，欢迎我们到来。

车水马龙的繁华，人山人海的热闹，隔绝于他们之外。父母、爱人、孩子，他们中的很多人，一年见不到几回。兄弟、闺蜜，"失联"的时间，不用"日"和"月"，而是以"年"计算。

恰恰这群人，把寂寞熬得没了棱角，没了威风，让它几乎找不到存在感。

他们是奇迹的捍卫者。

也是奇迹的创造者。

献给人类的杰作

中央代表团专列上,冷长明心潮澎湃,一夜无眠。

头一天,冷长明奉命从西昌飞到成都。一周前,成昆铁路已由成都铁路局新管处接管,铁道兵留下少数兵力收尾。

6月29日8时30分,成都东站。到了站台,看到欢送的人群和标语,冷长明才知道,成昆铁路通车庆典将于7月1日在西昌举行,作为建设者代表中的一员,他将跟随中央代表团,见证并亲历这无上荣光的时刻。

6月30日下午5时,离庆祝晚会召开还有三小时,参会的人们已迫不及待地进入西昌广场。除了彩旗、《毛主席语录》,他们带进会场的,有手电筒、开水、馒头,还有难以抑制的激动。

中央代表团的文艺表演精彩纷呈。曲终人未散,参会人员向着袁家山下的西昌火车站连夜进发。

天上星光璀璨。地上,电筒、汽车灯光组成的星河波澜壮阔。街道上、机耕道上,络绎不绝的汽车、拖拉机,满载着机关干部、县城居民、民兵驶向庆典现场。羊肠小道上,打着火把的彝族老人、年轻人和孩子从一座座大山、一条条沟谷出发,向袁家山靠近,向着黎明奔跑。

7月1日4时30分,手举花环的中小学生站满了车站一侧山头。

经过十二年艰苦卓绝的奋战，分南北两段建设的成昆铁路在西昌礼州接轨，标志着成昆铁路全线建成通车。图为在西昌举行的成昆铁路通车庆典（摄于1970年7月1日）

6时，从一辆辆卡车上下来的人们拥上了主席台对面的公路。人们一宿未眠，脸上没有倦意，倒是眼里的光芒，逼退了垂挂天边的夜幕。

7时，袁家山砖厂至卫生防疫站背后被人海淹没。身着节日盛装的乡亲，也许有七八万人，也许有十万人。他们猜想火车的眼睛、鼻子、耳朵长什么样，他们期待不久的将来的某一天登上火车，他们议论着火车和马哪个会跑在前面，他们互相打听："今天，毛主席他老人家来不来？"

太阳洒下万道金光。霎时，主席台上方，"庆祝成昆铁路'七·一'全线通车大会"的巨型横幅熠熠生辉。

气球摇曳。彩旗招展。欢声雷动。锣鼓喧天。《东方红》《铁道兵志在四方》唱响，旋律响彻天宇。

汽笛长鸣，一列火车插满彩旗，从成都方向缓缓驶来，稳稳停在主席台前。

伸长脖子的人们尚未看得真切，又有汽笛声从昆明端传来。

成昆线通车了！现场沸腾了！

9时整，中央代表团登上主席台。

同一时间，两百公里外的攀枝花，十天前才基本建成的攀枝花钢铁厂1号高炉成功炼出了第一炉铁。当火红的铁水从出铁口喷涌而出，人们眼含热泪，为这历史性的一刻振臂欢呼。

党中央、国务院、中央军委为成昆铁路发来的贺电千字不到，却几次在人海之中，掀起掌声的巨浪。

这是成昆铁路的通车庆典，是成昆铁路沿线群众盼望已久的时刻，是大凉山的节日。

也是建设者的节日。三十余万参建人员十二年接续奋战，建设的是一条铁路，依托的是一种信念，铸造的是一种精神，成就的是一个奇迹，承载的是一个国家、一个民族、一个时代傲霜斗雪的风骨，披荆斩棘的记忆！

情到深处泪成行。冷长明伸手去揩，手刚放下，脸又湿了。

冷长明想起了牺牲的战友。他们的青春和热血，也曾如今天的庆典壮丽澎湃！

庆祝大会结束了，又像是刚刚揭幕。

1886年春的一天，莱茵河畔的德国曼海姆市，贝瑞塔·本茨驾驶着全世界第一辆汽车，去一百多公里外的普福尔茨海姆市看望母亲，并以此向世界证明，丈夫卡尔·本茨的这一发明已经取得了成功。这辆三个轮子的汽车经过一座村庄时，人们大跌眼镜，奔走相告。警铃声中，有人下跪祈祷，有人视她为女巫，慌乱地关上门窗。人们不敢相信，马车向前行走，却没有马在前面拉着。

开进大凉山的第一列火车制造的动静，比贝瑞塔驾车经过那座村庄时引发的震撼，不知大了多少倍。几十年没回娘家的悬崖村老阿妈，一连几天俯瞰万丈绝壁下的一线天，想看清火车长啥样。啥都没看到，她仍见天守着，"听它叫上一声也好"。腿脚不便的老木苏坐着滑竿，由十几个人轮番抬着，从几十公里外赶过来，蹲守一个通宵，只为眼见为实。听说安宁河边修了"铁的路"，很多人不敢相信，"泥巴路、石头路还没修平整，拿铁修？"不信的人中，不止一个两个，手拿钢钎、铁锤，一敲，再敲，听是不是"铁的叫"。敲了还不信，又张嘴咬，伸舌头舔。好不容易挤上火车的，到了终点站，死活不下车。无奈之下，司机只得"返场"，将火车"倒"出一截，重新进站……

7月3日，在昆明市东风广场举行的通车庆典，同两天前的西昌盛会一样，媒体只字未提。三线建设是不能走风漏气的国家战略，重中之重的成昆铁路，需要藏锋敛锷。

直到1974年3月22日，新华社以《穿越高山江河 列车一往无前》为题，揭开了成昆铁路神秘的面纱。不可为而为之，不可能成为可能。奔腾在中国西南部高山大川间的钢铁巨龙，以一往无前的雄姿穿越地质禁区，举国为之欢呼，世界为之瞩目。

仅仅是开始。更多桂冠、花环、掌声，如前方的站台翘首以待。

隐于暗夜的太阳，迟早跃上山巅，照亮大地。

1971年10月25日，联合国大会通过第2758号决议：恢复中华人民共和国的一切权利，承认她的政府的代表为中国在联合国组织的唯一合法代表并立即把蒋介石的代表从它在联合国组织及其所属一切机构中所非法占据的席位上驱逐出去。

向联合国赠送礼品被认为是成员国"不可剥夺的权利"，如何在行使"权利"的同时展现中国人民扬眉吐气的精神气象，展现神州大地的深厚人文、壮美河山，颇费思量。

一"城"一"路"在众多方案中脱颖而出。"城"是浓缩在手织挂毯上的居庸关长城，它是神州大地气象万千、中华民族血脉传递的缩影和象征。"路"是成昆铁路雕刻作品，是九十八位艺人花费两年心血的结晶，也是千里成昆线地形、地貌、桥梁、隧道和沿线风光的汇聚。在这件巧夺天工的艺术品上，既能看到壁立千仞的大渡河峡谷、气势如虹的铁马大桥、直插云霄的天下第一柱，也能看到刚刚从隧道的黑暗里挣脱出来的火车急驰向前……

1974年10月，接收到来自中国的礼物，联合国秘书长瓦尔德海姆笑逐颜开，高高竖起拇指。

各成员国历年赠送联合国的礼物琳琅满目，联合国将从中选出三件，颁发"特别奖"。苏联的"铸剑为犁"、日本的"和平钟"、泰国的和平佛塔……实力强劲的角逐者不知凡几。

1984年12月8日，美国纽约哈德逊湾，和煦的阳光为持续了两个多月的本届联合国大会即将闭合的幕布打上一层温暖的底色。揭晓悬念的时刻到了。联合国官员依次宣布，获得"特别奖"的三件礼物分别为：

中国，成昆铁路雕刻艺术品；
美国，"阿波罗"宇宙飞船带回来的月球岩石；
苏联，第一颗人造卫星模型。

"特别奖"自有不凡处。美国和苏联的礼物遥指茫茫太空，中国的礼物立足地球。想象力和创造力共同铸就打开未来的金钥匙，联合国为20世纪人类创造的三件杰作隆重加冕，其情也切，其意也深。

1985年，首届国家科学技术进步奖颁发，成昆铁路以开创十八项中国铁路之最、十三项世界铁路之最的成就，荣获特等奖。

1986年5月，以"交通与通讯"为主题的温哥华世界博览会开幕，成昆铁路大型立体模型最为引人注目。赞叹声此起彼伏，同行们心生期待：什么时候，可以一睹尊容？

时隔六年，国际隧道学术会议在成都召开。如愿以偿的外国专家先是目瞪口呆，再是交口称赞："这是不折不扣的地下铁道，这是不可思议的世界壮举、天下奇观！"

一把火可以点燃另一把火。

一盏灯可以照亮无数双眼睛。

成都东站出站端起，昆明西站入站端止，全长一千零八十三公里，直接经过三十三个地、市、县、区，辐射人口约四千五百万的成昆铁路建成不到二十年，对沿线地区经济社会发展的牵引、支撑作用，已如照亮长路的机车大灯，夺目耀眼。

大灯照耀田间地头。对于成昆线北段成都、乐山所属的九个农业生产较为发达县区来说，这是锦上添花。以农业生产总值的可比价格计算，这一地区1988年比1970年增长百分之一百一十八，彭山县水果产量十八年间增长四十三倍。对于农业基础很差的成昆线中段十一个县区来说，这是雪中送炭。新中国成立前夕，云南省楚雄州仅有十三辆汽车、四百五十六公里公路。成昆铁路穿越禄丰、牟定、永仁、元谋四县，荒僻的彝山，变得不再遥远。元谋县1988年种植蔬菜四点九万亩，通过铁路外运，销往全国二十三个省市的一百二十二个大中城市，外销突破十万吨，占全省外销量的百分之四十五。

大灯照耀工矿车间。铁路是一根藤，雨后春笋般发展壮大的工矿企业，是结在藤上的瓜。1970年以前，成昆铁路沿线只有十三个冶金企业，到1988年，发展到三十八个。与成昆铁路同步建设的攀枝花钢铁厂，首开国内利用钒钛磁铁矿先河，所产重轨达到世界先进水平。攀钢的钢铁产量在全国钢厂中排名第五，钒渣产量占到全国八成。得益于成昆铁路释放动能，沿线铜、铅、锌、锡、金、银、铁、煤等数十种矿藏得到开发利用，煤炭、电力、有色金属、建材、化工等工业企业发展迅猛，产值大幅提升。

成昆铁路建成通车后极大地改善了沿线各族群众的出行条件，不少人通过火车第一次走出大山。图为沿线群众满怀喜悦登上成昆线火车（摄于20世纪70年代）

大灯照亮街巷楼宇。新中国成立前的成都是一个典型的消费城市，随着成渝、宝成、成昆铁路相继通车，成都一跃成为西南地区交通枢纽，城市建设日新月异。1981年起的十年间，扩建城市道路七十公里，新建住宅一千三百万平方米。交通闭塞、市容落后，基本上没有现代工业的西昌市，在成昆铁路这根"超级杠杆"的撬动下，自1970年起的十八年里，新增人口十三点三万人，工业总产值增长十二倍。贵昆铁路、成昆铁路双支撑，强力助推昆明跨越嬗变。1970年至1988年，昆明城市人口增加了三十二点二万人，仅1978年，公用基础设施投资就达七点四一亿元。"火车拉来的攀枝花"，则完完全全是从无到有，从人迹罕至的"不毛之地"变成雄伟壮丽的工业新城。1988年，行政区域面积达二千五百八十五平方公里的攀枝花市，已是我国西南首屈一指的钢铁工业城市。

大灯照耀山河大地。杜甫草堂、青城山、都江堰、乐山大佛、峨眉山、邛海、苍山、洱海、滇池、大观楼……成昆铁路沿线及辐射区域内不仅有数不胜数、美不胜收的自然风光，还有星罗棋布、底蕴深厚的人文景观。可望而不可即的遗憾，因成昆铁路建成通车得以弥补，昆明市1988年已有涉外宾馆二十八家，接待外宾、华侨、港澳台同胞的人数，较1983年增长二点九倍。乐山旅游局的统计资料表明，从1979年到1987年，该市接待国际游客数量年均增长百分之二十七点七，国内游客数量以百分之二十的年增长率递增。

大灯照耀发射塔架。西昌卫星发射中心原料、装备、生活供应物资，主要依赖成昆铁路运送。二十年间，中心逐步建立起国际一流的发射测试、指挥控制、跟踪测量等六大勤务系统，1984年至1990年成功发射了六颗地球同步卫星。由中国参与经营的亚洲地区第一颗商用通信卫星"亚洲一号"，1990年在这里发射升空；截至当年，四十余个国家、地区的代表前往参观，其中十多个国家表达了卫星发射合作意向。

…………

"不可能建成"的成昆铁路，成了荣誉的包揽者，奇迹的代名词。

"狂暴的大自然必将使它成为一堆废铁。"推翻这一预言的奇迹，是否能够诞生？

利子依达之殇

除了车站，成昆线全程一股道。相对而行的列车，在就近的车站会让。

1981年7月9日，由成都开往金江站（1991年扩能改造后更名为攀枝花站）的211次列车通过后，位于甘洛县的尼日车站值班员陈朝富向由格里坪站（属攀枝花，2008年停止办理客运业务）开往成都的442次列车发出通行信号。

凌晨1时41分，442次列车正点发出。回到运转室，陈朝富向前方站乌斯河报点。然而，他刚拿起话筒，头顶上的白炽灯，突然熄了。

"442"走的是下坡路。右侧山高且陡，左侧路基下方，大渡河汹涌澎湃。陈朝富心中，隐隐生起不安。

"211"刚刚还毫发无损地开过去了。虽是如此安慰自己，陈朝富仍将情况向西昌分局行车调度作了报告。

瓢泼大雨说来就来，442次列车本务司机王明儒的手，本能地握紧闸把。这天闹肚子，他揣着病假条出乘。客观上的风险，须用主观上的警觉化解。

列车呼啸着钻进曲线半径一千米的乃乃包隧道。每到汛期，隧道出口，垂直于成昆铁路的利子依达沟，看起来总不怀好意。王明儒的手，将闸把握得更紧。

西昌铁路分局运转室资料库中，运行记录簿上记载着王明儒1971年的五次撂闸。6月30日，王明儒驾车牵引一千六百吨货物驶往成都方向。通过夹江站，按信号驶入正线时，发现一老一少两个人立于道心，王明儒紧急采取制动措施，避免了伤亡发生。两个月后，沙河堡，当火车停稳在两米开外，在道心玩耍的四个小孩已是魂飞魄散。11月24日、12月14日、12月27日，王明儒又是三次撂下闸把，三次化险为夷。

再过一分钟，列车就将经过利子依达大桥。前照灯射出的光柱狠狠撞击洞壁，似乎想凿出洞来，使车身由蜷曲变得舒展。注定是徒劳，王明儒的目光和弯曲在车灯下的铁轨一样，被压缩成动态更新的三四十米。

十三节车厢，前两节是行李车和邮政车，11号到2号车厢搭载旅客，尾部的1号车厢是宿营车。手里掌控着一千多个人的安危，王明儒不敢有丝毫懈怠。

离出洞还有八秒钟，王明儒一把撂下死闸！

撂闸，相当于汽车刹车。撂下死闸，就是将刹车一踩到底。

睡梦中的运转车长吴光寿，听到尖厉哨声的同时被掀倒在地上。嘈杂的哭喊声中，吴光寿回过神来，推他下床的不是手，是车轮对撂闸的反抗，哨声也不是哨声，是被削掉一层皮肉的铁轨，在歇斯底里地嚎叫！

时针指向1时49分。吴光寿忍痛起身下车，提着信号灯赶往车头方向。

一股咸腥味从洞口扑进吴光寿的鼻腔。担心的事果然发生

第三章　捍卫者　219

了：暴雨引发的泥石流，冲出了利子依达沟！

桥肯定是撞上了。车撞上没？吴光寿不敢多想。

临出隧道，眼前一幕，惊得吴光寿合不拢嘴。一百二十六米长的利子依达桥，2号墩不见了，路枕、铁轨不见了。一起消失的，还有机车、补机、行李车、邮政车！

灾难的面目如此狰狞：11号车厢掉进大渡河，一半车身没入水中；10号、9号车厢趴在护坡上面，8号车厢一半搭在路基，一半悬空。

哭喊声，如蒸腾的水汽从四周升起。三十三岁的吴光寿脑子一片空白，直到列车长米发荣冲他大喊："救人要紧，快去请求支援！"

通话柱在过不去的河对岸，吴光寿只能沿着铁道线跑去尼日站。成都电话打不通，又打到西昌，再从昆明、西安、郑州绕了一大圈，消息才传到成都，传到北京。

10号、9号车厢救援难度最大。窗帘、被褥、枕头、菜油、箩筐、高粱扫把燃起的火光中，米发荣组织十六名轮班列车员立即展开救援。

事发三十分钟后，乌斯河电务领工区七名职工和大渡河乌斯河铁路桥南岸八名守桥战士不令而行，赶到现场。眼见11号车厢被河水包围，他们争先恐后钻了进去。车体变形，河水漫灌，寻找、转运伤员窒碍难行。成功营救出五个旅客后，救援不得不告一段落——车厢被激流推入河心，消失不见。

更多救援力量从南北两路向利子依达挺进。成都铁路局、西昌铁路分局的救援车全速前进，甘洛驻军和当地群众一千多人连夜赶来。

战斗持续到天亮,灾难才像浮出水面的鳄鱼,暴露出可怖的面目。利子依达桥已成一具残骸,淤积的泥石抬高河床不下五米。巨石躺满沟谷、河滩,块头最大者两层楼高。一名列车长、四名司机,行李车上的两名行李员,11号车厢上的两名列车员、上百名旅客同车体一同失踪,加上9号、10号车厢死亡、失踪人员,泥石流夺走的生命,在二百四十人以上!

这是高悬于成昆铁路上方的达摩克利斯之剑最为凶残的一次出击。

这是中国铁路史上黑暗的一页。

在成昆线上干工务、管工务,天长日久,无论人在哪里,天上一打雷,睡眠的鸭子就算到了手,还是会被惊飞。时任西昌铁路分局副局长的施成效怕的不是雷,是雨。他怕暴雨和山体沆瀣一气,形成泥石流,怕假寐的孤石危岩睁眼,怕疯涨的河水暴露了得势不饶人的本性。

"十面埋伏,一触即发,不发则已,一发惊人。"成昆铁路建成之初,面对北段九十条泥石流沟,成昆人忧心忡忡。建成通车二十年间,无序采矿、过度采伐林木和未经审核的山地开垦,使这段路上的泥石流沟发展到三百一十五条,占全国铁路泥石流沟的三分之一。此外,北段有滑坡九十一处,危岩落石区段一百五十三个,河岸冲刷等病害八十七处。平均不到两公里,成昆线就有一处灾害隐患。

天空滑翔的鹰,早晚会俯冲偷袭。1971年至1989年,西昌铁路分局管内被泥石流冲毁桥梁两座，淤埋车站九座，发生灾害二百五十五处、三百二十三次，颠覆列车五列。

在别人，数字就是数字，没有声音，没有画面感。而对施成效而言，是泥石流震耳欲聋的咆哮，是洪流过处的满目疮痍，是面目全非的路基、扭曲变形的钢轨，是前一秒谈笑风生、后一秒不复存在的生命。

1973年，埃岱车站在泥石流中沦陷，站房被冲垮，线路被掩埋，两人不幸丧生。

次年，青杠站附近发生滑坡，列车颠覆，机车大破一台。

1980年，沉睡的瓦底沟古滑坡突然苏醒，连发二十一次大滑坡，塌方两百万方，掩埋线路深达十四米，中断行车一千零七十一小时。同年，老虎嘴出口处，看守房被落石击中，五名看守工受伤，关村坝车站被巨石击穿房顶。

1985年，冕山新铁村，崩塌的山体砸向铁道线，颠覆953次列车，机车大破一台，车厢大破八节、中破三节。

1987年，勒古洛夺沟，六十万方泥石流掠过数道挡坝，淹没铁道，卷走多名道班工人。

…………

每每向人讲起这些，施成效虽是语气凝重，倒也算得平静。毕竟过去了那么久，该激动的，都激动过了。他的平静却很难保持到最后，如同一个启动之前的滑坡体，虽然能保持一时平稳，终究经不起暴雨裹挟。

1988年7月20日，那个惊心动魄的不眠之夜，就是这样一场突如其来的暴雨。

头晚就开始了。闪电在天空劈开一个又一个裂口，无法无天的雨，没完没了地下。

强光再次照彻天地。距离成都站二百二十六公里、昆明站八百七十四公里，地处乐山市峨边彝族自治县共和乡江峨村2组的共和车站运转室里，"轰隆隆"的雷声，持续震撼着值班员黄林元的耳膜。

共和原名"万玄"，背后是高山，面前是大河，左面是隧道，右面还是隧道。一到汛期，这个四等小站便腹背受敌，北侧后背的太平沟，一到雨季，老想惹是生非。

以往的无数次行动都被防守住了，这一晚，太平沟磨刀霍霍，却没轻举妄动。奔涌而下的洪水是它派出的小股"部队"，也是它掩饰下一步行动的伪装。出其不意，重拳出击，将"太平"二字砸得粉碎，才是它的真实意图。

下行的541次客车和上行的1128次货车将在共和站交会。准备工作就绪，墙上挂钟指向凌晨2时9分。

黄林元目送秒针走了两步，停电了。运转室连同车站信号灯，完全被夜色吞噬。

此时此刻，从杨漩站和峨边站开往共和站的541次客车和1128次货车正在区间行进。火车钻进鸭子池隧道，541次客车司机刘正碧摇摇头，叹了一声："这鬼天气！"

鸭子池隧道全长一千九百六十一米，隧道出口与车站相距一千九百零六米。刘正碧不知道，诡计多端的"敌人"，正在前方设伏。

"一道先引导541进站，二道后引导1128进站！"接到黄林元下达的指令，一号扳道员丁传敏的回复，声音里透着紧张："线路上，流水很大，列车是不是可以进站？"

"有石头没？"黄林元也很谨慎。

"没。"

"有泥浆没？"

"没。"

"进站！"黄林元想，站里再怎么也要安全一些。

"敌人"大举进攻，大约就是此时。一时间，泥石俱下，草木皆兵，浩浩荡荡杀向成昆线，杀向共和站，杀向正向共和站靠近的客货列车！

泥石流的"先头部队"不费吹灰之力就堵死了泄洪涵洞，翻上铁道线路。桥隧工区工长罗怀水恰好巡线至此，他向同行的唐正芳发出指令："用红灯把541拦在区间，不准进站！"

这时，黄林元也从闻声出查的助手尹明德那里得知险情，用对讲机呼叫刘正碧："541不要进站，不要进站！"

雨幕和隧道曲线对无线信号都是巨大干扰，黄林元当然清楚。但是，万一听到了呢？哪怕只有万分之一的可能，他也不能放弃。

刘正碧那边，对讲机里的声音溃散了。机车灯光已抵近洞口，两分钟后，541次列车就要冲出隧道。

打着进站黄色信号的丁传敏在雨中狂奔。他哪知道，运转室下达的指令，从"进站"改为了"叫停"！

丁传敏还在狂奔，还在不停晃动黄色信号。风声、雷声、雨声和自己的脚步声、喘息声，淹没了身后追赶的唐正芳的喊声:"叫停,叫停!"

唐正芳的喊声,"三检"人员张万志听到了。张万志打亮红灯,也是边追边喊。

又一位"三检"人员陈树平,果断亮起红灯。

三个人追赶一个人,三盏红灯追赶一盏黄灯。如果现场可以回放,暴风雨中的共和站,四个人的赛跑,比世界上任何一场速度的比拼都要扣人心弦。

陈树平追上了丁传敏,红灯超过了黄灯。541次列车从隧道里探出头来的第三秒,眼疾手快的刘正碧果断按下"非常"!

一长串耀眼火花,盛放在骤然升温的钢轨上,盛放在冷雨腥风的夜里。

太平沟恼羞成怒,把怨气撒在了车站。

看守工江开芝这晚睡得沉,当一股不知来处的力量把她从床上高高抬起又重重抛下时,她以为地震来了。

泥石流冲垮了她的小屋,卷走了小屋里的她。

黑夜被闪电击穿,大地在战栗中怒吼。江开芝的身体不停翻滚,不受控制。洪峰越过道心,碾过一溜玉米地,直奔大渡河的歹心全无遮掩。身上衣物被全部卷走,江开芝接受了命运的安排,却被幸运之手推向一块巨石。暴雨如注,冲刷着紧紧抱着巨石的江开芝,冲走了不远处的库房和成堆木料。

死里逃生的还有三名工人、七名职工家属。太平沟倾泻的十万方泥石流,约一点五万方堆在进站口的三股铁道上。沟边两排住房全部被淤埋,这十个人,从屋顶凿出的通道里逃生。

　　石头被石头撞痛的哀鸣，不断从太平沟里传出。541必须马上后退，却又寸步难行——峨边至乌斯河已是暴雨带，泥石流沟、滑坡体围追堵截，到处亮起红灯。542、92、94三列客车分别被困柏村、峨边、乌斯河，包括被及时拦停在共和站外的1128在内的数列货车，也在人工引导下临时停靠。

　　勉力退行至鸭子池隧道便无路可退的541，面临着新的考验。两端隧道口成了水帘洞，新鲜空气进不来，机车的油烟、茶炉车的煤烟、车厢里的废气排不出，车厢成了蒸笼，成了一点就着的火药桶。时间推移，有老人呼吸困难，有婴儿"哇哇"大哭，有旅客破窗跳车……

　　黎明时分，搭载着成都铁路局党委书记刘德枢，西昌铁路分局党委书记吉史里土、副局长施成效的抢险指挥车一路疾驰驶向共和。在此之前，铁路职工和附近农民组成的上千人的队伍，展开了抢险救灾。

　　压上路面的泥石流长约一百二十米，宽八十多米，最厚处不下四米。阴沉沉的天空下，房屋的残骸，变形的铁轨，高耸的沙堆，高大的山石，腥膻中带着辛辣的气味，因水土流失变了颜色、变得深切的沟槽，无一不是赤裸裸的挑衅。

　　"有你老实的时候，不要得意太早！"这句话，施成效没有说出来。

　　雄心如酒，封得严整才好，才有劲道。

　　上下齐心，其利断金。

就说利子依达沟特大泥石流吧，事情发生的第二天消息就见诸新闻，路透社以《中国人终于自尝苦果》为题报道了这次事故。当时距成昆铁路正式通车刚好十一年。

成昆铁路的守护者们，不服这口气。

抢险救援工作紧张而有序地展开。抢通利子依达便桥的方案也很快出来了。桥墩开挖第五天，半山上传来枪声。那些天降雨不断，气象台连发暴雨预警。枪声就是信号，信号准确及时，工人果断撤退，人员没有伤亡。然而，通宵达旦的心血，被洪水洗劫一空。

一而再的打击，可以破碎弱者的意志，也能铸牢强者的自尊。

电化工程段副段长黄克己收到老家传来的女儿溺亡的消息，一时肝肠寸断。施成效让他回去看上一眼，年过半百的他流着泪说："人死不能复生，但是倒下的桥迟一天站起，外国人就要多看我们一天笑话！"

钢排架只有十三米高，连接起来却有六公里长。置锥之地上，焊点多如牛毛，焊工们时而白鹤亮翅，时而金鸡独立，时而海底捞月，时而倒挂金钩，个个成了杂技演员。

利子依达便桥十五天通车，共和站抢通，比原计划提前五个小时。成昆人用钢铁般的意志写下誓言："我在成昆在，成昆在，我在！"

慷慨之下亦有隐忧。成昆线的忧患不仅是一个利子依达沟的问题，也不仅是一个太平沟的问题。1971年至1989年，西昌铁路分局所辖线路共发生水害三百三十二次，中断行车三千六百四十小时。没有一整套科学严密的防御体系，各种灾害带来的威胁就无法从根本上破解。

干将、镆铘为楚王作剑，三年乃成。锻造足堪铲削达摩克利斯之剑的利刃，亦非一日之功。

立足于防，成昆铁路建成通车伊始，就成立了全路绝无仅有的特别工区，整治严重威胁铁路安全运行的孤石危岩。此外，还在沿线数百处滑坡、泥石流高风险地段设立看守点，以防来往列车撞在山体滑坡或是泥石流的枪口上。双管齐下的防御体系屡建奇功，施成效却也知道，面对更多风险隐患点，只有反守为攻，才能掌握主动权。

1987年，铁道部工务局总工程师游进发率专家组深度考察了成昆线上十数条泥石流沟。一份强力整治成昆铁路泥石流沟的报告迅速出炉，"七五"期间，铁道部每年下拨二千万元整治专款。

首先开刀的是位于甘洛县境、沟口穿过凉红隧道成都端的勒古洛夺泥石流沟。勒古洛夺沟长十公里，支沟十九条。主沟穿过多处断层，岩石破碎，风化十分严重，崩塌、滑坡、岩堆、错落等不良地质现象不下二十处，沟内巨砾砾径最大十五米，松散固体物质总储量三点一二亿方。主沟沟岸陡峻，总落差一千四百五十米，每小时降雨量达到四十毫米，极易形成泥石流，严重威胁沟口铁路桥。甘洛县年降雨量最高达一千零四十三毫米，八成集中在雨季，勒古洛夺沟的泥石流多发频发且体量大。

在这之前，1983年3月，西昌分局投资三十九点一万元，在

利子依达改线工程新建一条长一千四百六十五米的利子依达隧道，从泥石流沟底部穿过，避开了泥石流区段。图为利子依达改线工程提前通车庆功大会现场（摄于1984年5月）

桥位上游二百零五米处和四百零五米处建起两道拦渣坝。1985年12月，分局再次投入三十九点五七万元，加固并增高1号、2号坝，并在上游一千零六十米和一千五百五十三米处建起3号、4号拦渣坝，在4号坝前二十米处增设一道四点六米的副坝，总计灌注混凝土四千五百方。

主打防守的拦渣坝功效如何，从它和对手的几次较量中不难窥见：1984年7月1日，一场大规模泥石流被大坝拦截，淤满大坝；1986年汛期，泥石流两次冲破围堵，冲入牛日河的泥石抬高了沟口河床；1987年6月5日，六十多万方泥石流将牛日河拦腰斩断，殃及对面公路……

克敌制胜，需要一剑封喉。

何以为"剑"？

大型渡槽。

渡，让渡、引渡。槽，两边高起、中间凹下的流通渠道。借鉴李冰"遇湾截角，逢正抽心"的治水原理，在勒古洛夺沟临近沟底处、铁路桥上方兴建大型渡槽，将突破围堵的来犯之敌引入牛日河，思路早已有之，却一直因资金所限，停留于纸上谈兵。勒古洛夺沟治理被列入铁道部重点工程，施成效悬着的心终于放下。投资七百余万元，预定三年工期，由明洞、渡槽、导流槽、堵口坝及泄水涵洞五个部分组成的治理工程，提前一年完工。长三十五点一八米、宽四十五米、高十一米、槽底为两米厚钢轨钢筋防渗混凝土的勒古洛夺大型渡槽横空出世，任凭雨打雷劈，兀自岿然不动。

勒古洛夺大型渡槽，并非高倚擎天一剑孤。仅1989年，西昌铁路分局管内启动防洪工程一百五十七个，累计投资二千六百三十五万元。

利刃所指，恶龙降伏。

黑区沟沟口，铁路桥上方岩层风化，一块三百多方的鹰嘴形巨石，对七十米长的桥身虎视眈眈。乌斯河工务段工程队在岩壁上凿孔打桩，用钢筋混凝土铸起擎天柱，"老鹰"不再有机可乘。

白熊沟口，铁路桥上方拉起坚不可摧的钢筋网。距沟口数百米处，集疏、堵功能于一身的两道大坝如同铜墙铁壁，曾经岌岌可危的桥梁固若金汤。

尼日站附近，一座新建的百米棚洞，为经常遭受落石击打的铁道线戴起安全帽。

喜德站旁的马厂沟，工程技术人员经过十五个月施工，建起长四百四十七米、穿越泥石流沟底的隧道明洞和两个新桥墩。原线路从喜德2号大桥中部开始，以"S"形绕山脚铺设，行经马厂沟小桥。改建后，弃用马厂沟小桥，喜德2号大桥截弯取直，与新建成的隧道相连，隧道另一端——一百四十七米长的旧线横向拨移六米，与新线嫁接在了一起。"惹不起，躲得起"，这一全国铁路史上罕见的避险工程，让马厂沟的泥石流，从此徒唤奈何。

咯嗦沟、布曲洛沟、瓦起洛沟、腊鹅沟、瓦洪沟……一个个暗藏危险的沟口，收敛戾气，不敢声张了。

吴安报名上成昆线前，在铁四院工作，四院在武汉。家里不让她去，理由一大堆，最充分的是这一个：女儿只有三岁半。吴安把女儿交给母亲，一个人上了成昆。摸清泥石流底细才能对症下药，这活儿险且累，泥石流小组清一色的男职工。吴安"挤"进去当了组长，天天领着一群大老爷们儿摸爬滚打在高山峡谷。她正干得攒劲，后院接连起火：母亲去世，丈夫提出离婚。料理完母亲后事，办了离婚手续，吴安把女儿托付给妹妹，一转身又扎进泥石流沟。

哪里施工遇到困难，刘朝军就把两条腿杵在哪里。从技术室主任干到西昌工务大修队总工程师，刘朝军牵头解决了几十个防洪整治疑难杂症。中国铁道学会选派他到日本进修，人还没回来，"下海"的同学邀他一起"弄潮"。同学说他回大山里去是浪费资源，说一身本事不换成钱是榆木脑壳，说井口大的一块天哪值得终身托付。任同学横说竖说，刘朝军刚刚踏进国门，就直奔成昆线而去。

391防洪工程，冯朝玺是技术主管；351防洪工程，冯朝玺担纲施工设计。两个工地相距四十公里，他这边跑了跑那边，和工友一起啃馒头睡席棚。好容易回趟家，看着又黑又瘦的他，母亲还以为是什么人敲错了门。母亲下决心把儿子调回成都，冯朝玺却偷偷把妻子"拐"到工地。

张霖刚从学校毕业就赶上勒古洛夺渡槽建设。工程千难万苦，最让人着急的是工期。张霖白天上工地抄平放线，晚上在被窝里画图、计算、整理资料，每日两点一线。周末不休息，节日不回家，父母和未婚妻的信，他每次回的最后一句，都是"等到工程结束……"。经过二百四十多天奋战，第一期工程比预定工期提前二十五天完成。到了兑现承诺，回家完婚的时候，张霖又变了卦："这一仗是打完了，可下一仗更难打，我们得一鼓作气。"婚礼在工地举办，婚房是席棚一顶。

杨朝军顶父亲的班干工务。父亲退休前在尼日，他的工位也在尼日。背石头背水泥，累成猴黑成泥，十八岁前没吃过的苦旧债般压过来，杨朝军动了走人的心。是大山深处无处排解的寂寞让他走，是恋人小杨要他走。杨朝军一手一脚打好背包，又一手一脚拆了。在信里，他对小杨说："我走了，有人看我笑话，我不怕。但是如果我们这些人都走了，成昆线就断了,外国人要看中国人笑话。"

工务人的所有付出系于一个愿望:以坚不可摧的事实证明,中国人建得好成昆线,也管得好成昆线。

写得认真的答卷,得分不会差。

1991年秋,在峨眉山宾馆召开的泥石流、洪水灾害防御国际学术讨论会上,来自十八个国家和地区的专家济济一堂。情况是否真如施成效发言中所说,到了现场考察环节,专家们大睁着眼睛寻找答案。白熊沟、黑区沟、勒古洛夺沟、天下第一柱……专列一路走,专家一路看,不待走完全程,起先的半信半疑变成了交口称誉:"措施周密,运行良好,安全系数稳定,这是成昆铁路建成后的又一奇迹!"

奇崛过后是寻常。没有一天,护路人不在路上。

管石头的人

戴启宽报名到成昆线,一开始没让妻子知道。女儿三岁,儿子一岁,他怕她不答应。

就要从内江拖家带口去尼日了。瞒不住了。

妻:"尼日在哪儿?"

夫:"成昆线上。"

妻:"去了干啥?"

夫:"和石头打交道,跟这里一样。"

妻:"既然一样,何必舍近求远?"

夫:"都不去,成昆线就会像外国人说的,成为一堆废铁。人不能只图安逸,要有事业心。"

那是1970年的事了。与成昆铁路开通运营同步,西昌铁路分局乌斯河工务段成立了孤石危岩工区,负责治理共和到南尔岗一百七十公里铁路沿线高山峡谷的危岩孤石。听说那里要招人,内江工务段的戴启宽报了名。

山之志在高,石之志在孤,岩之志在险。戴启宽之志,在登高、"托孤"、排险。

尼日是个夹皮沟,站房尚且摆得艰难,没法给职工安家留空间。一家四口总得有个落脚的地儿,戴启宽在斜坡上铲出一块平地,搭起一顶席棚。席棚小又矮,夏天是蒸笼,冬天是冰窟，遇雨秒变水帘洞，遇上刮大风，棚顶会"放了风筝"。风筝还可居高望远，窝在棚中，一年到头能见到的人，把站上二三十个加起来也难凑上半百。生活上的落差，味蕾体会也深。内江别称"甜城"，不缺蔬菜水果。尼日除了土豆，不产别的蔬菜，干酸菜煮的土豆汤年头喝到年尾，飘在汤面的油星，一粒粒数得清。

群山阔，像海。孤石危岩多，像海里的鱼。多归多，海里的鱼，特别是深海里的，轻易不能抓到。尤其体积又大、攻击性又强的鲨鱼，和它斗，耗时无穷，费力也无穷。白清芝参加过抗美援朝，戴启宽跟着他干。没有路，背着上百斤工具、材料上山，要扯着茅草山藤，要抠着岩缝或外凸的石包，有时在临时掏出的石窝子上下脚。山上植被稀疏，星星点点的绿，是不知名的草，是长不大的树，是满身带刺的灌木。脚上劲不够，需要手来凑时，明知会抓到刺，也要果断出手。被蛇咬了，或者石头擦破皮，消毒，一泡尿的事。

人巡山，山上石头也在寻机会。一块石头往下跑，唤醒另一块，跟着往下跑。尼日站的道岔、信号机几番挨砸，站房门窗数次受伤。戴启宽家的席棚也曾被砸，幸好没伤到人。

生米煮成熟饭，妻子还在巴巴地想，熟饭能不能变回生米。

说时迟，是真的迟了。不安分的石头，早已让戴启宽安下了心。

席棚被掀那晚，妻子哭着嚷着，要他调回内江。

山上石头够硬了，戴启宽的话还要硬些："我是交了申请来的。你见过谁吐出口水再舔回去？"

妻子定定看着他："米箩跳入糠箩里，到底图啥？"

"我八岁成了孤儿，吃百家饭长大。政府供我读书，给我安排工作。我的命是国家给的，不能只为自己着想。"戴启宽答得干脆。

"难道你是光棍汉？为啥、凭啥，两个娃娃跟着你受罪？"

戴启宽不吭声了。他的目光，落到泪汪汪看着父母的女儿脸上，移到熟睡中的儿子眉心。

就算为儿为女，他也要回心转意。妻子如此想，他却这么说："我们工区，有婆娘娃娃的，不止我一个。"

妻子泣不成声："别人……跳岩，你……也跳岩？"

沉默良久，戴启宽下了决心："非走不可的话，你们走吧！"

第二天，妻子没有走，没有搭理丈夫。

第三天，戴启宽收工回家，妻子的话迎了上来："饭在锅里，趁热。"

戴启宽他们管石头，要防着石头"越狱"，了解它们、熟悉它们，盯谁防谁，才能有的放矢。

每座山、每道坡、每条沟都要走遍。路是"一次性"的，住的地方，往往也是。就近有岩洞是最理想的，找个平坦的地方，围上席子也能凑合一宿。啃馒头、吃咸菜是家常便饭，戴启宽从不觉得憋屈——心里软，硬馒头也是软的；心里甜，咸

孤石危岩整治队队员被称为"孤石人",他们翻山越岭,以山为家,以石为伴,守护着成昆线的安全。图为戴启宽(左一)带领的孤石危岩整治队在悬崖陡坡上查危石、除险情(摄于1997年)

萝卜也是甜的。

憋屈，不是没有。比方说，啃个干粮，小憩片刻，还得把钢钎插在石缝，把自己和钢钎捆在一块儿。要是钢钎没地方生根，旁边恰好有树，人便捆在树上。

上山排险，每一天都在冒险。

有一次，戴启宽坐在地上啃馒头，一块石头掉下来，"报销"了他的安全帽。

马蜂宣示主权，动不动发起"空袭"。马蜂刺长，厚厚的工作服也能钻透。惹不起就躲，他们没少绕道。绕道有风险，惊动山羊或是别的野生动物，它们扰动了马蜂窝，这口黑锅也要他们来背。

有几回差点掉下悬崖。脚下石头，大到可以是一座山，小到可以似一粒粒黄豆。黄豆撒在平地人踩到还容易摔跤，何况斜坡陡壁。戴启宽有一回跌进溪沟，有一回摔出三米远，被一丛刺巴兜住。

布祖湾，铁轨被砸变形，找了两天，也没找到石头老巢。怀疑的重点，最后被锁定在形似鹰嘴的一处山岩下面。鹰嘴两侧、下方都是绝壁，人要下去，得吊着安全绳越过"喙部"，再荡"秋千"至"颌下"。戴启宽不让年轻工友下去，理由是他们没谈恋爱没结婚，自己该经历的都经历了。戴启宽下去时，麻绳被岩石边缘啃掉一层皮肉。待他上来时，石头吃进麻绳的速度，更是超出预判。绳断人伤，绳毁人亡，随时可能发生。白清芝反应到底是快，只见他以迅雷不及掩耳之势，抛下一根安全绳……

盯为防。防石头下山，主要有四招。块头不大的孤石，挖坑深埋。石头大到没地方埋，拿钢钎、二锤分化瓦解。技术含量高一些的支撑、浆砌，是对付钢钎、二锤解决不了的"顽固派"的。拿钢绳把石头整个套牢固定，这是第一步。第二步是挖出基脚，用水泥、沙子砌起墩、台、柱甚至挡墙，或撑，或顶，或拦。浆砌都还不行，就得爆破了。这招却不能随便用，因为得封锁区间，影响列车运行。此外，动用火药，本意只是猎"狼"，惊了"老虎"，麻烦更大。

浆砌用的石头就地取材，水泥、沙子靠人力背运。戴启宽他们每人每趟要背一包水泥，每包水泥一百斤，走在似有似无的路上，一颗心劈成两瓣。作业前要搭架子，方便行走操作。有一次，在尼日，不经意抬头，戴启宽见一块石头朝他俯冲下来。若在平地上，跳一下或者打个滚，便可化险为夷。这是几百米高的陡坡，一脚踩空，命就没了。戴启宽脑袋一偏，一股风贴着脸刮了过去。尖锐又响亮的"嗦"的一声响过，戴启宽的左肩现出醒目豁口。有那么两秒钟，戴启宽忘了自己穿着棉衣。当时他还在想：血呢，肉呢？怎么只剩下白花花的骨头？

戴启宽遭遇过的危险，其他工友多半也曾遇到。只是，运气不会总是与人为善，姚朝根、肖文光、关尚贵、魏忠祥碰到的石头，都是起了杀心的。前两位挂了彩，关尚贵的安全帽被打飞，人被打到崖下，幸亏挂在树上，命才得以捡回。

一次浆砌作业，遇上掉石头，二十出头的魏忠祥躲避不及，从几百米高处滚到道床。听说有人从山上跌下，摔得面目全非，家属们想去现场，一个个都软着腿。看到戴启宽好手好脚回家，妻子散掉的魂魄依然没有聚拢。这一次她铁了心：一家老小，必须回内江去。

戴启宽当然知道自己是在血盆里面抓饭吃，他也知道，自己为的不只是一口吃食。心里有底气，中气便足："成昆线有多重要，你也知道。"

妻子话没出口泪先流："成昆线重要，婆娘娃娃不重要？其他人还有个星期天，你一年停不了五天工，害得我一年里有三百六十天提心吊胆。"

戴启宽赔笑道："你看我这不是好好的？"

妻子才不看他，而是看着门洞："每天出门，走个路都是冒险。今天好好的，明天是不是好好的，天知道。"

戴启宽的目光和声音，一起柔软下来："就凭两个娃娃这么逗人爱，老天爷也不忍心收我。"

妻子的哭声汹涌起来："还晓得你有两个娃娃？老天爷真要晓得心软，就不会收走魏忠祥。人家那样年轻，人又好！"

说着说着又扯到离婚。尼日三年，这话她说了不下十回，每次都"说话算数"。这一回，她没有说那四个字，他却真真切切听到了。语气、声调、眼神，她第一次把离婚这件事说得比纸轻薄时他感受到的沉重，都是在死心塌地走向一个不可逆转的事实。

那是一个无眠夜，是席棚里的一家四口，最后一次共处。

妻子就要离开尼日，离开他了。一起离开的还有儿子。此去再无归期，儿子哭了，戴启宽也在流泪。模糊的身影越来越显得遥远，戴启宽想追上去，脚下却生了根。

好像没有比老昌沟两侧施工难度更高的山了。

巉岩上明晃晃挂着九块孤石。石头下方，是一线天桥。任何一块巨石脱落，对这座国内最大跨度空腹式铁路石拱桥，都是灭顶之灾。

撬，容易打草惊蛇。

炸，一声炮响过后，只怕有一串惊雷。

那就撑吧，硬撑。在石头下打出深孔，嵌入钢轨，再用混凝土，把钢轨、石头、山岩凝为一体。

桥两端是绝壁，人没长翅膀，石子、河沙、水泥没长腿。工区一般不会为一次作业修一条路，但是这里情况不一般，没有路这个"1"，后面都是"0"。

一条羊肠小道从相邻的长河坝站修过去。路长两公里，还剩最后三十米时，又是一道绝壁。

越过绝壁，只能搭云栈，在岩石上凿出孔穴，横插木桩，平铺板材。

支撑架是钢轨裁切成段，每段长六七米，重三百多斤。推、拉、扛、背，长河坝到老昌沟，每根钢轨运过去，都要闯过八十一道难关，使出九牛二虎之力。没有人怯场惜力，掌心里的钢轨，肩膀上的钢轨，一米米向前挺进。

九块孤石被镇住，离预定工期还有二十五天。

离开老昌沟，来到赵坪山。初来乍到，戴启宽想起、理解、接受了这句话：山外有山。

赵坪山海拔接近三千米，山顶到山脚，落差两千多米。

山上滚落的石头着实不少。旅客受伤、经行列车叫停的情况不时遇上，站安全哨的工作人员屡次遇险。

白清芝也曾愁肠百结。尼日一带虽说无路可走，攀爬也好，绕道也好，临时挖个踮脚坑也好，横下心总可以闯一闯。到了这里，却是一身闯劲没处使。就好比一个人无船、无筏、无桥，却要横渡长江。

中央新闻纪录电影制片厂摄制、1974年国庆节上映的纪录片《成昆铁路》，全长六十三分钟，白清芝看了不知多少遍。其中，乌斯河隧道修建那部分，每帧画面他都烂熟于心，每句解说词他都倒背如流。乌斯河离赵坪山只有几十公里，铁道兵征服乌斯河隧道，仿佛就在昨天，就在眼前。

成昆铁路全线，乌斯河隧道因修建难度太大，最后开工。

四百四十米长的隧道，全程穿过沙子、卵石混为一体的堆积层。没有水的情况下，堆积层坚硬如铁，有水搅和则成了泥，成了嫩豆腐。

硬好办，有炸药雷管对付它。最难拿捏的是"嫩豆腐"，炸药、雷管徒奈其何，风枪、钢钎、二锤，完全派不上用场。

能用的工具无非是扒钉。别的地方打洞钻山，这里给大山开腔做手术。

塌方随时可能发生。蹲着、躺着、挖着、刨着，一股泥浆钻出来，把人冲倒、埋掉。扶起、挖出战友，战士们用肩膀封堵决口，用草堵塞漏洞，个个都是千斤顶。

那时候，修建乌斯河隧道的铁道兵战士，一句话喊得震天响:"问我工作苦不苦,心中装有七亿五,为了祖国修铁路,越是辛苦越幸福!"

"现在,到了我们接受考验的时候,"回放完《成昆铁路》,白清芝对兄弟们说,"为了守好成昆线,越是艰险越向前!"

一线天桥上方,曾经与世隔绝的古路村,村民脚下的路由岩窝、山藤进化为嵌在绝壁上的道道天梯。征服赵坪山,只有发扬成昆精神,只能取法古路村。

搭天梯也是悬空作业。赵坪山夏天都是光秃秃的,时值冬天,远远看去,简直是一片耸立的戈壁。岩缝里倒是有一棵崖柏,离地十多米。抠着岩缝上去拴安全绳太冒险,白清芝迟迟下不了决心。班长张德敏也没多说一句话,三两下脱光上身,胸膛贴在岩壁。两脚一踮,张德敏的十指,抠紧了一道石缝。十指上的重量转移到脚尖,张德敏腾出双手,展开了新一轮攀登。攀爬的速度稍快一些,张德敏就是一只壁虎了。然而,壁虎有天然的黏附能力,张德敏对抗地心引力则百分百依靠体力。工友们屏住了呼吸,他们怕呼出的气变成风,此刻,每一点风吹草动,都可能取人性命……

天梯只是"路",岩上作业,在垂直于"路"的云栈上进行。那天,搭设云栈的领工李连勤,耳边响起雷鸣。太阳正火辣辣地照在身上,怎么会雷吼地动?有石头从上面砸下来了,倘是慢上半秒明白过来,李连勤那天就会摔成肉饼。所幸他反应快,眼尖,又跟着满山猴子练就了飞檐走壁的本事,纵身跃上了另一条栈道。

隔三岔五有工友遇险。有人失足摔断肋骨，有人被猴子拿石头揭开头皮，有人刚在云栈上拴好安全带，木板就被落石击断……这类事情，他们不对家人讲。讲不完是次要的，主要是怕家人担心，怕"常在河边走"和这句话的下一句，猛兽般奔跑出来。

四位工友永远留在了赵坪山上，包括张德敏，包括白清芝。

1984年，工区启动半机械化作业，部分区域可以通过架在半山的索道运送沙石水泥。也是这年秋天，外号"飞虎"的小刘正操作绞盘，猴子朝他扔来石块。情急之下，小刘本能地扔掉绞棒，快速躲到一边。这一来，悬在钢绳下的吊斗和吊斗里的石子开始自由落体，正常绞动时比秒针转得还慢的绞棒瞬间提速，转成一个飞盘。千辛万苦架起来的架空索道即将毁于一旦，比这严重百倍的是，索道下方有工人，有铁轨，吊斗、索道砸下去，后果不堪设想。

对着高速旋转的绞棒，白清芝猛扑上去！他想用胸膛护住绞架，他想以一己之力阻挡悲剧发生，他想用行动再跟工友们说上一次："什么叫工作？工作就是斗争！"

这是白清芝同孤石危岩最后的斗争。

"没有凿子凿不进的石头。"白清芝生前爱说这句话。料理完他的后事，有人说赵坪山是埋人场，说队伍应该解散，戴启宽搬出这句话，后面还加了一句："世上无难事，只要肯登攀。"

赵坪山打了翻身仗，"老虎山"变为"绵羊山"。此后，乌斯河孤石危岩工区变革为三个工区，戴启宽担任三工区工长。

三工区负责的乌斯河到南尔岗，线长五十三公里。

利子依达大桥就在三工区内。这一带高山连绵，沟谷纵横，稍有懈怠，管石头的人就可能在无时不在、无处不在的"斗争"中处于被动。

当了工长，戴启宽还是啥都干，干啥都冲在最前面。

1988年8月19日这天，在戴启宽眼睛里是四个颜色。早上到中午为蓝白相间，蓝的是天，白的是云。上午11时，戴启宽去一块岩石下作业，踩了马蜂窝。蓝、白消失了，一大片黄褐色飞行物如一把突然撑开的大伞，将他笼罩起来。知道不能跑，实际上也无处可逃，他抱头蹲在地上，任由马蜂的螫针刺进脑袋、颈窝、后背、胳膊、大腿。钻心的痛制造出无边的黑，戴启宽栽倒在地，不省人事。

工友把戴启宽背下山，工务段派出轨道车，全速驶向金口河。入院第二天，戴启宽眼前由黑变白，由混沌变得刺目。十多天后，戴启宽出院了。浑身被蜇的大包小包，这时候已变形为深陷在脑袋、颈窝、后背、胳膊、大腿，终其一生也无法填补的大坑小坑。

那么多的坑，容不下妻子的泪。把脸埋在他的胸前，她哭了整整一夜。

戴启宽还是原来的戴启宽，妻子已不是原来的妻子。她叫阿呷沙加，甘洛县乌史大桥乡乃乃包村人。戴启宽这个人怎么样，工区的人有多清楚，村里的人就有多了解。最先看好这门亲事的是阿呷沙加的父亲南呷阿木。南呷阿木说："如果只是人在这里，老婆儿子走时，他就走了。拖着几岁大的女儿留下来，那是他的心生了根。什么东西最值钱？山缝里的崖柏最可贵！"

组建起这个小家的十二年间，当妻子的从没拖过男人后腿，而是起早贪黑，把家畜喂养得膘肥体壮，把责任田打理得井井有条，把孩子们收拾得漂漂亮亮，让男人无牵无挂工作，不因牵挂而分心，不因心神不稳而脚下不稳。就连秋收时，戴启宽想割几把水稻，阿呷沙加也不给机会。妻子说："你管石头，我管庄稼。这边忙不过来，还有我爹，还有左邻右舍。你好歹也是一个火车头，火车头不冒烟，后面的车皮都要跟着停下。"

阿呷沙加不是想把眼泪变成石头，挡住男人的路。拦是拦不住的，她也没想去拦。但阿呷沙加还是希望自己的眼泪变成什么。对了，晓得惜命是一面鼓，这些泪就是鼓槌。

小至脸盆大、大至高过一层楼的石头，戴启宽都能把方量目测个八九不离十，"出入平安"几斤几两，他当然心中有数。不过，自那以后，工友们感觉得到，对于安全作业，戴启宽抓得更紧更细。拿安全绳来说，如果谁像张德敏那样拴在分枝上，而不是系在足够粗壮的树根上，他会拉下脸骂人，而且骂得凶猛。谁要是铤而走险，抱了侥幸心理，他则不仅骂，还要动手打人。骂是真骂，打是假打，个中深意不难体会。遇到情况复杂、操作困难、风险系数大的孤石危岩，戴启宽不会轻举妄动，而是一一编号，上报段里，望闻问切，精准施策。医院里的病人康复一个出院一个，孤石危岩图上的斗争对象，也是清除一个销号一个。戴启宽他们先后编过号又销过号的石头有一万多个，这个过程中难免有走火有擦伤，但是重伤和死亡，再也不曾发生。

与成昆线做伴二十八年，从悬崖绝壁上走过数万公里，支撑管区连续七千余天安全行车后，戴启宽走到了职业生涯的尽头。

他的名字替他留了下来，直到如今。

——就在戴启宽退休前不久，乌斯河孤石危岩工区，以他的名字重新命名。

接力棒传给张贵红，再由张贵红传到江永手上。

自1986年干上这行，江永的工作从未变动。

没有一颗心生来就安静本分。人到二十四，老婆还不知在哪儿，小伙儿急得回头去找当年给他递过纸条，他正眼也没看过的女同学，人家如今却不拿正眼看他。不看也就罢了，背后的话，不是一般的难听："有个铁饭碗又怎样？天天和阎王爷打交道！"

没过几天，江永一只膝盖跪了下去。去共和附近的老虎嘴作业，心里堆着事，他落在队伍后面。满是哀己不幸怒己不争的愁绪，"人要错开，不能走成直线"的血的教训，被他抛至脑后。直到工友踩落的石头打在右膝，不由自主跪倒在地，江永才接受了比刀锋利的现实。

逮住机会，根基不牢的孤石会逃之夭夭。江永也想脱逃，只待天赐良机。

闲时看山，完全是一种习惯。每逢下雨，头则抬得更高。一夜大雨后，金口河站正上方，山体溜塌的滑痕如同刺目刀伤。踏勘查明，两处危岩基脚空虚，随时可能崩溃。

头一处刚挂好主动网，还在打支撑，第二处发生位移。情况万分危急，江永一路狂奔，赶在石头下山前封锁线路。

险情解除，江永一颗心还在上蹿下跳。一个问题，他问了自己三遍：大家都跑了，石头谁来管？

江永的心，就这样拴牢在了戴启宽孤石危岩工区。

三十六年间，一根木棍不离江永左右。之前用来拄路，后来，老百姓不再上山砍柴割草，木棍用来"打草惊蛇"。

变化在无声无息间发生，却给人隔世之感。

不安分的石头，当初拿油漆做上标记，再根据情况变化，该支撑的支撑，该打埋的打埋。从2020年起，石头上的字迹变成芯片，江永手中的油漆桶，被手持机代替。孤石危岩的身份信息更完整了，手持机一扫，体积、平距、垂距、里程，包括上一次"体检"的年月日、时分秒，都是一清二楚。数据同步上传到监控系统，监控对象有动静，电脑上立刻就有反应。

工区当初有六七十人，现在只有六七个，登记在册的孤石危岩从一千多个消灭到只剩五百多个只是原因之一。施工外包，集约化作战，变的是"打法"，不变的是"战绩"。2022年，光是主动网，工区就挂了上万平方米。

从沙湾到南尔岗，一百七十公里管段上，六十四座危石山头，每年至少走上一回；十个重点山头，汛期里，每个月必须留下脚印。以前不容易，大家都不容易，如今交通条件不可同日而语了，工区的苦，更显得遗世独立。

人间百味，偏有人爱上吃苦。

2021年3月，孙航来工区报到，三十六岁的小伙清瘦文静。孙航从水电车间调过来，自己打的报告。来之前是一班之长，来之后是普通一兵。这都不说，原单位在燕岗，父母住峨眉，相距只有九公里。孤石危岩工区居无定所，经常落脚的乌斯河离燕岗一百零九公里。盯着他看了一分钟，江永想了一分钟：这家伙怎么想的？

日子变旧，人变熟。再有两个月江永就退休了，他没忍住问孙航："你小子，镀金来了？"

孙航淡淡一笑："跟着你，铁矿石倒是没少打理。"

江永实在想不明白："这活儿有啥吸引人的？"

孙航脸上生动起来："戴启宽的大名，都把我耳朵磨出茧了。整条成昆线，奖杯奖状，我们工区最多。"

江永将信将疑："没见我们吃的苦也最多？"

孙航的眼皮猛地往上一抬："原来干后勤，现在干主业。人活一场，就图个轰轰烈烈。"

江永心里蓦地一热。他知道自己这一生过得平淡，却从来不曾想到，平淡，有时候就是热闹本身。

我是你的眼

少有老鼠从猫的眼皮下溜走。若屋大洞密,鼠多势众,则不一定了。

老鼠撞倒油灯,容易惹大祸,必须把它们看死盯牢。

西昌工电段几百名看守工,个个都是火车司机的第三只眼睛。他们盯着山崖,盯着溪沟,盯着成昆线上的风吹草动。

顶父亲的班,成为南尔岗工区桥隧工那年,章显容年方十八。第一天上班,工长带着她给双河口大桥桥梁支座涂油。站在桥中央,眼见湍急的河水像野马狂奔,她吓得手和脚都像棉花做的。正值隆冬,风如一张网,似乎要把身材娇小的章显容裹住带走。顾不得手指头会不会冻成冰棍儿,章显容死死抓住钢桥护栏,说啥也不下桥墩作业。这时候,一列火车山呼海啸压上桥面,桥身随之剧烈晃动,似乎下一秒整座桥就会垮掉……

熬到轮休,一进家门,章显容就摊了牌:这活儿没法干。章显容撒娇早已撒出经验:只要吃了秤砣的戏份演得足够到位,塞心的总是父母。谁知这回,父亲张口就没一句好话,核心要义是,以前惯你是你还小,十八岁还惯着你,一辈子长不大!母亲的话呢,皮不一定结实,馅儿却够章显容嚼上半天。

弟弟正念初中，母亲说："找份工作不容易，为了弟弟读书，也要吃下这份苦。"

风筝没有飞，是因为风还没来。半年后，风来了。汛期，山体崩塌、山石脱落风险加大，山洪、泥石流变得活跃，桥隧工季节性转为看守工。培训一周就要去K330防洪看守点，人没出发，章显容的心已在路上。不为别的，看守工主要动眼，很少动手，不干脏活重活。想想之前，一到下班，手是花的，脸是花的，蓝色工装黑一团红一块。她不止一回向父母抱怨："干这样的活儿，是消耗生命，是浪费青春。"

K330看守点离南尔岗三公里，中间要经过一座三百米长的隧道。当时是夏天，时间往前挪一截，章显容会当这是春游。一路上，和工区其他地方并无太大不同的隧洞、悬崖、崖根处的道床、与道床并肩而行的河流，都像被施了魔法，不似往日所见的暗、硬、急了，而是显得幽深、坚毅、欢畅。就连吹乱了发丝的风，她也不觉讨嫌，而是觉出了顽皮孩子的可爱。

K330守护的是猴子岩隧道和玉田隧道间五六百米的线路。来到看守点，章显容心中一条河，飞流直下三千尺。不止一次想象过的地方，是她不曾想到的模样。道床离山体二十米，窝棚搭在距道床不到两米的另一侧，往外挪一下，窝棚两只角就悬在了牛日河上空。临时搭建的窝棚，四角立着圆木，壁板为木板、竹席混搭，高矮宽窄都不一样。屋顶是补丁重补丁的"大杂烩"，盖着油毛毡。

没水，没电，没厕所，没地方洗澡。旧枕木改做的床板上，铺着一件大衣。床宽一米不到，两张床占去了屋里一多半空间。最让章显容绝望的是，晚上，一个人值班，一个人陪班，而白天，陪伴看守工的，只有看守工的影子。当晚，章显容躺在床上，感觉寂静是宽广无边的湖，自己是一棵水草。

看守工只有两件事。其一，每小时巡查看守路段，做好巡查记录。其二，迎送经行列车，向车站和工区通报安全状况。单独值守的第一个上午，章显容体验不错。身后的脚印是新鲜的，落在小草小树和道床、岩壁上的目光是新鲜的，拍打着她的脸蛋的风是新鲜的，时不时飞进耳朵的一声鸟鸣是新鲜的。用摇把子电话同车站、工区联系，则不光新鲜，而且神气。她有一种感觉：这是我的地盘，火车扣留还是通过，我说了算。客车上坐着几百上千乘客，货车上拉的东西闹不好价值连城。这么看的话，看守点就不是一个窝棚这么简单了，而是发号施令的指挥所，举足轻重的情报站。

新鲜感的折旧速度，比从眼前经过的火车快。又一趟火车消失在隧道里，肚子开了口，让章显容表示表示。米和菜是从南尔岗背过来的，水也是。头一回操作煤油炉，手忙脚乱中，淘好的米被踢翻在地，章显容心疼得眼泪汪汪。她沮丧地坐在地上，却发现手臂上长出了密密的小包，脸上也像有蚂蚁爬来爬去。一定是油毛毡造的孽。又或者是充当床板的枕木作怪，这东西油腻，散发的气味令人作呕。心一暗，眼前也黯淡起来。植被稀疏的山岩更显荒凉了，铁轨孤单，河水冷漠，枕木死气沉沉，分立南北的隧道口成了看人笑话的冷眼，鸟鸣更像冷嘲热讽……

扑到床上，章显容哭了。看守点附近的老鼠，一定有犯了好奇心的：这地干吗抖？也不见火车过。

章显容也为老鼠犯过好奇心，那是在和它们打照面以前。一个人的伙食简单，有时从南尔岗出发，她带现成饭菜。天热，章显容从河里舀上半盆水，把装了饭菜的碗坐在盆子当中，当作不带电的冰箱。有次巡查回来，发现瓷碗翻倒盆中，章显容起了鸡皮疙瘩：什么人，或者什么东西进了屋中？找到答案是又一次巡查回来，她看见一只半尺长的老鼠，手嘴并用地剥橘子。老鼠没注意到小屋主人到来，屋里难得来个访客，章显容没有打扰它……

看守点没有厕所，章显容只得慢慢习惯与大自然直接交流。但是洗澡，屋里太挤，只能"天浴"。月黑风高还好，要是那晚有月亮，月亮还精神饱满，洗还是不洗，她就犯了犹豫。时日一长，她不管那么多了。油毛毡和床板本来就臭，蟑螂、老鼠还时不时往被窝里钻，一身臭汗趴下去，不得把自己熏死？时日又长了一点，章显容的胆子往回缩了一截。看守点建在荒僻处，某个晚上，相隔不远的看守点，坏人进了窝棚。章显容听闻这事，背上起了毛毛汗：K330离最近的村子三公里，万一来了心术不正的人，局面难以控制。

防洪季结束，看守工又成了桥隧工。跟在工长身后的章显容没了怨言，下到桥墩上涂油，不再缩手缩脚。每天下班，手是花的，脸是花的，蓝色工装上黑一团红一块，章显容不再抱怨。曾有那么一天，她在心里说过："青春就该五颜六色，就像这件工装。"

在南尔岗工区，章显容换过三个看守点。K324、K329与K330条件大同小异，区别在路的远近，隧道长短。去往K324的路，章显容望而生畏，因为进了一千八百八十九米的双河口隧道，不出百步，伸手不见五指。

第一次打此经过，章显容和罗成结伴同行。罗成值守的看守点，和K324一个方向。当两个人被黑暗吞噬，章显容的脚，怎么也拖不动。

这边没动静，那边伸手过来："火车马上就要进洞，傻站在这里，会被风刮上道床，给火车轧成两截！"

这可不是危言耸听，要不然隧道里也不会每隔三十米建起一个避车洞。罗成往前走，抓着他的手的章显容跟在身后。眼前漆黑一片，一片漆黑中，现出针眼大的亮点。知道那是隧道口，章显容高悬的心开始往下回落。罗成却突然发力奔跑，把章显容拖进避车洞。火车进了隧道，章显容听到风笛才反应过来，而罗成得到的消息，来自比火车跑得更快的风。

1989年10月，章显容结婚了，丈夫是九十七公里外的柏村工区线路工。考虑到他们聚少离多，章显容又怀了孩子，结婚第三年，组织上把她调到K246看守点。

K246距柏村站三公里，守护着王村棚隧道、大火夹1号隧道间三百多米线路。去看守点要穿过四座隧道，最长的海满隧道一千二百五十米。

还是白天一个人，晚上两个人。

还是每小时巡查一次线路。

大渡河峡谷山峦巍峨，河流蜿蜒，风景奇绝。图为列车穿行在成昆线柏村站附近的大渡河畔（摄于2017年）

还是只有在列车抵达前,才有人同她说话。

每天上行、下行的快车、慢车、货车加起来七十多趟。每一趟,还是火车司机说两句,她说一句:

"K246看守点,×次列车通话。"

"K246看守点正常通过!"

"明白!"

火车从一个山洞钻进另一个山洞,章显容收起信号旗,看守点回归山高海深的宁静。世间所有声音好像都葬身在了车轮底下,又或者章显容收起信号旗的动作,被天地间一切事物理解为了"保持肃静"。

看守点不能看书,不能打毛线,不能干其他。巡查一次线路大约十分钟,空出来的时间,要么蹲在地上看蚂蚁搬家,要么对背着小青蛙的大青蛙美言几句,要么感叹一朵无名小花的开放不声不响,而它的消逝同样无声无息,要么盯着看守屋旁那株碗口粗的香樟树好一阵发呆:一生站在这被人忽略的小山坳里,你可觉得寂寞?

不过,就要当妈妈的章显容,没那么孤单了。迎送列车时有人陪着她,巡查线路时有人陪着她,吃饭睡觉时有人陪着她,就连落在蚂蚁、青蛙、野花和门口香樟树上的目光,也不再是一股道而是两股道了,寂寞感哪还好意思轻易打扰她。难怪了,来到K246六个月后,正式成为母亲的六天前,丈夫要章显容请假待产,她还顶了一句:"我们点上的周龙英,生小孩头一天才回的家。"

章显容当妈后胖了一圈,回到看守点的她,寂寞感也像喝足鸡汤，胖了一圈。

小心肝住身体里时，不论章显容干什么，都有人同她做伴。产假结束，空下来的每一分钟，她心里的每一个角落，都被思念挤满。女儿四岁后，她见一面就更难了。柏村站旁只有三户人，连个小卖部都没有，就别说幼儿园了。成昆线上的孩子，百分之九十由爷爷奶奶、外公外婆带大。章显容的母亲住在乐山，章显容的女儿，依例送到乐山。把可以攒的假攒到一起，一年到头，她也回不了乐山几次。日久天长，明明章显容有一个女儿，女儿却说自己没有妈。这句话女儿对同学说过，记在日记本上，当妈的凑巧看到。

被女儿埋怨的章显容嫌弃起了自己。自己太平凡，太普通，平凡得不如道床上的枕木，山崖上的石头。是的，铁轨还能供火车通过，石头还有人成天盯着，自己有什么用？这样的存在是不是存在？这样的活着算不算活着？章显容越想越自卑，越后悔没有在十八岁那年说走就走，在离两条铁轨越远越好的地方，安置理想和人生。想当年，自己是同情和心疼过王其伟、吴兴秀的，她为他们后怕，同时也暗自庆幸，承受风险的不是自己。但是现在，她羡慕起了他们，同情并心疼自己，和考验面对面过招，一次机会都不曾有过。

章显容驻守K330的一天深夜，一百多公里外的K479看守点下起瓢泼大雨。除了雨水，从天而降的还有石头。当班的王其伟正在清理落石，泥浆冲上道床，进了道心。

这是灾难爆发的预警，泥石流到来的信号！开往成都方向的541次列车马上就要过来，王其伟全速冲进隧道，及时叫停了列车。没有一点停顿，他转身冲向另一座隧道。隧道尽头是板凳桥，板凳桥对岸，立着通话桩。凉红站、埃岱站当即封锁区间，一辆客车、一辆军列紧急停靠。

斯斯足1号隧道附近，十天前才成功拦停了一辆列车的看守工吴兴秀，再次与雷雨正面遭遇。听见石头砸得铁轨咣当作响，吴兴秀闪避着冲向通话桩。甘洛站、埃岱站接到电话，紧急叫停了经行列车。大约就是这时，小屋被山石攻破，吴兴秀的饭盒成了铝皮一张。

章显容当然不想"敌人"把亮晃晃的匕首横在自己脖子上。她只是想，每年4月到10月，西昌工务段几百名看守工披挂上阵，严防死守，说明"敌人"一直在，一直没安好心。如果"敌人"突然袭击，必须正面迎战，她希望披挂出征的机会属于自己——那是一个战位的价值，一个士兵的荣耀。

这一天真的来到了K246。

2008年5月12日14时28分，看守点小屋骤然摇晃起来。地在动，山在摇，石头雨点般往下掉落，砸在屋顶的捅出窟窿，砸中铁轨的碎成石片，砸进河中的掀起浪花。这些都是小石头，大的落在道床上，打两个滚儿，或者发出一声闷响，便稳坐钓鱼台般再也没挪过位置。所幸火车被及时叫停在其他区间，这次灾难并未伤害到列车和旅客。

炸药入水会激起浪花，而它延时引爆，掀起的才是冲天巨浪。章显容没想过这个，正如没想到，地底蹿出的魔鬼两个多月后才露出最狰狞的面目。

两块石头箩筐大，地震时已动摇根基。或许下一秒钟它们就要俯冲下山，就是这时，地震停了。石头临时改了主意：先不凑这热闹，假以时日，干上一票大的。

是几天前那场雨唤醒了它们的阴谋吧，又许是这个日子雨雾蒙蒙，消解了它们的耐心。2008年7月26日，两个心怀鬼胎的家伙从五十多米高处冲下悬崖，趾高气扬地立在道床中央。

那一刻，时间来到16时10分。

凡遇雨雪天气，看守工都会多给自己布置几道巡线作业。几分钟前，山上石块不断脱落，挡墙上方的防护网瑟瑟发抖，章显容就感到不对劲。巨石滚落在她的视野之内，巨石引发的震颤，从脚心传到手心。

单块三四百斤的石头不是她撼动得了的，而上行的86986次列车，就要从这里经过。

千钧一发，十万火急！章显容紧急呼叫柏村站："K246发现险情，请立即封锁区间，叫停86986！"

电话里传来回音："86986次列车两分钟前通过金口河，已经驶入区间！"

金口河站和K246之间还有一个K250。章显容紧急呼叫K250看守点："K246发现险情，请立即封锁区间，叫停86986！"

电话里传来回音："86986次列车刚刚从这里经过！"

正常情况下，列车从K250到K246只要四分钟。章显容身子在抖，拿着对讲机的手在抖，用尽全力喊出来的声音也在抖：

第三章 捍卫者 259

"86986，K246发现险情，立即停车！"

接连喊了两遍，对讲机回应章显容的，都是断断续续的电流声。

最多还有三分钟86986次列车就要到达K246。如果司机临近洞口才发现险情，一起重大安全事故将不可避免。章显容忘记了紧张害怕，在路肩上奔跑起来。

看守点小屋距86986次列车驶来的大火夹1号隧道一百五十多米。日常巡线，感觉三五步就到了洞口，但是今天，又湿又滑的路肩，如同被拉长了三倍不止的皮筋。左手挥舞红色信号旗、右手紧握对讲机不停高声呼叫着86986次列车司机的章显容，怀疑隧道口长出了脚，而她在后面追。

章显容泪流满面，但她没有去擦。

章显容摔倒在地，但她爬了起来。

章显容双腿疲乏，但她仍在追赶。

章显容气喘如牛，但她没有停止呼叫。

86986次列车终于在距离巨石二十米的地方停了下来。松开闸把，司机的手仍在不停颤抖。

章显容立功受奖，成了英雄。K246被命名为"章显容看守点"，是她意想不到的荣耀。更意外的收获是，女儿不再埋怨妈妈。那天，妈妈从成都领奖归来，女儿抱着她，久久不肯松手。

再华丽的舞台都会有灯光寂灭的时刻。鲜花、掌声、亲情的陪伴对于看守工，万家灯火、人声鼎沸对于火车司机，都是一闪而过，只有单调、寂寞、脑子里的弦时刻紧绷，才是寻常光景。日子回到从前，章显容的心态，大部分也回到了从前。有所变化的那一部分，神奇又微妙：她越来越执着地相信，看守点不仅是自己的战位，也是女儿的娘家。她也不再觉得，只有经历过血与火的考验的士兵才算合格。她想，一个战士，只要像个战士的样，时刻准备着，已然足够优秀。

时间的车轮，从未停止转动。

2000年，成昆线完成电气化改造，每次巡查完，"正常"落笔处，除了枕木、石头、地面，多了一个选择：接触网立柱。"5·12"地震后，包括K246在内的多个看守点变成了常年看守点，三百六十五天，天天不离人。自那时起，巡查记录全部挪到了笔记本电脑上，看守点变成砖混房，铺了地砖，房间里逐渐添置了电扇、电磁炉、电冰箱。生活用水从肩挑背运变成了自来水，洗澡上厕所，更是一场巨变。

另一场巨变也在轰轰烈烈展开。从20世纪90年代起，成都铁路局着眼于成昆线长治久安，持续推动安防工程建设，为悬崖绝壁下的桥梁、道床穿"衣"戴"帽"，或者撑起钢筋水泥"保护伞"。"章显容看守点"管段棚洞几经延伸，于2020年正式闭合。

棚洞顶上来，看守工就可以"下岗"了。当了三十一年看守工、累计为四十多万趟列车迎来送往的章显容，比看守点提前一年退休。

正式离开K246那天，临进王村棚隧道，章显容还在频频回头。棚洞外侧有成排的孔洞，像一节节车厢。白色外墙的看守屋仿佛称职的看守工，默默注视着火车通过。小屋旁，那棵当年只有碗口粗的香樟树，已然长成合抱之木。有风吹过树梢，伟然挺立的香樟树轻声和她道别：

"放心去吧，这里有我。"

男人的事业

　　峨眉车务段三十九个车站中，马村和红峰，一个最北，一个最南。2021年春，马村站站长胡章林调任红峰站站长。有人担心胡章林难以接受。他的家在眉山，从马村到红峰，单位和家的距离从四十多公里变成三百多公里。这一去，家和朋友，撂得就太远了。

　　四十六岁的胡章林心平气和。他待过的站不少，马村离家最近。每次回去，在陪伴老人孩子间再怎么平衡，时间都显得捉襟见肘，哪还顾得上别的。而曾经的朋友也只能在回忆里聚首。

　　报到那天，一下车，他的耳朵里嗡嗡作响。红峰站海拔二千二百八十多米，比之前的马村站高出一千六百多米。来之前他并没拿这当回事儿，就是现在，他依然相信，再凶狠的狗见了人，吠过两声，还得夹起尾巴躲一边去。

　　嗡嗡声晚上却更响了。是电热丝在叫，不带喘气的。山下早已春和景明，行车室的电炉还在加班加点。

　　"就是三伏天，凌晨四五点，行车室还得开电炉。"值班员吕奉清在开玩笑，胡章林也不揭穿。一天四十多趟列车从小站经过，值班室全天候运行，六个人的红峰站，只能单岗值班。列车通过有十道作业程序，发车有九道作业程序，从接受预告、开放信号到监视列车通过再到接受到达通知，全靠一个人眼看、手指、口呼。一环扣一环，一个人堪比一支队伍。

列车"隆隆"驶过，小站恢复宁静，值班员从一支队伍还原为一个人。没有人可以搭话，打电话、刷视频、看书，都是违禁动作。铁路上空空荡荡，被控制台占了一半的行车室，同样显得空旷。任谁当班，目光都会透过幅面宽广的玻璃窗，看天，看云，看山，看林海，看有没有鸟从窗前飞过，看刚刚飞过去的鸟是不是昨天那只。这还是好的，至少有天有云有山有林海，有可能出现的一只鸟看。晚上，这一切躲起来了，无法无天的孤独感，更加气焰嚣张。

杜康不能解忧，调侃却可解一时寂寞。正因如此，胡章林料定三伏天开电炉是个玩笑。

5月1日，胡章林到红峰站一月整。他一边顶着风雪往道岔上打防冻液，一边想，幸好没拿电炉的事嘲笑吕奉清，要不然，这场五月飞雪，就是替吕奉清喊冤。

跟下在春节里的雪比起来，5月这一场，只能叫毛毛雨。当年春节，积雪堆了一尺多厚，下了又化，化了又下，像过年时的长辈家，拜年的人进进出出没断过。胡章林已几年没吃过家里的团年饭，雪下成这样，作为一站之长，更走不了。雪积得厚实结了冰，道岔扳不动。胡章林和同事没日没夜扫雪，扫完南端扫北端，扫完北端扫南端，三天里走过的路，不比平常半个月走的少。

不是平常不爱动。红峰站同昆明端的邻站乐武一样，地处高山，不通公路，老乡们进站出站，走一尺宽的盘山道。能去盘山路上遛遛弯也不错，可是不能——遇到紧急情况，车站职工得五分钟赶到站上。铁道线路虽说是路，却只能行车，两只脚上去，则是踩了红线。只能在一百三十米长的站台上来回溜达，站台上的人，走着走着，成了钟摆。

一年后，卢波问胡章林，可还待得下去。胡章林嘿嘿笑着说道："你把老婆娃娃都骗得过来，我还待不下去？"

卢波在距红峰八公里的乐武站任值班员已四个年头。2022年春节，他的回家计划因一场大雪搁浅。

正月初一，轮到卢波大休。头天，看了天气预报，他给妻子打电话："我回不去了，你带上两个姑娘过来团年！"

妻子、女儿搭慢车来乐武，看到眼前是一个雪国，远处是几个雪人。火车到站是18时2分，可厨房里冷锅冷灶，半点年味儿没有。

为了保证过站列车的安全，站长蒋中国把人分成两拨，一拨对付上半夜，一拨对付下半夜。人手还是吃紧，副站长王坤搓着冻得通红的手说："我这身子骨，可以熬两个通宵。"

妻子埋怨丈夫，不该把妇女儿童骗到这冰天雪地："连口热饭都吃不到，团什么年？"

卢波黠笑："你一来，我们不就有热饭吃了！"

三天后雪霁天晴，妻女返程，卢波假期的进度条也拉到了底部。蒋中国启发卢波给妻女说几句暖心话，钢铁直男酝酿小半天，说得大义凛然："前人打下的江山，我们必须守住！"

蒋中国担心卢波被妻子一番挖苦。不是不能说真话，即便是钢轨,该有曲线时,还得转个弯。哪知人家是这么回的:"火车来的来去的去,一点没耽搁。南来北往的人都在回家过年,饭桌边上不缺我们几个。"

闻言,蒋中国快步躲到别处。这是什么话呀,这是催泪瓦斯。

红峰站、乐武站时常被冰雪围困,新江站、大湾子站每一年的4月到11月,则像被架在火炉上烤。

沙子里能焐熟鸡蛋,周传军只当吹牛。等他被调到大湾子站当站长,别人说他吹牛时,他会佯装生气:"你来大湾子,吃不到'金沙牌'鸡蛋,再说我扯淡不迟。"

他是真的在沙子里头埋过鸡蛋。不到两小时,蛋熟过了心。

他还学着煎过。蛋壳一磕、一掰,蛋清蛋黄越狱般冲上钢轨。跑不多远,慢了,停了,像脚踩在胶上。

正午,钢轨上,热辣的阳光白喇喇的,如有一长排电焊机同时作业;又像一张撒开的网,打捞走全部清凉。

每趟车经过要八分钟。轮到值班,周传军站在只有顶盖的岗亭里迎送列车。顶盖是滚烫的,脚下是滚烫的,包裹身子的空气是滚烫的。岗亭里的八分钟,是甑子里的八分钟。

这是真真正正的九蒸九焙。每天四十多趟车,一半在白天通过,其中又有一半,要穿过四十多摄氏度的高温。衣服在岗亭里被热浪湿透,回到行车室,又被空调吹干。湿了又干,干了又湿,十个小时下来,凝结在前胸后背的盐,能炒一桌菜。

　　江边打的井水，含硝量不是一般的重，衣服洗净晾干，还没上身就脏了。一层硝，灰一样巴在上面。

　　最难下咽的不是水，是肉。一周去元谋县城买一回菜，6162次列车从元谋站一路摇晃，买菜的人还没到站，背箩里的新鲜肉变了颜色。洗、煮、炸都没法去除异味，夹肉、嚼肉、吞肉，得反复给自己做思想动员。

　　大快朵颐的肉食者也是有的。那是一种无所不在的花脚蚊子，只要逮着人，长矛般的口器，稳准狠。

　　不止蚊子欺负人。猴子、野狗、花脸獐半夜三更装神弄鬼，眼镜蛇几次三番不请自来，车站食堂里的鸡蛋，没少被它偷吃。

　　只有寂寞、枯燥与红峰、乐武同款，与成昆线上几乎都是前不着村、后不着店的车站如出一辙。居住分散的大湾子村，老老少少加起来只有一百八十多人，只有6161次、6162次列车停靠时，站上才会多出几个人影。

　　离大湾子村最近的是成都方向、八公里外的摸鱼鲊村。不通公路，村子与村子、村子与外界的距离，更加显得遥远。对于远亲的热情，朴实的彝族同胞转移到了近邻身上。杀猪、宰羊、捉到鱼，老乡们会请站上的人去做客。总是拂了人家美意也不好，时间允许，车站会派出代表，捎上香烟、水果、小零食，去同老乡联欢。有一回，周传军只身穿越四公里多长的大湾子2号隧道。当隧道口不断变小，人在黑暗里越陷越深，寂寞感随之扩张。远处传来一声风笛，闲暇时爱读几页诗的周传军，眼前闪出一个句子：

孤独的最深处车来车往。

沿着铁道线往前走，看不到一个村落。再往前走，看不到一个人。2002年6月，二十三岁的李惠技校毕业，去联合线路工区报到。走着走着，他的脸上额上、手掌手背全是汗，心却上了冻。同行的老工人见他脸色不好，找话宽他的心："这里算好的了，分到瓦祖，那才叫苦！"

六年后，李惠真的调到了设在瓦祖的喜德综合工区。工区守护着沙马拉达至冕山间七个站区六十五公里正线、十五公里站线，工作内容和来之前一样，无非一天走上两万步，无非拿道尺检测轨道宽度，无非抡着六十斤的捣固镐修正轨道，无非一天把挨个拧紧螺栓的动作重复几千次……

不同之处也有。在联合，能见着天的地方比这里多，见着的天比这里大块。瓦祖除了山缝里的站台站房，几乎全是隧道。沙马拉达隧道，从南走到北，要花两个小时。遇上作业，饭菜送到洞中，热菜成了凉菜，回锅肉成了"灰"锅肉。隧道外作业，未必好多少。就说红峰吧，待上一天，身上一天都是湿的；待上一年，这一年身上就没有干的时候——红峰这地方，一年到头不是下雨，就是起雾。

李惠提出要走，工长会心一笑。走，谁没想过？

螺栓松了，得用丁字扳手紧一紧。紧固李惠这颗螺栓，党小组长张胜平，用的是袁昌友、刘兴桥这两把扳手。

这两把扳手紧过的螺丝可太多了，包括张胜平本人。

瓦祖领工区与大山为伴，守护着过往列车的安全。图为瓦祖领工区永红七号隧道口（摄于21世纪初）

当年的瓦祖，日子真不好过。人住工棚，做饭的水从山沟里舀，下雨天，水比黄河水浑。打过几口井，出水都不痛快。蔬菜一周买一回，派出去的人早上出门晚上回，菜叶和人一样蔫。离沙马拉达隧道不远，高处冲下来的风，三次把人吹到十几米高的桥下。冬天，人在这一带作业，身子暖和不起来。袁昌友在东北当过三年兵，"冷"字在他脑子里没写这样大过。偏偏在瓦祖领工区，受地质影响，也有铁路在特殊时期修建的原因，线路质量相当差。沙马拉达隧道，火车过处，有时候，涌水一米高。洞里施工，白口罩成了黑口罩，鼻子眼睛也都成了摆设。内燃机车吐出的油烟不容易消

第三章 捍卫者

散，加上隧道深长，缺氧，时不时有人晕倒。工人钻出隧道，有机会变成包公。人在洞中，手电筒只能照出轮廓，出了洞，照样分不清谁是谁来，除非张口辨认：

"你是张胜平？"

"我是袁昌友！"

难怪人心思走。普雄工务段瓦祖党支部第一任书记袁昌友是个例外。1984年，袁昌友第一个说服妻子，带着九岁女儿、七岁儿子来瓦祖安家。之后，他又动员另五名支委，把家搬进山旮旯里。

袁昌友来时二十七岁，到他五十三岁离开，瓦祖领工区获得铁道部授予的"全路先进基层党组织"称号，他也被中共中央组织部评为"优秀党务工作者"。

刘兴桥的故事，比袁昌友曲折一些。

1975年，成都铁路局基建处一段一队由成渝线集体转到普雄工务段。火车过了成都平原，向横断山脉东缘开。到了乌斯河，在峨眉时还闹哄哄的车厢安静下来，一座接一座的隧道，吞没了人们的笑容。

"不去了，回家！"对面停着一辆开往成都的列车，不管不顾爬上去者不在少数。因为思想斗争延误了时间，刘兴桥随波逐流，没顾得拿上行李。

回去没几天，刘兴桥再次南下。是父亲的一句话把他撑了回来："修建成昆线的烈士睁着眼呢，你丢盔弃甲跑了，我这张老脸往哪里搁？"

1979年，沙马拉达隧道还叫"东方红隧道"。正月初一，道床底破，一百多米铁道线在泥浆中若隐若现。病害不是三天五天可以根治，经行此处的列车一天不能停。设置防护，引导列车缓慢通过，刘兴桥接到命令，拔腿就走。领导问刘兴桥能顶几天，他说："大过年的，路程又远，一时半会儿，你也找不到人！"

确认线路通行条件，引导列车以时速五公里经过"沼泽"，刘兴桥一个人在隧道里守了一个通宵。

一个人是真的。

一个通宵，却是错觉。

除了列车通过时，机车大灯带来短暂光明，隧道沉浸于一片漆黑。刘兴桥并不知道，他在洞中走来走去的"一个通宵"，实际是三个昼夜！

…………

如今，扳手传到了李惠手上。2015年4月调任瓦祖线路巡养工区党支部书记、工长的他，常常向年轻工友讲起袁昌友、刘兴桥的故事。有时候，他也讲起父亲的故事。父亲从部队转业到西昌大修段，一辈子只干一件事：成段更换钢轨、枕木。成都到攀枝花，攀枝花到成都，成都到攀枝花，三趟下来，三十四年过去了。父亲退休后，第一次同李惠见面，话没说上三句就绕回路上："瓦祖苦是苦点，单纯。纯度高的金子，不怕埋得深。"

住的吃的同当年比可谓天上地下，同事们还买来鱼苗、花木，营造起工区小环境。工区战线长，队伍每两个月搬一回家，工具、材料、寝具、锅碗瓢盆一同迁徙。以前全靠两只肩膀两条腿，两百多斤的螺栓机、三百多斤的精磨机，压得人变形。如今山下建起公路，搬家，汽车拿大头。条件好了，效率高了，从2019年起，瓦祖线路巡养工区变身瓦祖工电综合整治工队，管的地盘扩展至喜德到尼波的九个车站，压力反倒不如以前……李惠说这些，是不让父亲担心。要是少不更事，他说的就是下面的话了：工队二十二人，一半安家西昌，一半家在成都、绵阳、遂宁。正常情况下，上班十天休四天。等车、坐车，路上耽搁的时间加起来，也许不止四天。所以，家在外地的工友，把假期攒起来一年回去一次。刘和平家在遂宁，父亲病重，他没能在病床前尽孝。徐莫勇母亲住院一个多月，照顾母亲的重任，妻子独自完成……

小家在月华，父亲住西昌，都不算远。但是李惠回月华，一月只能一次。去西昌，三个月一次就不错了。只因5633次列车下午6时后才到瓦祖一带，而5时整，李惠得排班点名、图示分工，为晚上8时至10时的夜间天窗（铁路系统中预留出来的用于施工、维护等的时间）做好准备。为此，那天，李惠借着酒意为自己开脱："干了这行没办法，千万别说我忤逆不孝。"

老爷子瞪他一眼："现在好歹有电话。想当年……"

孤单寂寞苦，不只是客运段、工务段"专利"。

1970年12月31日下午6时，成都北站，十八岁的刘兴发登上列车，到西昌水电段普雄水电连报到。

车到普雄是1971年1月1日中午11时30分。刘兴发是随支援成昆线的第三批，也是最后一批大队伍来这里的，迎接他们的除了连长许荣华，还有鹅毛大雪。水电连的牌子挂在车站北面一间平房的门框上，驻地在两公里外。成都铁路局新管处建了一批住房，刘兴发分到一间。窗孔没安玻璃，寒风裹着雪花，没头没脑往屋里钻。靠墙支着一张床，没铺一根草。

"我只带来一床被子，这么冷的天，怎么抵挡得住？"听到刘兴发诉苦，许荣华说："新管处老工人在加班安玻璃，你去找找他们，争取今天安上。"

已是下午1时，刘兴发饥肠辘辘，想要一口热食。连长一句话，让他如坠冰窟："吃饭在普雄工务段搭伙。不过今天放假，你去普雄街上看看。"

去往普雄街的羊肠路弯弯绕绕下来，不下五公里。刘兴发约上一同报到的校友尤洪祥、王显洪，踩着厚厚积雪往街上走。不长的街上关门闭户，难得见着人影。也不知是心里的冷渗到了身上，还是身上的冷潜进了心间，刘兴发的脚突然就抬不动了。

红油漆写下的大字在一片雪白中格外醒目，尤洪祥发现救命稻草般看见一块店招：乐青地公社小食店。

有彝族老阿妈烙下的荞饼暖胃，三个年轻人好歹没成冰墩子。

那时的水电连徒有虚名。普雄行车公寓作为列车员、机车乘务员、运转车长的后勤保障单位，水管三天两头空着，电则根本没有。发电房还在建设中，连里开展技术练兵，立在空地的木杆扮演起电线杆子……

第三章 捍卫者

再有两天就是2000年除夕。一大早,西昌供电段变电检修车间党支部书记刘兴发接到报告,沙马拉达隧道上方,倒了两根电杆。事故始于覆冰,拇指粗的导线膨胀起来,比电杆粗。

一根电杆一吨重,接触网工和当地老乡抬电杆上山,每一脚落地时,腿肚子都在颤抖。上电杆作业,最是考验意志。空气稀薄,气温低至零下十几摄氏度,杆顶作业十分钟,手脚都被冻住。

排完险,摸黑走了两个多小时,刘兴发把二十多个人安全带到红峰站。上山时几回摔倒的当地老乡牛阿子没顾得及心疼自己,反而同情起了刘兴发他们:"以前以为天下的苦都归我们农民吃,跟着你们一天,才知道你们嘴里,同样含着黄连。"

电炉烘烤下,每一个人身上都是热气腾腾。刘兴发的脸,和大雪纷飞时的山头一样,只能见个轮廓。他的声音,却和电杆烙在肩头的印记一样清晰:"钻隧道的巡道工,孤石工区的'爬山虎',嘴闭馊了的看守工,一年要搬几次家的大修队……咱们成昆线上,条条蛇都咬人。"

被蛇咬了要喊痛,要躲要逃。

刘世荣是个例外。

刘世荣曾经以为,人生是一列火车,告别始发站,会有一连串站台等在前面。哪料判断出了错,错就错在他不是一列火车,自打到了红峰,他就是一颗螺栓。时间的扳手一圈圈转动,他与铁道线越贴越紧,直到浑然一体,无法分开。

刘世荣是1978年从内江车务段来的红峰站。成昆线条件艰苦无人不知，但是来之后，现实和想象落差之大，还是让在上海当过六年兵，见识过大都市繁华的他吃惊不小。信号楼是一间小平房，职工有的住车皮，有的住瓦房，冬天零下十几摄氏度，没人睡得安稳。下雨天，人穿雨衣，设备也得拿"雨披"武装起来。喝的是山泉水，粮和菜要去喜德、冕宁买。一年十二天探亲假，其余三百多天，根都扎在站上……

刘世荣是扳道员。扳道员的工作，是根据值班员指令扳动进出口道岔，帮列车指路。一天只有两趟慢车在红峰停靠，车站附近又没有人家，当赶车的村民被火车带走，或者消失在路沿下、密林中、村舍里，找人说话成了奢望——不多的几位同事，要么值班，要么休息，准备值班。

是时间耐心十足地教给了刘世荣解闷的法子：上山摘野菜，去附近的河沟钓鱼，在站房边的空地上栽花养草，把本该花在儿女身上的精力，花在它们身上……

早一天退休回内江，尽作为儿子、丈夫、父亲没有尽到的责任，是刘世荣朴素的心愿。

然而，八年后，父亲不在了。刘世荣还在红峰，当他的扳道员。

又过了五年，母亲闭眼，没等到儿子回家。

光阴渐渐老去，刘世荣当了爷爷，当了外公。子女都在西昌安家，得空时，刘世荣和老伴儿也去看看他们。爷爷（外公）讲的故事，小家伙们起初也感兴趣，后来就懒得听了，讲来讲去，都是红峰，都是火车，都是成昆线。

刘世荣2003年5月退休。儿女们争着接父亲母亲一起住，既是尽孝，也指望带娃多一股力量。在儿子家住了一周，刘世荣胸闷气短，整日咳个不停。儿媳买来的药，他一颗不吃；一句把握十足的话，他说了三遍："回红峰去，啥毛病没有！"

果然，搬回红峰才两天，刘世荣的喉咙，安静了下来。

老伴儿2018年去世，刘世荣形单影只待山上，儿子、女儿不放心也不安心。谁也想不到，刘世荣被"绑"下山三回，生了三场病。

从那以后，刘世荣彻底得了自由。虽然红峰早已没有他的工位，但是有他栽的花草，有在他注视下容颜变换的站房，有他从山上接来取名"百岁泉"的自来水，有让人心跳的风笛和奔腾在铁轨上的进行曲……对他来说，够了。

2023年1月25日的日历翻过，刘世荣已是八旬老人。有人问起什么时候和红峰告别，刘世荣说："我这辈子，哪儿都不去了。"

同成昆线日久生情、难舍难分的，不止刘世荣一个。

曾任全国人大代表、乌斯河工务段工会主席的许忠志退休后，第二次把家安在铁路边上。一个雨夜，他拿着对讲机监视泥石流，四个多小时没挪过步子。

蔡学成当了一辈子看守工，把看守房视为至交。有一回，一块一百多斤的石头滚上道心，蔡学成赶在列车通过前两分钟扫清障碍。工务段领导后来听说这事，批评他只顾埋头拉车，不知道请功受奖。蔡学成大大咧咧地说："火车安全行驶，是再大不过的大红花。"蔡学成退休后，在待过几十年的老虎嘴一待又是两年，直到女儿顶上来，他才放心离开。

刘玉良也是上了成昆线就舍不得走。父亲参加过成昆线修建，铁路通车后留在轸溪当扳道工。刘玉良在那里读了两年小学。烈士陵园就在车站边上，一次扫墓，刘玉良认识了徐文科。

脚下道路千万条，刘玉良读初中时，父亲问，长大后，脚往哪里迈？刘玉良答："上成昆，跟徐文科做伴。"

1985年秋，刘玉良参加工作，到了阿寨站。阿寨周边没有村子，除了列车停站时，遇不到一个外人。站长料定血气方刚的刘玉良不出三个月就会求爷爷告奶奶申请调动，哪知在阿寨待了十六年，他没说一个"走"字。

去白石岩当站长是组织上的决定。一去就是十一年，这当中，峨眉车务段成立、撤销、重建，刘玉良稳如磐石。直到2012年8月他才被人记起，调往柏村。

老婆孩子都在老家内江，接到调令时，刘玉良人在家中。儿子考上大学，亲朋好友约好了，第二天上门道贺。挂掉电话，脱下围裙，他拎着行李就往新单位赶。妻子的一顿数落还是从电话里追上来的："儿子高考你不在身边，这时候又是脚一抬就走，莫非你对这个家起了二心？"

听人说起刘玉良的事，峨眉车务段领导表扬他以路为家，刘玉良像没听到。同事扯他袖子，他喉咙里冒出个蚊子声音："这算个啥，跟徐文科比！"

领导的话还有下文："你在成昆线二十七年守的三个站，

都在山旮旯里。不能让老实人吃亏，这句话不能挂在嘴上。下来我想办法，调你回内江。"

刘玉良急得像是要被人捆走："家里最需要我的时候已经过去了。真要调到别处，我还担心水土不服。"

又过了整整十年，五十五岁的刘玉良，依然守在柏村。

金沙江边的新江站同大渡河边的柏村站，环境异常相似。国家重点能源工程乌东德水电站下闸蓄水，红江站至新江站铁道线沉入水底。2020年5月25日，红江、大湾子、师庄、新江四站不再办理客运业务。当天，6162/6161次旅客列车更改为7466/7465次，运行区段由昆明至攀枝花调整为昆明至元谋西。26日下午4时起，该段货运列车，转由新线运行。

此前，2020年1月9日，成昆铁路复线永仁至广通段通车运营。永仁站站长，就是从大湾子站"平移"过来的周传军。永仁站同原来的大湾子站直线距离只有三十多公里，周传军回一趟家，单边车程却从原来的七八个小时，缩减为七八十分钟。

第四章

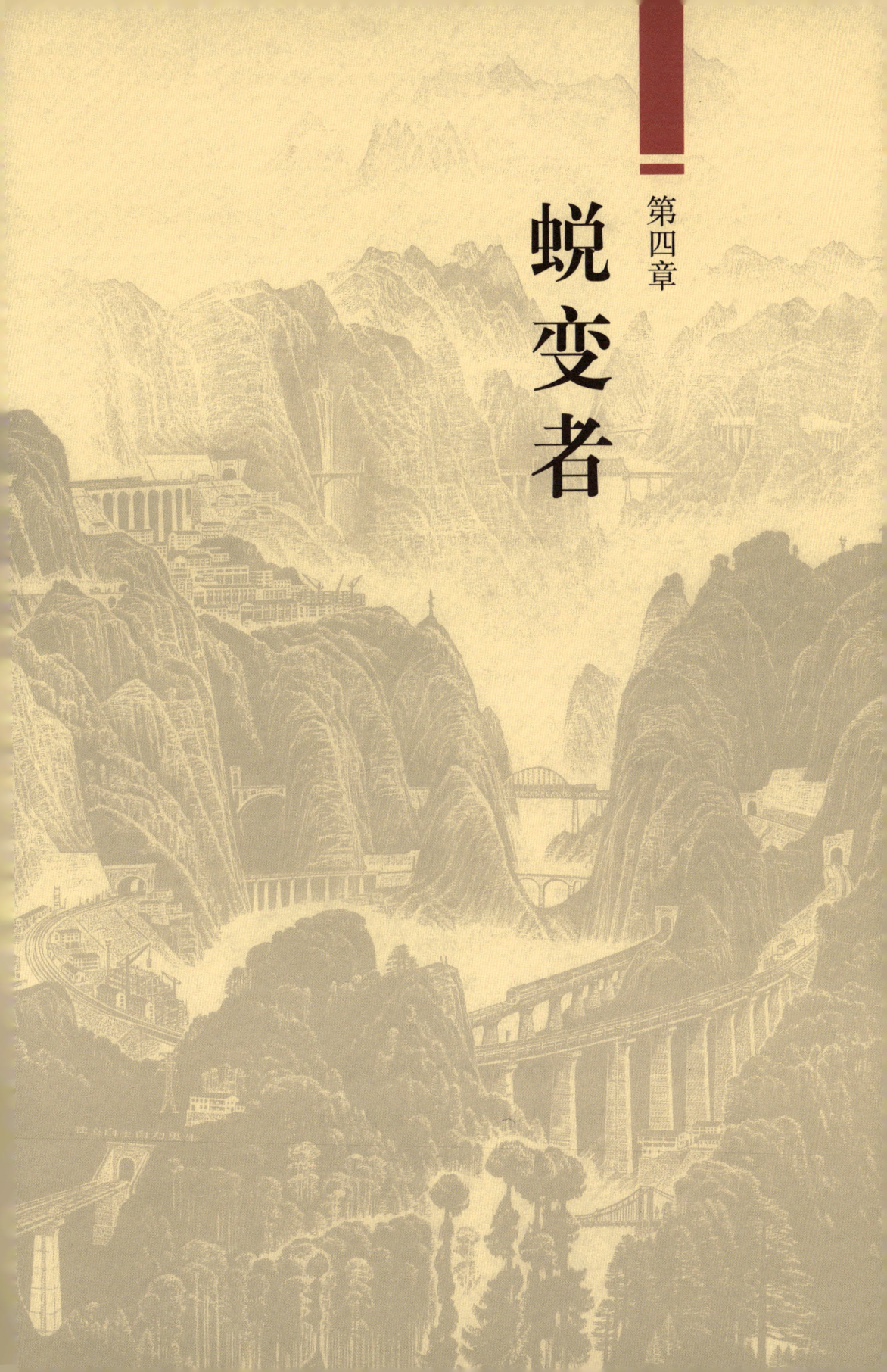

蜕变者

欢迎来到第四节车厢,看车厢内外的蜕变者,看小慢车上的大凉山。

"金桥"曾经是一个传说、一个噩梦。成昆铁路建成通车后的"金桥",是串起八百里凉山的铁轨,是来回穿梭的火车。

车灯亮起,明暗交接。

历史叙事,最是细节迷人:车变长,"窝"变暖,奴隶变"将军",赶火车上学的小姑娘当上列车长,"特别列车"成了"土豆一号"……成昆铁路是一条铁道线,也是重绘山河的神笔、点石成金的魔杖。

是的,朋友,我们可以踏实、骄傲地告诉世界:先行者的路没有白走,铁血者的血没有白流,捍卫者的青春,没有被时光白白偷走。

从奴隶到"将军"

一个人可以走多远，得看脚下是一条怎样的路。

谁能想到吉史里土能从泥淖升入星空，从不见天日的蛹，变成银翼闪亮的蝉？他出生在奴隶社会，是一个奴隶娃子，从出生到解放，这两句话听得最多：

"马有野草充饥，羊有皮毛御寒，唯有娃子无吃穿。"

"跑马头上配金辔，娃子项上锁铁链。"

人民解放军挺进大凉山，套在奴隶颈上的锁链灰飞烟灭；民主改革铁拳横扫，奴隶社会最后一道堡垒土崩瓦解。然而，民主自由的新鲜空气还没来得及把郁积的浊气置换掉，奴隶主发起了疯狂反扑。基层干部、翻身奴隶都是他们的肉中刺眼中钉，罪恶的子弹在解放区的天空下划出了血痕。

果然是"豺狼看不得羊群肥，鹞子听不得鸟群唱"。吉史里土是大凉山金阳县红联乡人，在他的家乡，土匪仗着人多枪多，疯狂报复老百姓、攻打乡政府。暴行就在眼前发生，吉史里土的胸膛，成了熊熊燃烧的火炉。一起放羊的陈加发和吉史里土相约参军，吉史里土的父亲不同意："娃娃啊，你屙泡尿照照，自己有没有枪高？！"

吉史里土偷偷溜出家门，跑五六十里山路，找到剿匪部队。父亲还嫌他扛不动枪呢，人家不要他也是合情合理的。

随便怎么说，吉史里土都不肯走："头人给我的是一根羊鞭，共产党给了我们自由，我要永远跟着共产党，彻底解放大凉山！"

那是1958年6月，吉史里土十六岁。除了能分清是非善恶，一个字不会写、一句汉语不会说的吉史里土，懂一个道理：不装铧口的犁头，不能耕田翻地。想耕剿匪的田，想翻革命的地，吉史里土想尽一切办法，给自己安上铧口。一笔一画学写，一字一句学念，吉史里土的眼睛如同封存的犁头，被慢慢剥除掉泥垢。

1970年5月，铁路系统在凉山招录民警，已从部队转业当了公安的吉史里土，成了其中之一。报到那天细雨蒙蒙，吉史里土心里却是艳阳高照：成昆铁路是金桥，铁路公安是金桥守护者，荣耀至高无上！

"金桥"曾是一个传说。传说里的主角是一个青年。传说中，这里山太高路太远，吃的喝的都在山那边，同胞们够不着；穿的用的都在路尽头，同胞们摸不到。青年想闯出一条大路，为闭锁于困境的彝家儿女找到幸福水，摘来安康果。要翻的山有九九八十一座，他一寸一寸丈量；要过的河有九九八十一条，他一条一条蹚过；要战胜的恶魔有九九八十一个，他一刀一剑拼杀。青年战胜了一切艰难险阻，却被累累伤痕压垮腰身，倒在山脚。默默注视着这一切的天女柔软的心间开出了花朵，她扬起手中彩带，彩带化作金桥，桥这头在英雄脚下，桥那头在彝寨中央。父老乡亲踩着金桥找到并唤醒青年，彝家儿女品尝到了梦寐以求的幸福水、安康果……

成昆铁路沿线宛如一幅山河长卷，处处皆是壮丽的图景。图为列车穿行在金沙江河谷成昆线南段（摄于2020年）

"金桥"也曾是一个噩梦。全民族抗战初期，沿海港口被控制、粤汉铁路（广州至武汉，现为京广铁路南段）被切断，国民政府陪都重庆岌岌可危，重建国际大通道迫在眉睫。国民政府一度把乐山起西昌止、全长五百二十五公里、衔接滇缅公路的乐西公路，作为中国抗战最紧迫的公路工程，蒋介石多次指示修筑事宜。1940年4月起，一年半中，二十万民工被征召上路。筑路民工日工资两毛钱，去工地时自带八十斤口粮。线路所经之处大多是高山深峡，冻死、病死、饿死、伤残者，累计近三万人。累累尸骨堆砌而成的公路却是绣花枕头。1941年2月1日，汽车从乐山上路，临时抱佛脚地扩路架桥，死马当成活马"骑"地手抬肩扛，到得西昌，已是十三天后。未经夯实的土墙经不起雨打风吹，这条浸透劳动人民血泪的路，到新中国成立时，凉山境内仅七公里可以通行。

当成昆铁路筑路大军开进大凉山，真正的"金桥"拉开了建设大幕。

与州"支铁委员会"成立同步，铁路所经的凉山六县全部组建起相应机构，尽心竭力支援筑路大军。成体系的供应网络细密周全，挖土方、采片石、伐木料、备道砟的民工队你追我赶。在河之滨，在山之麓，在数公里无人烟的工地上，小伙儿、姑娘们张罗起宣传队、慰问团，抱着月琴，弹着口弦，把美好心意化作歌，把深情祝福化作舞。实在的小伙子把一袋土豆放到工地伙房门前，怕被发现，逃一般躲进山林。慈祥的老阿妈听说铁道兵战士受了伤，抱去家中仅有的老母鸡。为了把煮鸡蛋以南瓜价卖给铁道兵，彝族老阿妈在南瓜尾部开孔，偷偷塞进煮鸡蛋……发生在成昆铁路建设工地的事，不管是耳朵还是眼睛告诉吉史里土的，他全都记在心里。

而今，自己竟可以走到"金桥"边上、"金桥"中央，陪伴并守护着它。眼泪打着漩儿，吉史里土尽力克制，眼泪还是溢出了眼眶。他对自己说："千人想万人盼的好事落在头上，再小再小的差错，你也不许出！"

1971年，西昌铁路分局军管会筹备组在凉山招工，他被抽到招工组。之后回到西昌铁路分局公安处，没待多久，下到普雄派出所，担任政治指导员。第二年，他又被调回分局政治部。

工作岗位换得勤，吉史里土脑子里的对话也很绵密。

"为什么接受锻炼的机会，组织上一再给你？"

"因为底子差，比任何人都需要学习。"

"'良言是美酒，信任是黄金。'你拿什么回报领导信任、组织关怀？"

"努力，努力，再努力！"

吉史里土的努力少有人能比。1975年6月，铁道部党组下达任命通知：三十三岁的吉史里土任西昌铁路分局党委副书记、政治部主任。

八年过去了。1983年春，组织上让吉史里土放下工作，到北方交通大学学习。吉史里土知道，这样的充电是组织对他的信任。哪知读书才一年，铁道部领导找他谈话，终止了他的学业。

部党委决定，吉史里土任西昌铁路分局党委书记。以为听错了，吉史里土大睁双眼看着通知他的铁道部领导，一时瞠目结舌。

"这是命令！"领导的语气不容置疑。

吉史里土眼睛睁得更大了："我不合适，我不接受命令！"

不仅领导和其他同志，就连吉史里土本人也难以相信，这句话出自吉史里土之口。是啊，无论何时何地，无论上刀山下火海，吉史里土都不曾躲过闪过，更别提说出半个"不"字。今天怎么了？这句话真是这个人说出来的？

领导盯着吉史里土："说说理由。"

"西昌分局不是小摊小店。我文化不高，能力水平差得还远。"吉史里土觉得，这个理由正当也充分。

领导脸上严肃起来："这是部党委的研究决定。你怀疑组织上考虑不周全？"

这一军将出了吉史里土的心里话："我知道这是组织上关心培养少数民族干部。西昌是少数民族地区，我是少数民族干部，但铁路不是！"

领导差点笑出声来："我先问你，少数民族干部该不该为家乡服务？我再问你，哪份文件规定，少数民族干部不能当党委书记？修建成昆铁路，不就是为了让少数民族地区和这里的人民，发展、成长起来吗？"

"那……我先接受命令。什么时候干不好，什么时候换人。"

这一干，就是整整十年。

长长的铁道线串起高山峻岭，阿米子黑的三十五载铁警生涯，串起闪闪发光的荣誉：1978年，铁道部评选"十面红旗手"，有他；1980年，公安部评选"先进工作者"，有他；1988年，全国总工会颁发"全国五一劳动奖章"，有他；1989年，铁道部评选"劳动模范"，有他；1993年，公安部首次评选表彰百名全国特级优秀人民警察，有他；1994年，公安部评选"全国特级优秀人民警察"，有他；2000年4月，国务院表彰"全国劳动模范"，有他；2001年，公安部评选"全国公安战线二级英雄模范"、铁道部评选"人民铁道卫士"，又有他……

阿米子黑刚到普雄火车站当侦查员那阵，很多当地人并不把他放在眼里。整车整车见所未见闻所未闻的新鲜东西，对当地那些没文化、思想落后的人来说，诱惑力实在太大。火车上，偷盗事件频繁发生。

有一次，一列货车刚进乃托站，几十个人猴子般蹿上火车。没等车停稳，他们就把车上的腊肉一挂一挂地往下扔。车站工作人员赶到面前，他们当中还有拿顺了手的，嘴上骂骂咧咧。

案件由阿米子黑负责查办。事情在光天化日下发生，查清案件不难。抓人却复杂多了。其中一个是阿米子黑的亲戚，张口就说："肉上没写名字，到谁手上跟谁姓。"阿米子黑给他普法，他却说："法和你亲，还是我和你亲？"

这样的事多，这样的话，阿米子黑听得多。阿米子黑也曾瞻前顾后，但是天长日久，他明白了一个道理：火车往前走，人也要往前走。

"只要闭上一只眼，保证你天天有肉吃。"亲戚递来酒杯，迎上去的，是亮铮铮的手铐。

隔壁的莫色某波前脚踏进门槛，他满脸笑意为何而生，阿米子黑已心中有数。莫色某波一落座就拣好话说，就在他以为预热到位，可以趁热打铁时，阿米子黑开了口："阿拉扒火车，不是头一回，不抓他，除非没有王法。"

阿拉，是莫色某波的儿子。

莫色某波早就打好了腹稿："河从门前过，我们舀水吃，不犯法；地在脚下踩，我们割草喂牛，不犯法；火车从家门口过，我们顺手牵羊，就犯法了？"

阿米子黑问："要是火车上的东西可以随便拿，是不是你家羊子从我家门前过，我也可以宰了下酒？家有家规，国有国法！"

莫色某波的脸黑成锅底："你抓了阿拉，他就毁了！"

阿米子黑扭头看向大门："回过头还能走正道。一条路走到黑，这辈子才是真的毁了！"

"说到底我们是一家人，你总不能自己人不帮，帮外人！"听莫色某波这么说，阿米子黑知道，下一句他就要把"家支"搬出来了。赶在"家支"力量抵达前，阿米子黑一句话堵住了他的口："'家'大不如法大。如果我不抓他，我是知法犯法。"

比这"六亲不认"的事阿米子黑都干过。1993年4月，在普雄落网的盗窃团伙，一共三十一人，只有三个不是"家支"成员。

阿米子黑的家在车站派出所对面的什木地村。因为他"不懂人情世故"，他的家和家人接连遭到报复。妻子被指着鼻子骂，儿子无缘无故被打，刚下地的秧苗被踩倒，院子里的鸡鸭被投毒，家中木料、土豆不翼而飞……往后的日子会不会越来越难？妻子道出隐忧,是想阿米子黑像那些人指望的那样,睁只眼闭只眼,给自己留条退路。阿米子黑的回应之一是把四个子女全部改姓为"路"。他说:"我要让娃娃们知道,我的职责就是守好成昆铁路,让那些人知道,走正路光明正大,走邪路没有出路。"回应之二,阿米子黑办案,继续铁面无私,更加雷厉风行。

1999年9月,盗窃分子在猴子岩隧道作案,导致列车颠覆。作为主办侦查员,阿米子黑率专案组走完管区内四十四座隧道,摸清了主要犯罪嫌疑人及其行踪。抓捕当晚下着雨,专案组摸黑进村,"狐狸"嗅到味道,抢先躲了起来。

人已撤回,阿米子黑的心仍然留在村子。不出阿米子黑所料,专案组前脚走,盗窃分子后脚回了村。阿米子黑却低估了这些人的狡猾凶残,直到冰冷的枪口抵上脑袋,单枪匹马杀回去的他才在心里大呼不妙。

"咔嗒!"扳机响了,而阿米子黑还没有掏出手枪。

好在连日下雨,对方枪膛里的火药被打湿了。

千钧一发之际,战友有如神兵天降。

专案组迎来短暂休整,阿米子黑一消失就是几天。就在有人调侃"子黑补瞌睡,怕是脑袋都扁了"的时候,阿米子黑瘸着拐着,押回一个嫌疑人。

上次行动抓了四个人,被他捉回的漏网之鱼,也是他的亲戚。

破获刑事案件九百多起,抓获犯罪嫌疑人一千余名。阿米子黑早已退休,他的故事却一直在成昆线上流传,一直

"在线"。

"在线"的"铁警"数不过来。

阿力依初十六岁还写不了自己名字，却在三十二岁那年成为西昌铁路公安处副处长，进步的速度，火车都追赶不上。六十二小时破获金江车站抢劫杀人案，三天侦破金江车站巨额现金被盗案，追回卫星发射试验材料案……披挂出征，阿力依初极少空手而归。

沙马史坡想搞侦查，却被安排做预审。得空就同书本打交道，《刑法学》《犯罪心理学》《预审员工作手册》，一本本啃下来，他从一开始的无从下手变成得心应手。迂回渐进、引而不发、声东击西、攻其不备……沙马史坡摸索总结的"预审攻略"，被同事奉为圭臬。

管段六十多公里线路、沿线三区九乡的情况，苏哈子了如指掌。苏哈子长着一张爱发问的嘴、一个从不停止转动的脑袋。铁路部门自办电站失窃，仅凭门扣上两根细若发丝的羊毛纤维，他很快锁定了重点侦查对象。

布尔威茨自从穿上警服，就把所有心思用在了破案抓坏人上。停靠普雄站的火车货物失窃，从拉白隧道旁的几只空纸箱着手，他不仅将隐藏于深山密林的盗窃分子抓捕归案，还同侦查员顺藤摸瓜，破获其他货盗案件三十六起。

常人眼中，铁道线有时挺直，有时弯曲。吉史里土眼中，成昆线却是圆的，是它圆了彝人的梦——坐火车的梦，当警察的梦，开火车的梦。

张文光是云南广通人。成昆铁路还在修建，他就开着蒸汽机车铺轨架桥，每日吃在车上，睡在车上。铁路修通，领导有意留张文光开内燃机车，他兴奋得不得了。这条路连着昆明，连着首都北京。家乡的亲人坐着他开的火车走出大山，大山以外的人们坐着他开的火车来到家乡，想想都带劲。

兴奋过后，张文光陷入沮丧。开内燃机车需要学很多东西，物理、电气、气象知识，都必不可少。只读过小学的自己开火车，还不相当于拿根稻绳拴老虎？

领导找他谈话："一根稻绳拴不住老虎，但是用一捆捆草搓成一圈圈绳，再猛的虎也降得住。"搓草就是学习，就是慢慢掌握内燃机车电路原理和运行技术。老师教得用心，张文光学得刻苦。一份机车电路图在他手上起了毛边，车上零部件被他摸得发亮。三个月后，张文光成为昆明铁路分局第一代彝族火车司机，手把手带他的师父忍不住地夸："这家伙，天生就是开火车的料。"

张文光多少有些飘飘然。他记起成昆铁路通车时，从四里八乡赶来看火车的老乡们说的话了："也不见火车吃草，也不见火车吃肉，也不见火车吃水，它就跑起来了。是谁在赶着它跑？一定是神仙！"

吉坡木贡当上"神仙"，比张文光要晚十年。

1976年，西昌铁路分局在凉山招考机车乘务员。吉坡木贡也有开火车的"野心"，可既然是"野心"，就不可能轻易实现，不能向别人坦露。1980年，西昌铁路分局决定在担任乘务三年以上的副司机中考升火车司机。九十七人参考，考升名额为四十七名，吉坡木贡有打算没胜算。因为没胜算，他想还是算了吧，如果没录上，脸上挂不住。这一想，脸上却先挂不住了。三个月前，分局党委特准他和其他彝族副司机为操作副司机，安排技高艺精的老司机一对一签订师徒合同，全面传帮带。明摆着，这是领导在培养彝族司机，自己怎么能成为那扶不上墙的泥？

吉坡木贡全力备考迎考，最终如愿以偿当上了"神仙"。

变形记

　　扎根大地的树摇曳多姿，驭风而行的骏马，追光的身影亦是风景。

　　第一代成昆人来自四面八方。1970年大学毕业的贾定成，最早是青杠站的值班员。1991年1月1日，西昌铁路分局结束历史使命，并入成都铁路局，此时，贾定成在分局长任上正好三年。

　　1969年，时年三十五岁、生长于黑土地的那振文参与西昌机务段筹备工作，开过火车，担任过车队长、检修主任、运用副段长、机务段段长、机务处长等职的他，很快成长为全局机务专业的顶梁柱。儿子那宗林七岁那年随父亲来西昌，高中毕业后继承父亲衣钵，搞机务，开火车。2011年，四十八岁的那宗林担任了西昌机务段段长，那也是父亲曾经工作的岗位。

　　子承父业的情形比比皆是。广西人傅镜泉是成昆线上第一代火车司机。1982年，儿子傅静生学着父亲的手眼身法步，坐到了驾驶座上。傅镜泉曾因防止货物列车与军列侧面冲撞立下大功，他对儿子说，你入这行比我晚，要想火车跑得好，就得好学好琢磨。儿子没让父亲失望。成天盯着机车电路图看，时日一长，闭着眼睛，傅静生也能看见这张图，看见电流到了哪儿。因而事故都被他排除在萌芽状态，多次避免破车事故。

龙川江峡谷地质条件复杂，为避开不良地质影响，成昆线四十九次跨越龙川江。图为蜿蜒行驶在龙川江峡谷的成昆线列车（摄于2023年）

沙马拉达隧道里，油烟常年难以散尽，严重干扰瞭望，列车运行到了哪儿，该在何时减速，对老司机也是挑战。傅静生独辟蹊径，进洞就数避车洞，根据避车洞的号数给列车定位，下闸和缓解的位置有了章法。开车二十五年，傅静生做了二十五年优秀司机，安全行车一百二十八万公里，相当于沿赤道跑了三十二圈，其间，多次担任国家领导人专列司机，承担卫星发射专运任务。

成昆铁路甫一建成，便由成都铁路局接管运营，其中，四川境内七百多公里，由西昌铁路分局具体管理。成昆线地质最复杂、气候最无常、环境最恶劣、条件最艰苦、灾害最频繁的区段在这里扎堆。是耶非耶？看几组数据就知道了：管辖内线路高差一千八百米，北段是二百七十公里的长陡坡路，南段是四百一十五公里的连续坡道，共有桥梁六百五十三座、隧道二百八十四座，桥隧总延长二百九十四点五公里；曲线六百七十五条，总延长一百一十八公里，其中，最小曲线半径三百米，最大坡度千分之六；有泥石流沟三百一十八条、滑坡九十一处、危岩落石一百五十三个区段、河岸冲刷病害八十七处，平均一点一七公里就有一处严重威胁行车安全。

平均时速五十公里，最高八十公里。不难想象，火车走得何等艰难。尔赛河至乐武一段，也就是乐武展线，火车的慢则超出了想象。十七公里路，高差一百七十四米。爬这样的坡，人和汽车不在话下，火车难度极大。吉史里土双脚走过这段路。火车和他同时出发，他优哉游哉走，车吭哧吭哧爬。吉史里土不抽烟，否则，烟已抽过两支，火车还没到新凉。难怪火车在这一带，时速只有二十五公里，极个别情况下甚至只有五公里。

成昆线上，中国铁路第一次实现全线内燃机车牵引。通信、信号、线路，建成之初，成昆铁路都是一流配置。如果平移到平原，速度、运能必是遥遥领先。成昆线设计运力每年八百四十万吨，实际运力却是六百九十万吨。

改革开放前，六百九十万吨的运力，绰绰有余。

改革开放的春风唤醒大地山川，人和物的流动如同冰河解冻，一日比一日汹涌。成昆线吸引着川滇两省十三点六万平方公里的经济区，增加成昆铁路运力的呼声，如滚动的雪球越来越大。

听听沉睡的矿山想什么。盐源、永仁、罗茨的煤矿，泸沽、西昌、会理、益门、大姚、牟定的铜矿，团宝山、会东、甘洛的铅锌矿，昆明、汉源的磷矿……它们说："我们为祖国献宝藏，可惜身上没翅膀。"

听听奔腾的河流盼什么。大渡河、金沙江、雅砻江水电资源丰富，"三江"开发紧锣密鼓，龚嘴水电站、铜街子水电站、二滩水电站陆续上马。它们说："'兵马未动，粮草先行'，建设所需的建材、机具、装备，走得太慢了！"

看看堆积如山的果蔬。

看看活力未展的车间。

看看向往远方的眼眸。

它们和他们，都等着一个车皮，一张车票。

广汉铁厂给平川铁矿打电报，直言"等米下锅"，务必尽快发货。收到对方二十个车皮的订单已有好些日子，矿上派人同车站方面沟通，不止一次两次。以为是经办人员办事不力，矿长安排财务总监和车站沟通。哪是车站解决得了的，分局、路局门槛都踩断了，整整二十天过去，仍是一粒矿石也没发过去。弹尽粮绝，广汉铁厂只得封炉，一封七十多天。

这样的例子太多了。攀钢矿业有限公司十天没等到装车计划，销售科长陈勇"吓"得睡不着觉；重钢总部原料处连续十多天"颗粒无收"，顺着铁道线找过去，却发现他们要的原料都堵在货场；有老板把一袋土豆抬到甘洛站货运室，用刀划开编织袋，指着两寸多长的芽头说："再不给车皮，我的几万斤土豆全都得'报销'！"

分局这边压力更大。找到运输科、调度所、运输接待室的货主络绎不绝，求情告急者有之，拍桌子砸板凳者有之。紧要关头，县长、市长、州长亲自出马，照样没法解决。

等候装车的货物望穿秋水，买不到票的人们心急如焚。除了成都、昆明有始发和终到列车，开通初期的成昆线上，只有昆明开往当时的金江站和成都开往格里坪站，再从这两个站始发的两趟慢车。西昌站没有始发列车，每一张票都得靠"抢"。既是"抢"，自然有人欢喜有人忧。卧铺票更是一票难求——西昌铁路分局机关干部出差一周前报备，西昌市委市政府、西昌卫星发射中心有紧急需求，也不一定拿得到票。

最初的解决方案得自"马拉车原理"——套马拉车，一匹不行两匹，两匹不行三匹。若还不行，还可在车屁股上搭一把手，顶一副肩膀。循着这个思路，泸沽站成了上行列车的动力补给站。大列货车前部已有两台东风型内燃机车牵引，车尾再追加一台补机，助推列车攀登海拔二千二百四十米的红峰站。必要时，前面的机车甚至会增至三台。

一手抓增加列车牵引定数技术革新，一手抓"规划型全程联网运营质量管理""二分格印线运行图"等管理创新，成昆线挖潜扩能改革，一直都在进行。

但是，等车皮的人仍在等车皮，抢票的人仍在抢票，供需矛盾，不是靠加"马"就能化解——"马"一多，列车自重增加，制动难度加大，"放飚"的风险难以控制。"放飚"，就是列车在坡道上失去制动，脱轨翻车。

全线输送能力超过实际能力的百分之四十，成昆铁路成了全国八大干线中最为紧张的线路之一。如此情形下，沿线厂矿"以量定产"的格局仍然没有打破，客运车辆编组增加的步伐比实际需求总是慢半拍。吉史里土每天睁开眼睛，就有四个字在耳边聒噪：

"车皮！"

"车票！"

说这一天来得迟，是因为等得太久。

1993年3月18日，西昌火车站广场上，成昆铁路电气化改造工程拉开帷幕。参加奠基剪彩前，吉史里土反复告诫自己要"稳重"一点，眼泪却把它当了耳旁风。此项工程为国家重点建设项目，仅管内七百多公里投资概算就达三十点二亿元。围绕建成后达到国际国内先进水平这一目标，美国、德国、法国的先进设备都将为我所用。对于成昆线，这是改造，也是重生！

与投资大、标准高、设备先进对应的，是工程建设任务重、难度大、周期超长。挑战来自四个方面：病害隧道整治、关村坝车站扩建、新建马鞍堡浅埋隧道工程、西昌南站站场扩建和翻边工程。

单独说说在世界铁路建设史上开创先河的关村坝车站扩建工程。车站当初按两股道设计建造，交会距离为八百余米。实施电气化改造后，机车动力增强，车厢增加，车身变长，原有交会距离不能满足需要，增建股道势在必行，但关村坝车站有一大半在洞中，靠河一侧，没有文章可做。能想的办法只有在运营隧道内扩建一座一千一百七十八米长的喇叭口形隧道，成都端与关村坝隧道相衔接，昆明端与新增3号线合体。关村坝隧道围岩石质坚硬，整体性好，爆破不会出现坍塌，但双拱衬砌中间岩墙厚度渐变，保障围岩与衬砌安全的前提下保证列车安全运行，控制爆破施工面临极大考验。1998年7月1日，在铁道部主持的科研攻关小组支持下，"卡脖子区段"控爆开挖顺利完成。

历时近七年的成昆铁路北段电气化改造工程于1999年12月28日全面完工，南段于2000年8月3日达到通车条件。焕然一新的成昆线举起了结实有力的双臂，北段运输能力由八百四十万吨提高到一千九百万吨，货车牵引定数达到三千四百多吨。力量带来速度，成都到昆明的列车运行时间从二十四小时开进二十小时，货车从平均时速五十公里提高到九十公里以上，有的区间达到一百二十公里。

大渡河畔的关村坝车站，是中国第一个建在隧道中的火车站。图为关村坝火车站外景（摄于21世纪初）

车厢里的变化同样恍如隔世。内燃机车时代，火车一进隧道，里外夹击的柴油烟雾就使起"障眼法"，在一张椅子上的两个人，彼此的脸无法看得真切。等捂着口鼻咳着喘着出了隧道，原本熟悉的人却变得陌生起来：过个隧道的工夫，一车的人都要变黑几分。改造后的成昆线把车窗外的好山好水好风光不打折扣地馈赠旅客。

时间拉回到1997年4月1日，这也是一个激动人心的日子。这一天，K118次列车从攀枝花站徐徐驶出，一路高歌向北方。从这以后，每日对开的K117、K118次列车，动听的风笛，是首都北京和祖国大西南说不完的体己话。

火车从非省会城市直接开进北京，偌大中国，仅此一例。

这份荣耀，属于攀枝花，属于三线建设者，属于成昆线！

"先工作后生活，先治坡再治窝。"这句口号，从筑路之初喊到管路之始。西昌铁路分局接手成昆线那阵子，工作环境、生活条件都差。局机关四处"流浪"，西昌市委党校、"西工指"旧址都借住过，1974年才搬到马道。机关搬过去前，马道仅有一栋三楼一底的办公楼。楼是筑路大军当年修建的，仅容调度人员指挥行车。去后也只有五栋三层高的砖房，多数人挤在棚车里办公。

员工只能住在席棚或是车棚。床安得挤，又是上下铺，一个车棚，要住上百人。家属来了马道，也是住车棚，一个车棚住几户。一根绳子就是边界，一张布帘就是墙。人过得压抑，车棚、席棚里的空气如一潭死水。只有来了电影队，死水才泛起微澜。

电影队放映《南征北战》，电影台词早能背，十岁的蒋春科还是去凑了热闹。电影放完，他却无家可回。调车机错把车棚当车皮，一路拉到德昌去了。第二天，车棚回到原点，蒋春科一家的生活才回到了原点。

最困难的，是水。

分局机关搬过去前，从安宁河抽取的水，每天供给量为五千多吨，只有实际需求量的四分之一。再紧张，过往列车的水必须加满，剩下部分优先保障一日三餐。所谓保障，无非一个态度，能不能保障得了，得看那一日有多少节余。

职工和家属不断增加，高峰时达到四万余人。一到供水时间，刚来这边的人，以为谁在唱歌。慢慢才听清楚，是山脚上班的职工冲半山上的家里人喊"水快没了，快接一点"。接水的家什五花八门，大桶小桶，大盆小盆，大罐小罐。如果茶缸够大，茶缸也装满。嫌机关家属区地势高，水常常才到半路就掉了头。山上的人拎着锅桶罐盆往下追，追得快还好，动作稍慢一点，不去别人家借水，这天就没饭吃。

出行、就医、职工充电、孩子就学、蔬菜供应、文化生活……都在张嘴喊"渴"。

"守路就是守心。留不住成昆人，守不住成昆线。"1995年12月，铁道部部长韩杼滨到西昌调研，说了这句话。部长还说："引水的钱，铁道部、成都铁路局、西昌铁路分局一起想办法。"

引水工程历时三载。西昌铁路分局从此告别饮水难，马道居民近水楼台，"沾光"喝上自来水。

生活线、卫生线、文化线，也驶上发展快车道。

生活线连接饮食起居。专业打井队伍翻山越岭，小站职工有了干净水喝；在八十一个站区设立二百二十六个生活点，蔬菜、水果、生活用品和家用电器，终于触手可及；职工宿舍从无到有，住有所居，梦想变为实景。

卫生线把守健康底线。随着西昌、燕岗、攀枝花建起医院，西昌建起卫生防疫站，沿线三等站区建立卫生所，职工看病不再难。

文化线既着眼聚心铸魂，又着力培德育人。几十年间，在西昌，俱乐部、电影院、文化官拔地而起；在站段、车间、班组，文化活动室、文体活动设施不断健全。西昌铁路运输技工学校、西昌分局职工学校从无到有，干部职工文化素质、业务水平提升，有了近道。"后顾之忧，优先解决"，西昌、峨眉建起完全中学，攀枝花、普雄建起附设初级中学的小学，马道、峨眉、乌斯河、密地建起小学，马道、燕岗、攀枝花建起幼儿园。

实在是值得骄傲和回味：一个事物在成长，而你在见证、参与、呼应它的成长。正因如此，吉史里土、阿米子黑、傅静生虽然已经退休，却时不时回成昆线走走看看，走着看着，过去和现在，就纠缠成了两行热泪。

小慢车上的大凉山

亲得不得了的，才叫昵称。

成昆铁路建成通车后，5633/5634次慢火车就往返于凉山州越西县普雄镇和攀枝花之间。在全程三百五十三公里的范围内，火车经停二十六个站，行驶时间约十小时，平均时速不到四十公里，真是名副其实的慢，难怪有"小慢车"的昵称。

但无论体重、身高、吞吐量，小慢车一点都不显小。

慢是真的。三步一歇，五步一停，普雄到西昌段，平均十几分钟就要停下来，方便沿线彝族群众出行。

慢，为了快；"小"，成全"大"。

小慢车为大凉山带来生机，也把大凉山的故事带向远方。

阿西阿呷已经同小慢车一起，度过了大凉山的四十九个春秋。

父亲1971年从部队转业时，可以进铁路局，可以选择到政府部门工作。铁路职工帽徽中间，那时是闪闪发亮的五角星，因为对五角星爱得深沉，父亲到成昆线上的白石岩站，当了调度员。

那时的火车在地处偏远的越西县属新鲜事物，在越西县偏远处的白石岩，则不仅是新，而且是奇。正因心生好奇，刚通车时，有村民拿了山草或者苞谷，看它"吃"还是"不吃"。

兴奋感也在与风笛共舞。远乡近土的娃娃几乎不读书。学校、老师都没有，书都没见过，读什么？不过那是以前，有了火车，再遥远的地方也近了，再不可能的事情也成为现实。坐着火车，顺着成昆线，他们可以去山沟外面，去教室里头。

阿西阿呷就是每天坐火车去乃托中心校读书。白石岩和乃托隔着一座山，走路得一个多小时。但是火车一钻洞，路就短了，上学放学，只要十来分钟。

火车上的她，有时背书，有时写作业，有时东张西望。草甸上的小羊长壮了，路边新立了一幢房子，土豆埋进地、出了苗、开了花，都会被她收入眼底，有时还写进作文。写进作文的还有异乡人的穿着打扮、言谈举止，还有因异乡人生起的对于铁轨尽头的猜想与向往。

绿皮火车不是追光灯，阿西阿呷不是唯一被照亮的人。白石岩盛产白云石，白云石可以造玻璃。有玻璃厂远山远水找过来，雇人开采石头，再把石头碎成块，用火车拉走。几十位白石岩村民因此拿起了工资，包括阿西阿呷的母亲。

成昆铁路沿线地广人稀，有时候，铁路职工、当地群众买些生活必需品也要坐几十公里火车。为此，20世纪90年代中期以前，铁路局每隔一段时间挂来生活供应车，一节卖吃的，一节卖穿的，一节卖电器，给他们的生活增添一些便利。阿西阿呷每周吃一顿肉，至于她想买的衣服，最后多半会穿到别人身上。阿西阿呷因此哭鼻子，母亲说："阿呷莫，周边的老百姓吃肉，按月来盼。你再看他们穿的，疤疤重疤疤。你想吃得好穿得漂亮就用功读书，争取长大后离开这里。"

阿西阿呷长大了，却没有离开大凉山。先是客运员，后是值班员，1998年，二十三岁的阿西阿呷当了列车长。

火车穿梭在成昆线上，阿西阿呷穿行在旅客中间。

车头真够让人头大的。人多座位少，过道上、座席下经常有人蹲着躺着。地上蹲的还有羊、猪、鸡，嫌空没填满，东拉一坨，西耸一堆。主人懒得去管也就罢了，他们中竟有人说："开门关门，打扫卫生，列车员就是干这个的。"晚间的老鼠、夏天的跳蚤、来路不明的虱子，都是神出鬼没。数九寒天，穿过一节车厢，挤出一身汗。

车身中部敞亮。最直观的感受是不如车头挤，座位宽松很多。座席不是木板凳，是人造革。人们的穿着离讲究尚远，衣衫不整的却少了很多。穿着时尚的也有，口音上贴着这一带的某个地名。家畜队伍有所扩张，它们通常会被换成钱换成物，就在旅途中的某一站，或者就在车厢里。

车尾漂亮多了。窗明几净，座位宽敞。年轻人身上洋溢着时代感，浓郁民族风从木苏阿普、木苏阿妈（彝语，意为老大爷、老大妈）衣饰上吹过。车厢两头改造成大件行李存放处，方便运送五花八门的生活物资、农用机具。细微处的变化同样无处不在，有汉字的地方都有彝文伴随，此为一例。最让人大开眼界的是车尾挂了行李车——鸡鸭猪羊的专属"包厢"。行李车密集设置排污孔、通风窗，行李员全程跟车，把"包厢"打理得干净清爽。

小慢车成为铁路沿线孩子们的"校车",载着他们走向大山外的广阔天地。图为阿西阿呷(着制服者)鼓励孩子们好好学习(摄于2019年)

——车头是当初,车尾是现在,车身中部,是当初和现在的过渡地带。

小慢车在变,小慢车上的大凉山在变。见证、参与这一切的阿西阿呷,在来来往往的日子里破茧成蝶。

5633次列车是下行车,每天7时20分从普雄站开往攀枝花南站,16时33分到达终点。上行的5634次列车每天8时26分从攀枝花南站发车,到达普雄站是17时33分。

阿西阿呷是彝族人,5633/5634次列车上,九成以上乘客也是彝族人。正因这样,阿西阿呷每次走上站台,都像站在了村口。的确,小慢车是流动的村庄,车上乘客都是远亲近邻。

家住昭觉县则普乡的吉瓦阿英,直到料理完后事踏上归途，仍接受不了丈夫客死他乡的事实。两节车厢连接处，阿西阿呷见她肩膀颤抖、眼睛红肿，主动和她搭话，得知吉瓦阿英已有七个月身孕，丈夫一撒手，她也没了活的勇气。

叫了一声妹妹，阿西阿呷说："他虽不在了，他的骨肉还在与你做伴。"

阿西阿呷说："命是父母给的，你自己做不了这个主。"

阿西阿呷又说："孩子一出生，一条命就成了两条命。你想不开，可惜了孩子。"

待颤抖的肩膀平静下来，阿西阿呷把吉瓦阿英换回座位，递上热毛巾。看着吉瓦阿英抹去泪痕，阿西阿呷塞去一百块钱，又说："电话号码留给你，以后有什么事，给我说。"

两个月后，吉瓦阿英打来电话，说她当了母亲。吉瓦阿英还说："如果不嫌弃，以后我叫你表姐。"

又过了一年，吉瓦阿英背着儿子登上了阿西阿呷的火车。这一程，她只想让表姐看看侄儿，尝尝她亲手做的荞饼。

乘客来来往往，乘客形形色色，但凡需要多说句话、搭一把手，阿西阿呷从来都不躲闪。那天，一位六旬阿妈背一大背篼土豆起身下车，担心她扭伤腰，阿西阿呷上去扶了一把。第二天，老人到车站"拦截"她，塞给她三个熟鸡蛋。

不是冲三个鸡蛋，而是冲一片真心。那天，阿西阿呷对自己，也对列车员提了要求：只要乘客有需要，三步走得上去的路，力争两步到位。

在阿西阿呷的手机通讯录中，不少是小商小贩。他们爱搭小慢车，爱和她聊家长里短。

依伙伍沙爱聊也会聊。他比阿西阿呷大十一岁，成昆线上的事，喜德这一段，他知道得比她要多。

在依伙伍沙还很小的时候，尼波人以为天底下最远的地方是西昌，而西昌以远，几乎没有人知道尼波这个地方。村里最早的路是为修筑成昆线铺的便道，在那之前，生活里必不可少的盐和炒锅，尼波人得去县城买。去县城，得走五六小时山路。依伙伍沙第一次逛县城时十岁，去一天，回一天。那次进城留给他最深的记忆，是去时披着擦尔瓦，回时穿着裤子——他人生里的第一条裤子。

修建成昆铁路尼波段，乡里青壮年都出过力流过汗。依伙伍沙的父亲依伙铁尼开过木料运过煤，管过几天发电机。小慢车串联起八百里大凉山，尼波人才知道西昌还不够远；世界才知道成昆线这把尺子上，有尼波这个刻度。

少年依伙伍沙曾用这把尺子勘测生活。天天去学校念书的日子只过了一年，爹妈便让他回家干活儿。这把尺子测出来了，自己与理想隔着家和学校的距离。

心中的远方后来变成了峨眉、眉山、成都。赶着火车卖土豆，当时不允许。一年两三回，他能蒙混过关。

1975年，成昆线开行"特别列车"，普通客车不便携带的农产品和生活物资，有了名正言顺的"顺风车"。那时的"特别列车"，现在的"小慢车"，成了在依伙伍沙嘴边开来开去的"土豆一号"。

尼波出产最多的要数土豆。土豆土豆，变不成钱是土，变成钱是豆。依伙伍沙在卖土豆的路上奔波，前后三十余年。年深日久，人脉变成商机，人家信得过依伙伍沙，也信得过尼波的土豆，因而常常打来电话，他要三百斤，她要五百斤。几个三五百斤凑起来，就是一两千斤、三四千斤。脱贫摘帽前，土豆上了火车，占着大件行李位置，不用出一分钱。如今脱了贫，土豆的路费仍然少到可以忽略。政府和铁路上的人说了，扶上马还要送一程。三十多年间，票价没有变过。普雄到攀枝花，耗时约十小时，票价二十五点五元。依伙伍沙从尼波去喜德，六十五公里路，五元钱。知道这是国家变相发福利，因此依伙伍沙买卖土豆，尽可能把格局放大，把利润看薄。

喜德、冕宁、西昌、德昌，依伙伍沙经常去。有时也去攀枝花。卖完土豆，不打空手回。妻子开着小卖部，他顺路补货。自家产的荞子、苞谷，也卖。他家收入的池子，有了长流水。

小时候住的木屋狭小简陋，竹笆从中间隔开：一边供大人打地铺，供一家人做饭、吃饭、会客；另一边是猪圈羊圈，圈的上方安上隔板铺上草，便是孩子们的窝。逢年过节点油灯，平时靠火塘发出的光，或者打火把照亮。依伙伍沙家如此，其他人家也如此。成昆铁路工地上，灯泡亮得晃眼。火车建成通车后，工人撤离，留下几间工棚。工棚里挂着电灯，有村民淘神费力取回来，尼龙绳、鞋带、铁丝都试过了，电灯不理不睬……后来，依伙伍沙建起全村第一座砖瓦房。瓦是从普雄买的，也是靠小慢车摆渡。房子修得不小，用的瓦不少。普雄是首发站，装车的时间还算充裕。但只在尼波停两分钟的火车，是否有耐心等上万匹瓦下车，依

5633/5634次列车的行李车厢多经过改装，车厢上通常加装有拴挂杆，便于拴挂家畜。图为5634次列车停靠尼波站，村民们正将一只绵羊抬上行李车厢（摄于2017年）

伙伍沙起初也很担心。他打电话向阿西阿呷说出心事，阿西阿呷和车站沟通，想出两个办法。一是化整为零，把瓦分三次运送。二是向调度申请，运了瓦的这几天，火车在尼波多停一小会儿。调度真的开了绿灯，反正是慢车，这里耽搁的几分钟，别的地方再找补回来。

比房屋更大的变化，发生在孩子身上。依伙伍沙的父母有三个女儿、一个儿子，个个都没怎么读过书。他也有三个女儿、一个儿子。儿子大学毕业后当了辅警，两个女儿在西昌读高二。周末和假期，女儿也是坐小慢车往返。尼波没有汽车直达西昌，如果拼车，每个人来回要一两百元。坐火车就便宜多

第四章 蜕变者 311

了，往返车票相加，不到十元。要是恰好得空，依伙伍沙会开着他的电动汽车去火车站接送女儿。村里有三个娃念过大学，有一个还考上了公务员。"接下来飞出山窝窝的是不是我的闺女？"依伙伍沙心头烫得厉害。

离尼波站不远，两年前建起了牲畜交易市场。吉克木各是老面孔了，每周他都要来这里一趟，把猪牛羊贩卖到冕宁一带。

选择用小慢车做交通工具，运费低廉只是原因之一。尼波镇平均海拔二千七百多米，汽车绕一百多公里山路去冕宁，车厢里的活物，容易热病冻坏挤伤压死。小慢车开得平稳，通风条件又好，猪和羊，不再有"减员"风险。

难点仍是上车下车。尼波站其实是一个乘降所，没有站台，仅中部两节车厢上下时相对方便。火车不可能每次都在这里多停几分钟，吉克木各于是请上几个人，搂的搂，抱的抱，抬的抬，七手八脚把特殊乘客"请"上车。遇到"大生意"，比如这天他收购了五六十只羊，车上、站上的工作人员，不会袖手旁观。

吉克木各原本是喜德县乐武乡人，在小慢车上跑了三十多年的他，把一大家子拖到了冕宁县的泸沽镇。成昆铁路复线全线通车后，"绿巨人"和小慢车每天都会来两段二重唱。吉克木各有五个孙儿孙女，他希望他们努力读书，长大以后坐动车上大学。

脱贫摘帽不是终点，搭载着八百里大凉山的小慢车，徐徐驶往下一站：乡村振兴。那次和阿西阿呷闲聊，吉克木各道出心声："动车千好万好，替代不了小慢车。就像天上有了飞机，地上的车轱辘照样滴溜溜转。"

地处大凉山腹地的普雄站是5633/5634、5619/5620次列车的"界碑"，南下是攀枝花，北上是峨眉。

9时11分，5619次列车从峨眉站准点发出。阿西阿呷到车厢巡视，没走几步，一对母子引起了她的注意。小男孩看样子八九岁，虽然蓝色口罩遮住了脸，他的沉静、专注，仍可一览无遗。孩子在做作业，是一张数学试卷。见戴着"列车长"臂章的人柔和的目光落在试卷上，同孩子隔着一张茶几的妇女眼睛亮了。母子俩是峨边县共和乡人，儿子在峨眉读书，母亲陪读。共和到峨眉，坐汽车来回，每人要二十多元，小慢车只要八元。"赚"得最多的是时间。火车开得平稳，在车上做作业，跟在教室上自习没啥区别。

交谈两分钟，当妈的道了三次谢，前两次是替儿子，后一次是替自己："我们村原来不通公路，如果不是小慢车，只能看见脸盆大的天。如今修了公路，还是离不开小慢车。它离我们最近，和我们最亲。"

10时10分，轸溪站，一家三口登上列车。女人怀里的婴儿含着奶瓶，却睡着了。孩子爹个头大，心却细，拎着大包小包，还不忘提醒爱人脚下当心。阿西阿呷把女人安顿妥帖，帮着放好行李。还没和他们说上几句话，列车驶出小站，进了隧洞。

光线暗下来，阿西阿呷有如进入了时空的长隧。

当列车长几年后的一天，火车驶离峨眉站，阿西阿呷接到报告，第九节车厢厕所门被人反锁，怎么也打不开。

事出反常，阿西阿呷立即前往处理。然而，任她敲门喊话，里面毫无反应。

改用彝语，她又试了一次："里面啥情况？先把门打开。"

厕所门虚开一条缝，怯怯挤出一句话："我老婆，她要生了！"

阿西阿呷脑子里"嗡"一声，身子抖了一下。车上厕所是直排式，孩子生在那里，必定凶多吉少！

此时距具备交站条件的下一站还有四十多分钟车程。等是等不起的，广播寻医也没有结果，阿西阿呷一时间进退两难：帮忙接生，风险大；退避一旁，产妇和孩子风险更大！

脑子里不知怎么就冒出了"本是同根生"这句话。阿西阿呷知道该怎么做了。此刻，她是列车长，也是夫妇俩和他们即将出生的孩子的亲人和靠山。

产妇被转移到行李车，阿西阿呷叫人拆开几个纸箱，围成临时产房，又往地板上铺了几张小单儿。行李员张琳胆大心细，通知她过来，阿西阿呷也就有了底气。

产妇背靠在丈夫怀中，阿西阿呷和张琳蹲在身前给她鼓励，给她必不可少的配合支持。虽然已做了母亲，从额头、背上、手心涌出的汗，还是很快湿透了阿西阿呷全身。产妇没有高声大叫，但是她的牙齿，在嘴唇上咬出了血痕。时间的行进如此缓慢，最后婴儿响亮的啼哭令阿西阿呷刻骨铭心。

事后得知，小两口是越西人，此行是去眉山打工。不知道预产期近在咫尺也就罢了，他们甚至不知道进医院找医生分娩才安全。

车厢变产房，阿西阿呷每年遇上十多次。产妇多是在前往医院的路上提前发作，好在带了产婆。在有了"新农合"以后，这样的情况明显减少，住院费用按比例报销，准妈妈进医院待产，有了提前量。

火车一路钻隧道，阿西阿呷的身影忽明忽暗。列车越往前，穿越的隧道和棚洞越长，隧道、棚洞间隔越短。从长六千余米的关村坝隧道钻出来，明丽的阳光，照亮了她的脸庞。

关村坝站到了。列车完全停稳前，阿西阿呷侧身向右，看了看堡坎上方。曾经，大渡河峡谷左岸绝壁下面，能够见到的，不过是五六座低矮破旧的民房。近些年，散落在高山之巅的乐山市金口河区永和镇胜利村的七十二户村民分三批搬进移民新村，吃上旅游饭。这碗饭香，不仅因为新村在大渡河峡谷国家地质公园核心区，与成昆铁路近在咫尺的"水上公路"就在眼皮下，还因为政府斥资打造铁道兵博物馆，山水自然、历史文化交相辉映，引来观者如云。阿西阿呷曾去博物馆参观，顺带游览山地栈道、观景平台、土特产一条街一应俱全的新村。村民余其江告诉她，十年前，村里人的主食是苞谷、土豆。现在，狼牙土豆成了这里的特色美食。村里还建起老鹰茶种植专业合作社，一年收入两百多万元。

几个外省口音的背包客在关村坝站下车，说是逛完胜利村，要去古路村。古路村在雅安市汉源县地界，与胜利村只隔着一条白熊沟。把日子过好，胜利村的路线是易地搬迁，古路村的选择是靠山吃山。听说去古路村领略原生态的国内外游客一年多过一年，阿西阿呷也想去打个卡，只是一直没挪出时间。说到底，胜利村、古路村老乡都是小慢车上的常客，他们打量世界的目光，在过去很多很多年里，也是借助小慢车得以向长远处伸展。这一趟可以迟到，不能缺席，背包客的行程让阿西阿呷羡慕也心安。

　　一群山羊被赶上7号车厢，在主人吆喝下穿过过道，去往行李车。入秋后，牲畜交易进入活跃期，小慢车变成"运钞车"。笑意爬上阿西阿呷的脸颊，不过三秒钟，火车进了隧道。

　　汉源、尼日、埃岱、甘洛、南尔岗……明明暗暗的光线在阿西阿呷脸上变换，越来越多的车站，被5619次列车抛在身后。

　　15时45分，白石岩站到了。多年以前，父亲调离，白石岩已没有阿西阿呷的家。但是，每当列车在这里停靠，家的感觉和儿时记忆，会沿着那条布满马车辙的路，涌向阿西阿呷心间。实际上，当年那条晴天灰、雨天泥的土路，早已被宽阔平整的水泥路代替。与这条路一起变化的，还有这条路连接的村寨和村民们的生活。房子、衣着、卖出买进的东西，四十年后回头看，两重天。

　　白石岩在蜕变，白石岩的孩子在成长。三年级时，列车时刻表有变化，坐火车上学要迟到，阿西阿呷只得走路。离家几分钟就是隧道，隧道尽头，是更长的隧道。黑暗把胆怯无数倍地放大，听到火车进洞，阿西阿呷拼命往避车洞跑。有时难免跌倒在地，若只是裤子蹭破洞，那是谢天谢地。若是饭盒在跌扑中脱手，饭菜撒了一地，而当天的饭菜里恰好有三两片肉，她会哭上一场。就是这个女孩，后来成了列车长，成了"铁姑娘"，成了党代表，成了"最美铁路人"。

16时55分，停靠五分钟后，5619次列车从拉白站发车。再有十四分钟，列车将结束二百四十公里行程，到达此行的第二十六站，也是最后一站。过了关村坝，列车就开启了爬坡模式，这个时候，坡度变大，车速也变得更慢。靠近终点的感觉已是无比美好，车窗外的景致，还在为阿西阿呷的心情做着美颜。青瓦白墙的彝家新寨有如工笔画，夕阳下，饱满的稻穗闪着金光。稻田层层叠叠，大地金光灿灿。银丝带般的水泥路通向与天相接的青山，也通到铁路边上。比起小慢车，快的是汽车和摩托，慢的是荷锄归的中年人、跟在牛羊后面的老木苏、背书包的小学生。孩子们的眼神从车窗爬进车厢，大人们的目光投向碧野蓝天……

第五章

接力者

朋友，我们已经来到了最后一节车厢。

还记得登上第一节车厢时说起的那句名言吧？最后一节车厢，让我们再来重温一句耳熟能详的话：一切过往，皆为序章。

成昆铁路从时间的远方伸进今天，伸向未来，以自身的顽强坚毅，以结伴而行的成昆铁路复线的壮丽诗行。

再向虎山行，筑路新成昆。小相岭深处的搏击，有钢钎与二锤撞击的回声助威；雄鹰飞过吉尔木梁子，翅膀上闪耀着永不消逝的理想的光焰。时光的车轮不停转动，时代的接力者，握牢了属于自己的一棒……

这是对英雄的告慰。

这是对未来的告白。

再向虎山行

一间平房,住两个人舒适,住三个人热闹,住上四个五个六个人就挤了,得有人另起炉灶。

道理一样。建成通车三十多年后,经过电气化改造,成昆铁路运能不止翻了一番。然而,成昆铁路沿线经济社会飞速发展,铁路运能与实际需要,落差与日俱增。

修建成昆铁路复线势在必行:2012年川滇两省地区生产总值达三万四千一百六十亿元,根据预测,峨眉至米易段2025年、2035年每日各需客车四十对、五十五对。实际情况却是,成昆线通过能力利用率已然饱和,2012年,峨米段仅有十二对客车。

复,又也。成昆铁路复线不是覆盖、代替既有线,而是在保留单线建设的成昆铁路的同时,以大致相同的走向,以全新的理念、技术、标准,再造一条沟通川滇的双线铁路。

走复线,成都到昆明,运行时间从十九个小时缩短至七个多小时。首发列车上,中铁二院成昆铁路复线总设计师王维心中的激动,可以装几节车厢。

2005年启动广通至昆明段勘察,王维就已经走马成昆。四年后,峨眉至广通段启动,他又策马北上,赓续前程。十七年光阴,说长,如全长八百六十五公里的复线,每寸铁轨下都有一段记忆可堪读写；说短，如车窗外的"越西站"一闪而过。

越西站以南是小相岭隧道，以北是吉新隧道。前者二十一点八公里，后者十七点六公里，是"新成昆"一百一十座隧道里的冠亚双雄。

王维感慨万端，倒不是因为隧道深长。

至少不全是。

一马平川的路，八千里、一万里未必让人觉出漫长。倘若荆棘载途、羊肠九曲，却是蜗步难移。

成昆铁路难，难在北段。因为与"老成昆"相伴相随、若即若离，新成昆也要与横断山贴身肉搏，也要向"地质博物馆"发起挑战。

"地质博物馆"的"核心区"，非峨眉到米易一段莫属。两地中点，正是小县越西。

猛虎挡道万丈山。成昆线上最难啃的骨头在此地，最后通车的一公里也在此地。

成昆铁路复线亦如是。

化整为零，成昆铁路复线分五段建设。四川境内有三段，分别是成峨段（成都至峨眉）、峨米段（峨眉至米易）、米攀段（米易至攀枝花）；云南境内，分永广（永仁至广通）、广昆（广通至昆明）两段。

时间线非常清晰——

广昆段：2007年10月18日开工建设，2013年4月19日开始铺架，2013年12月27日开通运营；

永广段：2013年12月18日开工，2019年3月全线铺通，2019

年10月开通运营；

成峨段：2010年1月16日举行建设动员大会，2013年底实质性开工建设，2017年6月彭山至思蒙段通车，2018年1月8日开通运营；

米攀段：2013年12月27日开工，2020年5月26日开行货运列车，2020年9月19日开行旅客列车。

最后来看全长三百九十公里的峨米段。

2014年12月23日，先期工程（越西至安洛段）开工建设；

2016年4月26日，全段开工建设；

2021年9月15日，峨眉至燕岗开通运营；

2022年1月10日，冕宁至米易段开通运营，复兴号动车组首次开进大凉山；

2022年10月28日，峨眉至冕宁段完成铺轨；

2022年12月26日，成昆铁路复线全线开通运营。

成昆铁路复线上，最后开工、最迟开通运营、最为耗费工期的，都是峨米段。正因有个峨米段，峨米段有个峨冕段，"成昆铁路复线"的"复"字，让承担勘测设计任务的铁二院后来者，比别人的解读多出一重深意：重返"上甘岭"，再向虎山行！

车窗仿佛变成了磨砂玻璃，车窗外的远山、盆地中的城市和村庄、村庄里建有大棚的土地，躲在了模糊中。先于"复兴号"钻进小相岭隧道，王维的思绪穿越时空，回到了"虎山行"的长路上、战友们中间……

渝利线（重庆至利川）上的李向东被抽调到峨米段担任地质专业负责人，是2013年8月。那时，距渝利铁路全线贯通，刚过去不到两个月时间。

地质是龙头，线路是骨架，车站、隧道、桥梁和其他专业是血肉。留给"龙头"的时间，只有两年四个月。

李向东当然着急。

峨米段是从四川盆地向云贵高原的越岭段，地质构造极为复杂，地层出露齐全，岩性复杂多样，加之受活动断裂影响，地质工作困难重重。统计表明，峨米段有较为严重的高岩落石地段二十五处，泥石流沟一百二十五条，其中三十余处非以桥梁跨越不可，风险和挑战可见一斑。

部分车站定站址并未按套路出牌。拿越西站来说，早在线路定下前，地方政府就自行邀请相关单位拿出了心仪的选址方案。所谓"心仪"，就是近，就在县城边上，"甩火腿"（四川方言，步行之意）就能赶火车，不像老成昆线，县城离车站二十多公里。交通引导发展，铁路服务人民，地方政府的这种做法可以理解。然而，站址确定后，受制于最小半径，线位调整余地非常之小。

头疼很快变成了脚疼。每座桥、每个隧道口，都是李向东带人跑出来的。有时一次出去一周，手脚并用攀岩走壁。同老成昆线上的前辈们没两样，每天只能"走"两三公里。

区别当然有——材料、设备、技术，比当年先进多了。

以钻机钻头为例，原来是合金材料，现在是金刚石。"金刚不坏之身"延长了钻头更换周期，效率提高，成本大幅降低。

再拿水上勘探来说，以前是围堰作业，现在，一千吨的大船锚定后，钻机见缝插针，可以直接开钻。

提高效率，绳索取芯新技术再下一城。

EH4、V8等大地电磁仪与地质雷达"长短结合"探测，让地质人更加耳聪目明。八月岭隧道，钻杆打到了一千三百八十三点七一米深处，大山的肠肠肚肚，都在眼皮底下。月直山隧道最大埋深一千八百一十米，新越西隧道穿越十八套地层，就是由此来的底气。

而这也是成昆铁路复线定位为"减灾选线"的重要支撑——不再贴着山皮，而是规避泥石流、塌方等地质灾害风险，同大山深处、更深处打商量，借道行方便。

穹隆构造、飞来峰、地层倒转……教科书上没见过的这里都有，"借道"，不是常人想象的那样容易。

乐山范店子至峨边南区间的老鼻山隧道，"雷达"扫描掌子面时发现异常。超前钻孔预报跟进，钻孔打到三十多米时，一股夹着水汽的冷气，从钻孔喷了出来。十有八九这里遇到岩腔，打小洞验证，果然揭示出宽约八米、纵向长度十一米、深七十米的溶洞。

采用混凝土回填隧底以下。往前两步，又发现一个岩腔，超过一万立方米。

山太"饿"了。得二十八米长的拱桥投喂进去，这一关才能通过。

老成昆线上不可能这样，不敢这样——技术不具备，物质条件也不允许。但是，遇到特殊地质条件、敏感部位，还得沿用老成昆线上那一套：上山到顶，下沟到底。

金口河到甘洛区间，初选线路里程最短，成本最低。能省当然要省，但是调研论证，该走的路，一步不能少。

线路要经过埃岱采空区，初选线路是在矿方提供的图纸上勾画所得。纸上得来，终非万全，没有实地踏勘，去国家铁路集团鉴定中心汇报，腰杆打不直，舌头缺乏硬度。

一家设计单位受托下井作业。合同拟好，临到签字，对方变了卦。后来才知道他们派人踩过点，正是这次踩点让他们望而生畏。为何不做这笔业务，人家指着图纸闪烁其词说了一句："图上是这样，实际不知怎样！"

这也是李向东所担心的。从20世纪七八十年代开始，埃岱一带大面积开采铅锌矿，从地面以上五百米，到地面以下四百多米。高额利润诱惑下，偷采盗采、越界开采、无序开采的情况，其他地方有，这里未必无。就算正规矿山，几经转手，图纸是否完整、真实、准确，也要打问号。

不是没有前车之鉴。国内有一条彼时正在建设的铁路，穿过矿山采空区。由于对矿山内部的认识过分依赖图纸，而图纸与实际情况大相径庭，导致施工过程一再遇"雷"。没有办法的办法，是时速三百五十公里的设计方案，不得不变更为时速三十公里。

要避免重蹈覆辙，就必须下到井底，摸清情况。然而，"埃岱采空区不是一般地复杂"，这股风不知怎么就吹遍了业界，其后联系的几家机构，也都不愿接招。

交"作业"，时间逼到鼻梁骨上。李向东咬牙做了决定："我去！"

矿山负责人说啥也不同意。待李向东说了非去不可，人家递来"保证书"："实在要去，你先签个字，出了任何状况，和我们没有关系！"

握笔的手悬停空中。老婆、孩子、爹娘的面容，涌到李向东面前。他们都没张口，又都在说："好好想想，不要冲动！"

听了他们的，李向东静静思量：去，我有风险；不去，一条路、无数人，会有更大风险。

对着"生死状"，碳素笔坚定地俯冲下去。

"我陪你去！"说这话的老地质工作者黄新其，过几年就要退休。

矿山负责人被打动了，安排熟悉井下情况的向导带路。

头戴矿灯，手拿地质锤，肩背应急包，三个人钻进铁笼子。铁笼子被一段垂直的黑暗吞没，吐到矿井深处。

采矿还在进行。他们要去的，是数十年前的采空区。

迷路是风险，缺氧是风险，矿洞里没有任何支护是风险。

一两百米的地下，矿去巷空。走不多远，紧张、不安、恐惧，在李向东心里扩散开来，如无边黑暗在海底蔓延。

矿洞是裸洞，不像李向东在襄渝线勘察时钻过的煤矿，有钢筋混凝土或是木头支撑。看见张牙舞爪的矿壁，李向东呼吸急促。

"不久前我才来过，不必担心！"向导的安慰，把他往光

第五章 接力者 327

亮处拉了一把。

多进一条巷道，风险增加一分；多往前走一步，危险靠近一步。

没有退路。钻过一条五六百米长的巷道，李向东又钻进七八百米长的另外一条。

后来是第三条，长约一千二百米。

下井时天刚放亮，回到地面，夜幕从远方围拢过来。

泪水无声，只是寻常。但是那天，李向东哭得稀里哗啦。

——老婆、孩子、爹娘，又浮现到眼前来了！

泪水里也有欣慰的成分："埃岱采空区是个不能碰的雷，不走这一遭，不敢拍着胸脯说这话！"

裁弯取直的隧道方案被推翻，绕避埃岱采空区，压力传递到桥梁设计负责人缪庆华肩上。

他倒没有太紧张。倒不是自己和团队有多大能耐，而是科学技术一日千里，材料、工艺今非昔比。

峨边境内的毛坪大渡河大桥，主跨一百二十八米，跨越龚嘴水电站库区，控制因素多；同是峨边境内的官料河大桥，一百一十五米的墩高，稳居全国前列。两座桥，两个设计方案，都是一次成型。

成昆铁路最高桥墩只有五十六米，成昆铁路复线上，长一点五公里的越西县马拖镇东河村特大桥，有一点三公里高度在六十米以上。提交设计成果时，缪庆华有一个心得——技术进步，成就"设计自由"。

最典型的要数安宁河谷。穿过九度地震区的桥梁加起来长十八公里，采用减隔震支座和轻型钢结构，抗震难题有了最优解。

解题之乐，在于难，而难不倒我。

绕避埃岱采空区，最大挑战在空间限制，在空间限制下错综复杂的控制性因素。滑坡、危岩、落石、崩塌、岩堆、泥石流、山体错落，把线位逼到尼日河谷，与国道和既有线结伴同行。国道与既有线的间距，最大处两三百米，最小处六七十米。已是"夹缝中求生存"，桥群还要对落地生根在河谷中的房屋、道路、沟渠、既有线，以及山头、湖泊，保持应有的尊重。

隧道设计方案，将以总长近三点五公里，六跨尼日河，串联起五座隧道、一段路基的五座桥取而代之。地势逼仄，地形复杂，缪庆华牵头负责的埃岱尼日河1号、2号、3号桥及岩润尼日河桥，每一座都考量技艺。

施工图交到施工方手中，缪庆华丝毫不敢懈怠。把图纸上的桥搬到地上，他得全程配合施工。

承建埃岱尼日河2号、3号桥的中铁十局打过不少大仗，摘得过"中国建设工程鲁班奖""中国土木工程詹天佑奖"桂冠。尽管如此，还没进场，EMZQ-6标项目部桥梁技术负责人张兴山紧皱的眉头，就很少有舒展的时候。

——特克隧道出口就是1号桥。线路倾斜是难点之一；难点之二，作业面是个弹丸之地；最添堵的，莫过于桥下就是国道，工程作业和路面交通，不打架都不行。

第五章　接力者　329

为绕避风险点，保持线路平直，成昆铁路复线峨眉至冕宁段设计建造有多座桥梁。图为建设中的埃岱尼日河3号双线特大桥（摄于2022年5月）

——2号、3号桥从凉红水电站库区经过，共有水中墩十三个。桩基承台建在水中，工人作业，得在水上进行。

——3号桥15至20号墩线位右侧，线路一百二十米以上高处，十五万方倒悬山体不怀好意地盯着电站闸门，严重威胁桥体安全……

——岩润尼日河桥设计为主跨八十八米连续梁跨越G245国

道和尼日河，桥高九十五米。

　　一把钥匙开一把锁，缪庆华带领团队，一一拿出解决方案：1号桥和岩润尼日河桥下方营建棚洞，施工作业和通行互不干扰；电站库区，架设两座栈桥，作为交通、抢险通道；对于虎视眈眈的倒悬山体，开辟施工便道，组织八台挖掘机，自上而下清方……

　　清方碰到钉子。通到一百八十米高处山顶的施工便道只有两公里长，修了一年半。修了垮，垮了修，修了又垮……山势陡峭、山体破碎只是原因之一，雨多、雨量大，才是问题根源。

　　这颗钉子还没拔掉，另一颗冒了出来。3号桥5号墩，一开始判断是白云岩地质。直径一点五米、深五十余米的基坑挖到三四十米处，才发现白云岩里夹杂铅矿。冲击的钻渣通过制备泥浆循环至地面，这是桩基成孔的传统方式，类似深坑灌满水，浮起坑底皮球。铅之沉，不是普通制备泥浆所能浮载得了的。缪庆华蹲在现场，和工友们反复琢磨、试验，终于找到了减短桩长、增多桩数的应对之策。试验历时一年多，实际作业，又是一年半。

　　最难对付的要数洪水。

　　2019年7月29日，一场五十年不遇的洪水眨眼间淹没了3号桥栈桥，按十年一遇标准设计的栈桥受损变形。电站厂房在洪水冲击下遭受重创，河水流速加快，对栈桥基础安全形成二次威胁。

　　整个汛期，雨就没连续停上三天。下雨不能作业，晚上不能作业，甘洛县唯一的弃渣场被冲毁了，新场址确定前不能作业。时间被河水昼夜不停地掳走，缪庆华和张兴山急得团团转。

2020年8月30日上午，下了一天一夜的雨终于停了。上工地巡查，接近5号墩时，张兴山两只脚加快了交替的频率。

离5号墩还有五米，远方响起沉闷、怪异的声音。声音从小到大，从远到近，不明所以的张兴山吓得站在原地，不能动弹。

"泥石流来了！"从桩基承台撤出的人流，推着张兴山跑过栈桥，到达相对安全的高处。

几秒钟后，3号桥右侧一道冲沟里，浑浊的泥石流喷涌而出，如凶猛的鳄鱼扑进水库。

鳄鱼遁水，乘势向前。源源不断的"鳄鱼"俯冲入水，相距不远的5号墩当场被毁。从没见过这等阵仗的张兴山，两条腿不停战栗！

一个多小时后，泥石流停了下来。检查发现，冲击钻钻头被泥石埋死，三个孔成了"废品"。张兴山的心，碎了。

缪庆华闻讯赶到，重新确定桩位，展开新一轮技术攻关。

汛期过后，最后的总攻打响了。

中铁十局调兵遣将，增派三个专业项目部、上百名管理人员，分区段组织作业。作业人员则增至上千人，比之前翻了一番。

如此情景，入行十年，参建过大西铁路（大同至西安）客运专线、兰渝铁路（兰州至重庆）、济青高铁（济南至青岛）

等工程的张兴山同样未曾见过：三个墩一个塔吊，一个连续梁一套模板。五个连续梁同时作业，黄色的塔吊左右摆渡，蓝色的挂篮上下穿梭，红色的运输车来回奔驰，狭长的工地上，是人的海洋，是机器的聚会，是振奋人心的交响乐！

振奋之余也有担心。混凝土必须连续浇注，一旦供应掉链子，已浇注部分必须砸掉重来。为此，材料员张静每天要接打一两百个电话。张兴山比张静更忙，协调人员、机械、设备、周转料，穿插指导各项目部施工，一刻不得闲。

缪庆华的日子也好不到哪里去。图纸是他一横一竖画下来的，作业中的疙疙瘩瘩，不能都甩给张兴山。

好在都过去了。2022年4月10日，随着埃岱尼日河3号桥顺利竣工，从埃岱尼日河桥到岩润尼日河桥，长十余公里的绕避线路全线达到通车标准。

铁道线上，八到九成的人和设备集中在车站。站点选得好与不好、设计是否科学，重要性无须赘言。

成昆线名气大，成昆线上的火车站名头也大。"关村坝"原本无人知晓，却因是"一炮炸出来的火车站"而声名远播；"金口河"是四等站，站在桥上，桥靠墩撑，中国第一座柔性墩桥屹立在此，站之名，大过站本身。

山让路，桥垫底，都是不得已。

成昆铁路复线，车站选址之难，应了那个"复"字，不止一个"复"字。沙湾南、峨边南、金口河南、甘洛南……南，南，南，一个比一个难！

就说定址在乐山市金口河区共安彝族乡象鼻村的"金口河南"吧。

金口河站在金口河城区以北的大渡河对岸，与河床高差三十多米。金口河南站在金口河城区以南，与金口河站隔河不相望，站与河的高差，不下三百米。

离城虽近，"站位"却高。2013年11月，第一次去现场，七公里路，徐鹏的脑袋同越野车顶对碰八回。道路大坑小凼不说，还是单车道，一边贴在山崖，一边紧临深涧，转个急弯，车上的人如坠云里雾里。半路上，成兰线（成都至兰州，后更名为川青线）上历练过，在老挝、埃塞俄比亚担任过站场设计负责人的徐鹏已经料定，站址打死也不可能定在这里。

反复比选反复看，徐鹏头都大了。另外三个备选点，条件一个不如一个，矮子当中拔高个儿，还得象鼻村！

车到一条小河前，路就到了尽头。仅有的平地，一辆越野车就占完。环顾四周，是高山、陡坡、深沟、溪河。

向北是八月岭隧道出口，往南是月直山隧道进口。标高二十多米的两个隧道口相距八百二十米，如同有人打下一个大括号：站房建在这中间，站线伸进隧道。

麻雀再小，心、肺、脾、肝、肾不可少。河滩砌堡坎，土丘掐尖，拆掉一座袖珍小电站……"众筹"来的地只有两千七百平方米，信号楼、售票厅、进站出站口、候车室、办公区、生活区，如何摆得下？

——还得有个停车场。上山七公里，下山七公里，总不能村民进进出出，乘客来来往往，拎包"甩火腿"！

如果能放弃，徐鹏和团队早放弃了。可线路已经定下，牵一发而动全身，指望改线，异想天开。

这还不是最重要的。没有选站自由，成昆线上首开先河，建起曲线站，建起柔性墩。山区建铁路，这些设计工具至今都是宝贝。峨米段上，三分之一的车站是曲线站，包括"金口河南"。柔性墩则不光铁路领域，公路桥梁上也颇为常见。这些都是前辈留下来的财富，是他们褴褛开疆的见证。我们给后来者留下什么？总不能是光会"抄作业"，每临挑战"跑得快"的"美名"！

徐鹏脑洞开得大：建个"吊脚楼"，站房"骑"在沟上。

实地踏勘后，年方二十九的徐鹏，蔫了。沟对面山体破碎，山体里还有四座小电站的引水隧洞，无法大幅开挖。

"摊"不开，改"摞"。上一层，下一层，依然捉襟见肘。

"成都南"尚且只有两层高，莫非这山沟沟里的火车站，还能摞到三层？

当然不行——得三层半才可以！

电梯上到二楼。空间一分为二，售票厅、候车室。

三楼，信号楼、办公室、安检通道。

站台在三楼楼顶。

接送人的汽车哪儿歇脚？不是还有个底楼吗。底楼是个架空层，铺上沥青画上线，妥妥一个停车场！

深山起"高"楼，凌空渡旅人。成昆铁路复线上，结构如此独特的站房独一无二；全国山区铁路，在如此"独到"的位置迎送旅客，也是凤毛麟角。

解对一道难题，一定程度上是交了好运。紧随其后的两道三道都能一一攻破，才是真功夫。

第二题这就来了。

峨米段共有十八座车站，其中八座是不办理客货运作业的技术作业站，就像乡村公路上的"会车道"，一大半作用是待避、越行。"金口河南"往南，首站"特克"，就是越行站。

特克隧道全长八千六百零一米，最大埋深一千零五十米，洞身穿越七套地层、三条断层、一处向斜构造，软弱围岩较多，有浅埋偏压、岩爆等不良地质风险的长达一千零五十米。如此地质条件下挖隧道，难度堪比走钢丝。

列车从"金口河南"一路紧坡到这里，必须设一个站。

特克站伸入特克隧道进口端一千两百米。特克隧道洞口就是峡谷，就是桥，桥对面，是同样要伸入一千余米站线的依卜隧道。

站房进隧道的脑筋徐鹏也曾动过，终结在一念之间。隧道开挖断面越大，难度越大，风险越高。施工单位肯定会吼："钢丝就够得走了，还要我们在钢丝上单脚起跳！"

除此之外，还有三个问题需要回答：电子设备受潮怎么办？工作人员二十四小时不见天日，受得了？发生火灾如何扑救？

有人提议"废物利用"，升级改造特克隧道1号斜井。然而，以上三个问题同样没法解决，何况斜井加固改造、后期维护，费用相当高。

徐鹏又想到"吊脚楼"。人员怎么上下，"楼"和桥之间如何往返，方案还在论证，岩上掉下几块大石头。

李向东赶来踏勘，下了结论：峡谷两岸是碎屑坡，两岸地质都不一样。特克中桥还得穿"防弹衣"呢，车站站房，再不能凑这热闹。

没有站房，意味着没有车站工作人员，没有检修工区，没有消防设施，没有信号楼。信号楼是车站中枢神经，信号机和道岔靠它控制。没有信号楼的车站，是没有电的电灯。

徐鹏去村子里想办法。

特克中桥骑在布觉依达沟上。沟下游两百多米是老成昆线，再往下三百米是特克村。布觉依达沟两侧山势险峻，巴掌大的特克村，早被村民的房屋挤得掌纹都难以看见。

又往下两百多米，终于寻到一块空地。新问题冒出来了：站房、站线皮肉分离，车站工作人员、检修工人走路上班，还得戴着头盔——时不时有滚石往下掉，砸到人不得了。

徐鹏自有应对之策：取消定员，建成无人值守车站。

"检修怎么办？材料设备，如何拿上一百多米的陡壁？"

"在前后车站设工区。检修车往返虽然不是特别方便，至少安全。"

最后的难题是把信号引入车站。

信号楼离隧道口七百米，这七百米，要穿过村庄、穿过村道，穿过落石区，穿过泥石流沟。好比士兵上战场，先要越过高坡矮坎，躲过枪林弹雨。"士兵"的安危，让徐鹏大伤脑筋。

躲着村子走，无非多费点儿管线。

同村道交叉的地方，用市政工程的办法，开挖，回填。

这之后，得从泥石流沟里走。电缆、消防管道几大捆，如何越过"雷区"，徐鹏头疼的是这个。

避其锋芒是必须的。贴着山沟左侧走，图纸尚未画好，巨石从天而降。

那就走右侧。

燕岗站、冕宁站属改建车站，需要协调的事宜既多又杂。徐鹏正忙那头，这边来了电话："昨晚天上下大雨，山上下石头，你选的路线上，到处都是石头！"

李向东献上一计：紧贴沟壁，挖一条两米宽、三米深的"壕沟"，穿一件钢筋混凝土的"防弹衣"。管线从"防弹衣"里钻到桥下，从爬架上桥进洞。

特克站还在桥上透了一口气，漫滩站则是彻头彻尾的"地下工程"。

甘洛县境内的吉尔木隧道和跨越甘洛、越西两县的新白石岩隧道，中间有一条竹儿沟。四十余米长、五十多米高的漫滩站双线中桥，串联起两座隧道。

漫滩站也是越行站，也是把桥当成"透气口"。三线铁路，分设在桥两端的隧道里面。

这些都是计划中的事。

计划赶不上变化。连日暴雨引发山体溜塌，吉尔木隧道山门还没打开就被埋死。

让徐鹏无比难过的，还有处境——站房选址这一关，不好过。

就在徐鹏快把头皮抠出洞时，吉尔木隧道遭遇突泥涌水。洞外山体风化严重，边坡很难从根本上治理，洞内白云岩砂化难以对付，饱水流沙中，施工举步维艰。面对内忧外患，业主成昆铁路有限公司牵头组织设计、施工、监理、咨询单位三十余名专家组成的"铁路隧道建造技术创新工作室"研究会商，决定用一服药治疗两种病：漫滩站埋进竹儿沟地面以下，两座隧道相应改线，合并连修。

又是一座无人值守车站，信号楼设在洞口。

车站完全埋在隧道里，成昆铁路复线只此一例。为了减少开挖断面，隧道变单洞分叉为左右双洞，待越过一点六五公里的车站段后，分离的两座山洞才又合二为一。隧道改线达十一公里，很大程度上，就是为了满足车站坡度、线形条件。

隧道因车站走了长路，站场专业同样为减少隧道开挖风险有所让渡——左右双洞，中间的隔层，使得车站失去了越线功能。很长一段时间里，这成了徐鹏的一块心病。

浇开徐鹏心中块垒的，是一个有关成昆铁路的电视节目。前辈们的身影和足迹让他豁然开朗：成昆线上，最多的不是光彩与勋章，不是完美主义、个性挥洒，而是大局与格局、牺牲与成全。

雄鹰飞过吉尔木梁子

成昆铁路复线峨米段七标段的事，远在陕西的齐永立是听别人说的。

2017年9月16日晚9时，七标段上的吉尔木隧道2号横洞掌子面，上台阶拱顶流出的水突然变大、变浑。安全员愣了几秒钟，吼出两个字："快跑！"

"快"留在原地，安全员拖着"跑"字，拼尽全力往洞外飙。三个工人紧跟其后，跑不多远，掌子面垮了，乳白色长龙从垮塌处向外猛扑！三个工人跑在后面，情急之下，爬上一台挖掘机，死死搂住大臂。大臂上的人，连同十多吨重的挖掘机，被排山倒海的力量，推出一百多米。

将横洞堵得满满当当的"长龙"，不是水，不是泥，不知为何物。

此时，全长十一点二公里的吉尔木隧道，正洞进尺仅四百五十八米。心惊加心凉，项目经理把担子一撂，不干了。

他这一走乱了军心。派谁去七标段力挽狂澜，领导大伤脑筋。此役非比寻常、非同小可，不是横刀立马的虎将，没有滴水穿石的韧劲，去也白去。

领导头一个想到齐永立。宁夏吴忠至中卫城际铁路，进场不到十六个月，齐永立挂帅的项目部完成产值六点五亿元，领跑全线。三个月前，中铁十六局在陕西境内靖神铁路（靖边至神木）中标，项目经理的担子，还是由他来挑。进场一个月，靖神项目夺得临建、上场速度冠军。

左右开弓，箭无虚发。节骨眼上，难怪领导想到他。可这两个地方都正是用人的时候，若有人顶得上去，最好别打他的主意。

但找来找去，没有人能接如此重任，还是得抓齐永立。

齐永立答应得没一点拖泥带水。朋友也是纳闷："七标段难度大，风险更大，你不怕吗？"

齐永立说："老成昆铁路不难？照样修下来了。中铁十六局是铁建的队伍，铁建前身是铁道兵，军装脱了，军魂还在！"

2017年9月22日，齐永立走进七标段项目部。还没落座，一群人围拢过来，有的要他拿主意，有的找他诉苦，有的等他批条子走人。齐永立后背刮起凉风，脑子里跳出三个字：来错了！

不是没想到困难多，真要没困难，他还不来呢。"豆腐有什么味道？豆子才香！"齐永立爱说这话。豆子香是因为有嚼劲，只是七标段这颗"豆子"比金刚石硬，他是一万个没想到。

工地在尼日河右岸，项目部扎营左岸。去工地，五公里路走了两个小时。路是单车道、路面大坑小凼、中间没几个会车点，不是全部原因。当地群众把酒桌摆在路面上，"借道"要好言好语，要耐心十足。

工期过去四分之一，进尺不到一成。路堵着车，也堵着齐永立的心。他问材料部长："大型罐车怎么走？会车怎么办？"材料部长苦着个脸："我要有办法，轮不到你来操心！"

一号拌合站距离隧道口十二公里，拉一车混凝土到隧道口，最快八十分钟。负责人也是一肚子苦水："这地方除了山就是沟，不是坎就是坡，根本没地方建标准拌合站。"

"再没别的办法了？"

"就差打报告，去成都借块平地。"

花了两天时间，齐永立把工地周边上下左右走了个遍。果然地无三尺平，齐永立的心，一寸一寸往下沉。

一片苞谷地闯进眼帘，齐永立脸上晴开了："真是背着娃娃找娃娃！"

再难也要试一试，齐永立请求镇上出面协调"借"地。镇领导拍了胸脯："修路的是你们，受益的是我们。'支铁'有传统，包在我身上！"

拌合站有了落脚处，齐永立开始收拾人心。

成昆铁路复线与老成昆线并肩前行，管内二十一公里，建有三座烈士陵园，修建成昆铁路的近两百位烈士长眠于此。国庆节，齐永立率队扫墓。临走，对着项目部一班人，齐永立讲了一番话："我们的前辈仅凭钢钎二锤也能钻山越岭，哪怕粉身碎骨也要勇往直前。向先辈致敬就要迎难而上，把修建新成昆的经历，当成终生炫耀的资本！"

临近中秋节，齐永立安排班子成员下到十四个施工队，同工人一起过节。从北到南，从中午到深夜，齐永立一个队都没落下。每到一处，齐永立都留下一句话："'新成昆'不建成，齐永立不挪窝。是男人的，一起把根扎下来，不打胜仗不收兵！"

对9月16日喷出的乳白色长龙，别说没对策，就连它姓甚名谁，当时也一无所知。

查明"敌情"刻不容缓，中铁二院成昆铁路复线配合施工项目部派地质专业负责人李向东常驻现场。夹皮沟里的工作、生活条件同车水马龙的大都市比，一个地下一个天上，李向东完全无感。9月16日发生的事，因为"地质预报不准"，他挨了批评。男子汉大丈夫，不怕摔跟头，就怕没有机会重新站起。

资料查了无数，试验做了若干，李向东团队终于摸清了"长龙"的来路：白云岩砂化，叠加高压水流，形成突泥涌水。具体来说，就是震旦系的白云岩历经几亿年地质演化，一部分成了"豆腐渣"，形成大大小小的"囊"深埋地底。地下水爱往软弱处挤，当隧道经过或靠近，将"囊"的保护层削薄甚至洞穿，地下水和碎屑混为一体，喷涌而出，成了"流沙"。

此前，世界铁路工程领域从未遇到过白云岩砂化，砂化的岩层形状、走向全无规律可言。正感慨对手深藏不露，1号横洞又涌出一千多方突泥。这次突涌规模不大，正好练手。战友眼中的坏事，在齐永立这儿成了战机。老成昆线"战斗组"的经验被平移过来，中铁二院、西南交大等相关单位专家和工程人员组成攻关小组，1号横洞，成了实验室。

封堵隧道涌水，常规方式是帷幕注浆。但这招在这里不管用。砂化白云岩吃水不吃浆，无论耐心"撮合"还是强力"压迫"，"两张皮"终是没能锻造成铁板一块。今天掘进八米，明天埋掉五米；这个月累计掘进四十米，倒推回来的却有三十五米。

小心翼翼试，大刀阔斧闯，办法想过、试过不少，拔河般的一年间，吉尔木隧道只往前推进了二十米。那天钻出隧道，阳光照在身上，齐永立心里却是湿漉漉的。往日里说起逃兵，他总咬牙切齿，然而此刻，他相当程度上理解了前任。

没有退路可言。那么，出路到底在哪里？

一个黑影在山坡上移动，从他的眼前，到他的身后。齐永立散乱的目光向黑影聚拢，再投向湛蓝色的天幕，捕捉到一只鹰。雄鹰高飞，山脊下沉，常人眼中不可逾越的大山，被搏击长空的翅膀，遮蔽了骄横倨傲。

雄鹰飞过吉尔木梁子，一个声音在耳边响起：路在义无反顾的奋斗中，在不甘平庸的志气里！

情况汇报上去，中国国家铁路集团有限公司（简称"国铁集团"）派出调研组。无论是成昆铁路复线按时开通的进度需要，还是为川藏铁路大概率要遭遇的相同困境扫清障碍，突泥涌水难题都必须尽快攻克。

2018年11月4日，正在北京开会的齐永立接到电话：1号横洞再次突涌，当年仅有的二十米进尺，直接抹成了零！

国铁集团会议室里，为吉尔木隧道量身定制双模盾构机的思路被大胆提了出来。

双模盾构机在当时还只是一个概念。研制出兼容土压模式、泥水模式一键切换的利器，不可能一蹴而就。此外，生产厂家在郑州、长沙，工地在大凉山深处，把巨无霸开进小山沟，难度太大。

兵分两路，一路去盾构机生产厂家调研，一路精细摸底，论证双模盾构机的可进入性。齐永立则两头跑，隔三岔五还要去北京开会。2019年，吉尔木隧道进尺为零，齐永立的飞行记录，却有五十六次！

研制双模盾构机，技术难关一一突破，远程运输又成了新的难题：一百二十米长、不可拆卸的主体部分，两百多吨的机器，必须取道昆明，从京昆高速运到泸沽镇，再翻过小相岭，从乃托镇、玉田镇运到施工现场。全程有二百六十个涵洞、二十六座桥梁需要加固，必经之地乃托镇，加宽路面必须拆掉一整条街。此外，从泸沽到吉尔木要经过多处沉降地段、一百多道弯，一百多米长的车会不会卡在路上？

绕了一年的路，重新回到起点。突泥挡住去路，工期步步紧逼，躺在床上，无边黑暗中，齐永立一会儿觉得自己是一粒装满碎屑的囊，一会儿又觉得自己是比纸薄的囊壁，随时可能被不断累积的压力击穿。

实在睡不着，齐永立索性打开手机相册，在往日时光里酝酿睡意。越酝酿，齐永立头脑越清醒——他想起了修建成昆铁路时牺牲的战友，想起了在南尔岗烈士陵园举起右手重温入党誓词的画面，想起了那天自己说过的话："我们是铁道兵的接力者，不是垮掉的一代！"

似梦初觉惊坐起，齐永立对自己说："都像你这样遇到点困难就失魂落魄，哪来成昆线？！"

凌晨两点，李向东的手机骤然响起。电话里，齐永立说："钢板桩围堰施工是用钢板隔开水流，突泥涌水同样是来自外部的干扰。用围堰施工的'矛'破突泥涌水的'盾'，应该可以！"

齐永立脑子中的灵光，点亮了李向东的眼睛。

这道光射向掌子面，却被不留情面地挡回。钢板桩，不可能横着打进岩体。

低迷的情绪如潮湿的空气弥散在隧道里，让人发冷。齐永立一席话让攻关小组成员的心重新回暖："阿波罗登月计划历时十一载，高峰时期，动用了两百多所大学、八十多个科研机构。这说明什么？——理想和现实，从来都不是一键切换的！"

都来动脑筋，都来出主意。

一再试错，复又重新出发。

走过的路，没有一步是多余的。2005年成都地铁1号线施工时的情景浮现在李向东眼前。当时，刚挖两米就遇到地下水，再往下是砂卵石层，深井降水引起垮塌，危及地面安全。后来，直到垂直打入水管，用出水不出砂的办法稳住地层，才闯过了那一关。如果把白云岩碎屑看作砂卵石，采用管道泄水的方式释放压力，掌子面是不是就稳住了？

想到就干。超前地质预报打前站，九米长的钢管随后插入

新技术、新设备的使用，使成昆铁路复线工程施工更安全、更高效。图为吉新隧道内，多功能凿岩台车正在进行凿岩作业（摄于2020年）

山中，水从管口涌了出来。

以水而定，量水而行，分类施策。新理念支撑下，注浆堵水、靶向泄水、分水减压的战法小试牛刀，成效初显。

乘胜追击，支护管棚，开成棚幕，预防溜塌……

钢管、水泥铸成的壳，真的稳住了地层。

损失的时间得抢回来。从钻孔、起爆、排烟排险到出碴

第五章 接力者

儿、立拱架、喷锚、仰拱、衬砌……每个环节，每个工班，都是开足马力，无缝衔接。

二十四小时不间断作业，不间断有好消息传出。最振奋人心的莫过于，2020年3月，一千六百二十米的碎屑地段，被成功甩在了身后！

实际上，此时的吉尔木隧道，已同一桥之隔的新白石岩隧道合并为吉新隧道。

苦战功赏，劳绩可宣。全长十七点六公里的吉新隧道成为当年成昆铁路复线样板工程，齐永立手上，捧起一座沉甸甸的奖杯——"成昆雄鹰"。

同属七标段、紧挨吉新隧道的吉布甲隧道掘进到一千米时，卡了壳——人到洞中，别说干活儿，光是站着不动也大汗长淌。

人们以为是通风不好所致，隧道里增设了通风机。但冷风进洞秒变热风，工人额上脸上、前胸后背，汗珠子滚得到处都是。

即使工人打赤膊工作，还是热。越往前越热。测温仪往岩石上一打，低的三十八摄氏度，高的四十五摄氏度。

一个工人倒在掌子面上。接下来又是一个。人立即被送进了医院，大家心有余悸：这么干下去，怎么受得了？

有人嚷嚷着不干了。

情急之下，齐永立拍了桌子："这是干工程，打硬仗，不是过家家！"

不急齐永立就不在工地上了。春节后复工，天津到甘洛，两头开路条，齐永立都是走的"后门"。他是穿着一次性雨衣、戴着塑料手套回的工地，整整一天，粒米未进，滴水未沾。

他虽来了，工人进不来。协调各方，点对点包车，从湖北、云南和四川各地组织施工力量，齐永立的嗓子，哑了不止三回。

不就为了抢工期，不给按时通车拖后腿吗？

必须把人留下来。

双管齐下降温。采购制冰机，每八小时往洞内送两吨冰；仰拱栈桥上设置喷头，形成人工降雨。

有效果，但高温并未明显下降。

缩短送冰周期、加密喷头，仍是效果有限。

齐永立剩下最后一招：发扬老成昆精神，攻克"高地温"。

齐永立讲得热泪盈眶，工人们听得聚精会神。结尾处该有掌声雷动，却只有岑寂一片。突然一句话冒了出来："你说的我们都信，只不过，你都不在洞子里，怎么向你看齐？"

有人等着看笑话，齐永立没给机会。衣服一脱钻进隧道，他铁塔般站在了掌子面上。

吉布甲隧道如重启的电脑开始运行。2021年8月，吉布甲隧道进口1号横洞小里程（起点方向）终于贯通，浩荡清风长驱直入，"高地温"夹起尾巴，逃得没了踪影。

尽管稍迟一些，春天仍是来到了大凉山上。

2022年3月31日，吉新隧道胜利贯通的喜讯，瞬间传开。

北京发来贺电，成都发来贺电，兄弟单位纷纷发来贺电：

"克服世界级难题白云岩砂化的胜利，是'为有牺牲多壮志，敢教日月换新天'的成昆精神的胜利！"

"你们发扬'战山斗水，坚守奉献，创先争优'的宝贵精神，战胜了'高地温'！"

"一年开挖八公里，一年完成四年任务，这是破碎石质下隧道掘进的奇迹！"

泪水流啊流。没人在的时候，齐永立也不去擦。人生难得几回搏，人生难得，有几回热泪纵横！

大半年没见妻儿了，天津开会，齐永立借道回家。拖着行李箱的他，先是直奔儿子的学校。放学的铃声响了，齐永立踮起脚，在孩子堆里寻找，终于见到了日思夜想的儿子。

四天后，他又离开家，一头钻进吉新隧道。成昆铁路复线年底就要通车，剩下的工作必须百倍抓紧，不敢放松丝毫。

那一天，钻出洞口是下午3时。"叮咚"一声响过，手机里传来一条信息。

是妻子拍下的儿子的作文——《我的爸爸》：

> 那本是一个平淡无奇的日子，我迎着夜幕前最后一丝霞光，走向学校大门。一个身影吸引了我的注意——我的爸爸，一个小有成就的铁路工程师。从内蒙古到宁夏，从陕西到四川，他的足迹遍布各地，我

对他的感情却从最初的思念到后来的想念，到再后来的平淡。可这一次，当我看到他眯着眼睛、踮起脚，不禁鼻子一酸。我第一次发现他前额的头发已经花白，一根根"银刺"触目惊心。

我第一次意识到，爸爸已不再是意气风发的青年。身高只有一米六的他，并不伟岸的肩上扛着家，扛着牵动人心的工程。

手机屏幕花了，齐永立拿衣角擦了擦眼睛，郑重写下一行字发送过去："等着我们通车的好消息！"

决胜小相岭

终于等到今天。

2016年3月21日，喜德县冕山镇尔史村，小相岭隧道出口，全电脑三臂凿岩台车巨臂长伸，总长二百一十一点八四公里、工程造价一百四十亿元的成昆铁路复线控制性工程峨米段隧道，打响了开挖第一枪。

三年前展开初测，两年前着手初设。三年两载里熬过多少夜加过多少班无从去数，最吃紧的三个月中，各种排列组合的设计方案做了四十多个，刘志刚此生难忘。

实力允许的话，几十年前的老成昆铁路，不会展线连着展线，一直盘旋到离小相岭山顶六百米才开始钻山，又从山那边小心翼翼地盘旋而下。查阅既有线档案时，一个发现，令刘志刚百感交集——中铁二院的前辈们，曾在东南方向二十五公里处，做过一个十八公里长的越岭方案。只是想归想，当时的勘测能力、施工技术、机器设备、建筑材料无不拖着后腿，只能眼睁睁放弃。如今没了拖累，新成昆才敢把以桥代路、以隧代路、以长大深埋隧道大幅度裁弯取直的想法变为现实，把一千零八十三公里的线路压缩到八百六十五公里，小相岭隧道才敢把海拔由沙马拉达隧道的二千二百米降至一千八百米，长度由六千三百七十九米变为二万一千七百七十五米。

舍弃盘山绕行，直接穿山而过，成昆铁路复线小相岭隧道的贯通体现了新时代铁路隧道施工技术的飞跃式发展。图为沙马拉达隧道和小相岭隧道对比示意图

尼波、乐武展线从有到无，线路质量大幅提高，主要也是小相岭隧道的贡献。峨米段五十二座隧道都是刘志刚领衔设计，虽说手掌手背都是肉，对于劳苦功高的"老大"，他用情更深。

激动归激动，刘志刚也有隐忧。

初设阶段，上山调查岩溶。路上时不时可以看到岩洞，看到河。顺着一条小河走，走着走着，水流突然没了影踪。刘志

第五章　接力者　353

刚想起发生在沙马拉达隧道的涌水事故，想起沙马拉达隧道挖了整整六年，一百三十六人为之献出生命。

同样是全线最长隧道，新线长度是既有线的三倍还多。隧道最大埋深一千三百五十米，穿越十条断层、两条褶曲，随时有塌方、涌水、涌砂、软岩大变形、岩溶、岩堆、岩爆、高地温围追堵截。

水深鱼大。这里的对手，只会强，不会弱。

"万事开头难"，小相岭隧道是个例外：2号斜井井身比初设方案增长九百米，安全到达井底的时间提前了四十四天。

担此重任的，是中铁隧道集团——隧道工程"国家队"，一大批国家级隧道工程的建设者，其隧道修建总里程超过一万公里，三百多个在建项目不光遍布祖国的东西南北中，而且如霞光云彩，倒映在世界各地。这支底座坚牢、底色耀眼的部队，由身经百战的铁道兵第八师和在成昆线上立下赫赫战功的铁二局十二处组建而成。小相岭隧道项目部管理人员有着大中型铁路、隧道施工经验，一线作业人员从渝黔铁路（重庆至贵阳）、宝成铁路转战而来。

进场作业的二百九十三台（套）机械设备里，不乏"尖端武器"：多功能全液压履带式超前地质钻机、全电脑三臂凿岩台车、湿喷机械手、自行式液压仰拱移动栈桥、衬砌模板台车……

2017年5月，隧道进口，平行导坑开挖百米，转过一道弯，形势发生了变化：支护开挖，浇注好的混凝土大参着嘴，有话要说的样子。一米见方的混凝土块扑簌扑簌往下掉，空旷的隧道，成了扩声器。

紧接着：

拱架变形、错段，拇指粗的钢筋被扭成麻花；

隧道底板起鼓，最厉害的一段一百三十米长，隆起九十多厘米；

边墙挤压厉害，八米宽的导坑，压缩成了七米。

…………

地应力、岩性强度测试证实，一级、二级大变形都有。原因还没查明，18号横通道又被变形困住。

隧道变形、断面尺寸缩小的情况，刘志刚、李向东和小相岭隧道总工程师杨海航见得不少，变形夸张到如此这般的，不多。洞在山中，人在洞中，很容易生出一个错觉：底板、拱顶、边墙被无穷大的力量怂恿着推动着挤压过来，也许两秒后就会粘连在一起，山洞和山洞里的一切，包括人，都将被包饺子。

什么叫"压力山大"？这就是！

找到"病根"不容易，好在找到了：软弱破碎的地层岩性条件、高埋深产生的高地应力、群洞效应……几股力量纠结，导致软岩大变形。

十一米长的锚杆高密度打进岩体，有如一根根巨型铆钉。拱架单层变双层，二次衬砌由马蹄形改为近圆形，平导、正洞的距离由二十米变为五十米……对症下药，疗效不错。

三公里长的大变形地带刚突破，突涌又堵在面前。

溃口加固花了好几天。转个身的工夫,又涌出上千方突泥。

再加固,再突涌。

再加固,再突涌……

是隧道创新工作室首倡的"和山谐水"理念,贡献了制胜一招:以退为进,迂回向前。

2018年10月7日,当许多人还在欢度国庆大假时,小相岭隧道深处,十二个工作面没一个不是热火朝天地忙碌着。2号斜井工区平导进口端掌子面上,带班班长黄元模脚踩烂泥,手握风枪,任大滴大滴的水珠落在额上脸上。没见一寸天,没有一朵云,但是隧道里头,总有下不完的雨。

"小相岭时间"也是一座隧道。扎进隧道六年间,日和月,风和雨,几乎同洞中人断了关联。节日、假期,罗先刚"信号"全无,亲情的"Wi-Fi",他也很少连接。

小相岭隧道项目部下设两个分部,隧道进口端是一分部,出口端是二分部,罗先刚是二分部经理。这天下午,驱车四百公里回遂宁的家,罗先刚愧疚了一路。他忘了自己几个月没回去过了,忘了这次回家,是架不住病中的母亲千呼万唤。至于刚进场时,忙征地、忙招工、忙组织协调施工,三个月瘦了二十斤,他更忘得彻底。

"兄弟们没日没夜抢工期,而我溜回了家……"下午4时20分,解开安全带的那一刻,罗先刚很是自责。

此时此刻,就在此时此刻,眼尖的黄元模停下手上动作。为揭示前方地质情况,李向东他们在左侧边墙上打了一个超前钻孔。水从洞口源源不断往外流，并不值得大惊小怪，直径一百一十毫米的水柱突然间变急变浑，则是异数。

莫非遇到暗河？！

判断完全正确。洞中有一百六七十号人，大家刚刚后撤，掌子面传出一声巨响。水从直径一米的溃口涌出，像大河决堤，像猛虎下山。整座隧道、整座山，都在咆哮、震颤。

位于2号斜井中部的1号固定泵站闻令而动，火力全开。然而，涌水量实在太大，泵站能抽走的，不及十分之一。

平导比正洞矮三米。涌水灌满平导，就会爬上正洞，灌满正洞，吞没斜井，溢出井口！

平导和正洞里，除了有十多台变压器、二十多台空压机、八台装载机，还有仰拱栈桥、模板台车等没长腿的"巨无霸"。枪是士兵的第二生命，机械设备对工程建设者来说，也是。

打仗的枪和炮，怎能落入敌手？四百多人冲向斜井，冲进正洞和平导。

搬得动的往车上搬，往地面拉。搬不动的，能拆就拆，再往车上抬，往地面拉。

边模、钢模、横梁、撑杆、液压杆……正常情况下，一五一十拆解一台模板台车，需要四五天。洞中有两台模板台车，非常之时，每台车上，挤了七八十人。

拆的拆，搬的搬，抬的抬，转运的转运。工人三班倒，管理人员二十四小时钉在现场。"争分夺秒"，调度主任、工程部副部长郑冬冬一直以为是个形容词，这天他才知道，实际是动词。

第五章 接力者　357

涌水是小相岭隧道建设最大的"拦路虎"。图为小相岭隧道内建设人员正在检查岩体涌水处（摄于2022年）

涌水量不断增大，四十多小时没合过眼的郑冬冬踩到一块石头，差点跌倒在水中。寒意和困意一起涌来，郑冬冬打起哈欠。

"最难的是坚持，但坚持才能胜利！"是爷爷的话让郑冬冬重新打起精神。

2016年4月，二十四岁的郑冬冬从贵阳来项目部报到。半路上停车休息，他向爷爷报告最新动向。郑冬冬的语气里是有些得意和激动的，没想到爷爷更得意、更激动："我当年在成昆线，打的就是沙马拉达隧道，就在小相岭！"

那以后，郑冬冬和爷爷的通话比以前多，比以前长。他从爷爷那里知道了成昆线上的更多往事，爷爷参与过的涌水抢险，给他鞭策，也给他力量。工作中难免遇到绊脚石，想想爷爷，踢开绊脚石，郑冬冬脚上就有了劲儿。他爱人周海瑞也在小相岭隧道项目部工作，一间板房就是家。远离亲人，远离城市，远离人间烟火气，想想爷爷他们那时候，心里的苦也就淡了，散了。

精神的钙，可以强思想的筋，壮力量的骨——参与项目部党工委举办的"重返沙马拉达"活动，郑冬冬悟出一个心得。2017年3月，二十位修建老成昆线、开凿沙马拉达隧道的前辈回到战斗过的地方，回望征程，缅怀战友，同后来者促膝谈心。从河南焦作出发，郑守礼坐了飞机坐火车，坐了火车坐汽车，与吹拂过青春的山风、照耀过理想的明月再次相逢。就是那次，老人对孙子和孙子的伙伴们说了这两句话："最难的是坚持，但坚持才能胜利。翻得过'新成昆'上的小相岭，就翻得过人生路上的坡坡坎坎。"

半年后，党的十九大召开，习近平总书记"勇做时代的弄潮儿，在实现中国梦的生动实践中放飞青春梦想"的号召，在项目部青年党员中引起热烈反响。在2018年1月8日的学习讨论中，有人提议写一封信，将大凉山深处的奋斗和青年一代承续传统、勇攀新高的心路历程报告给总书记，让党和人民知道，我们"80后""90后"，能吃苦，也能打硬仗。

你一言我一语，大家的心声，挤了两页纸。落款处，二十个签名都是手写，重复过无数遍的三个字，郑冬冬写得慢，如旭日爬上山巅。

回音来得快。2018年2月12日，四川成都，习近平总书记在打好精准脱贫攻坚战座谈会上提到这封信时感慨道:"他们的来信,让我感受到青年一代对祖国和人民的担当和忠诚,读了很欣慰。春节将至,我向他们和所有奋战在贫困地区重大工程建设一线的同志们致以节日的祝福!"

……

精神的钙,可以强思想的筋,壮力量的骨。迎着激流向前,郑冬冬心里,不再有起伏动荡。

在隧道里摸爬滚打二三十年,束手无策的情况,罗先刚从没遇到过。

这次偏偏遇上了。

事发当晚,罗先刚还在往工地赶,平导全部被淹,涌水上了正洞。10月9日中午12时34分,涌水将高差七十多米、全长三千一百米的2号斜井全部吃掉,从井口探出头来!

涌水量之大世所罕见。监测数据显示,至11月27日,以小时为单位,涌水量最低六千九百六十五方,最高一万一千六百三十一方。

水不排出去,掌子面露不出来,施工没法继续,火车无路可走。

泵排的思路起先受阻——排量那么大的水泵肯定没有,就算有,块头还不得比洞口大?

超长定向钻孔的思路被提了出来:出口横洞与2号斜井工区平导仅剩九百五十二米没有贯通,从横洞方向往里面打两个深孔,泄出积水涌水。

这招通常应用于围岩好、埋深浅的煤矿，或者市政工程。涌水处埋深七百五十米，地质条件又极其复杂，懂行的都明白，这招在这里，行得通的可能性微乎其微。

没有别的办法，只有放手一搏。

设备调来了。人员到位了。方案优化成型了。

冷冰冰的围岩也给面子，不过给得不多。11月4日开钻，5日累计钻进到十六米时，孔内释放的压力挤爆了钻机水管。

三天后，钻机修复，作业继续。前方围岩破碎、富水，岩屑无法有效排到孔外。钻进深度不过十米，塌孔、卡钻、抱杆……问题一大箩筐。

又过了十天，第三次开钻。现场业内高手云集，有人捎来"注浆扫孔"的他山之石。一连十二天，扫孔十余次，累计重复钻进一百九十米，最大有效深度不过十七点五米！

方向重新调整到泵排上来。

排水设备吞吐量必须大于涌水。项目部没有此种设备，搜遍全网，最大功率水泵，每小时排量八百方。

"一个肩膀扛不动的，十个、二十个肩膀一起上！"然而，斜井里能使八个"肩膀"并排就不错了。

四下寻找水源，意在斩草除根。然而，那么大的山，无穷多的可能，找到水源有如大海捞针。

只有等了——入冬，小相岭进入旱季，涌水量势必减小。

等。

再等。

接着等。

2019年3月，机会来了：在涌水量维持现有水平的条件下，八张"大口"不停歇，一个月工夫可以"喝"干井水。

战机虽好，难题犹在——水被一点点抽走，水位一点点降低，难免每隔一段时间要断电关机，调整水泵位置。如此一来，排水、涌水间本就不大的落差，势必荡然无遗。

"追排水"的法子，也是被"逼"出来的——把抽水泵置于平板车上，水走车也走。

采购泵排所需物资，罗先刚只给了材料员王春七天时间。

气垫船、救生衣不在话下，大排量抽水泵可以先行采购一批，但排水管道并非常规类型，而是市场上难得一见的钢编织管；配套电缆一般是订单生产，同样很难买到现成的。王春心急如焚。

井口大水漫灌，井底已成龙宫，隧道垮掉废掉的风险，每分钟都在增加！

罗先刚为何急成这样，王春也理解。罗老爷子曾参建沙马拉达隧道，十七岁从父亲手上接过风枪，罗先刚也接过了父亲常挂在嘴边的一句话："打隧道，就看人和石头，哪个更硬。"

王春的父亲王成援，也是沙马拉达隧道的建设者之一。十六岁上工地的父亲，无数次重温往事："一个人抬不起的石头两个人抬，连人带石头摔倒在地是常事。摔得再痛我们也没打过白旗，没在心里嘀咕过：工期不该定这样紧！"

一张打捞资源的大网撒开了。电话、微信、互联网，材料组九个人使出浑身解数，打听，核实，追踪物资。

终于在成都找到钢编织管，只是存货不到需求量的十分之一。电话打到昆明，再打到贵阳，回复都是含糊其词。

所需型号电缆缺口也大。库存全盘接收，又好说歹说，截了别人的车，仍是只能解燃眉之急。

一连几天，王春每天工作时间不下二十小时。头一批钢编织管第三天深夜运来，探照灯下，雨线迸射，雨花四溅，卸货的人全是"落汤鸡"。王春从始至终都在现场，脑子非常清醒，身子十分沉重。见一个工友脚步蹒跚，王春上前搭手，却脚下一滑，重重坐在泥泞里。

父亲连人带石头摔倒的画面，突然跳到眼前。王春心里咯噔一下：这是梦想与责任的接力，无声胜有声的致敬！

一台平板车上放四台水泵，两台平板车并肩作战，外溢的涌水，开始慢慢后退。

水退一尺，车进一步。扬程变化，水泵和管道选型，也在不断更新。

三十天，整整三十天。更换数十套排水设备后，平板车驶过三千一百米斜井，到了井底。

成洞初期支护变形虽大，可以修旧如新；二衬整体稳定，仅是局部开裂。然而，罗先刚高悬的心，并未随水位回落：小洞可以填堵，但如此"血盆大口"，则完全不吃这套。

隧道创新工作室开出的"药方"，再次收到奇效：泄水廊道一挖，之前不羁的涌水不乱窜了；从涌水的掌子面右侧迂回两百多米，绕过断层破碎带，作业队伍，与理想中的围岩胜利会师。

第五章　接力者　363

暂停键按下十个月后，2号斜井工区平行导坑两个掌子面重启。压紧的弹簧伸张开了，小相岭深处，每二十四小时成洞不下四五十米，最多一天高达七十五米。

好景不长。前进五公里后，涌水，再次与平导撞在一起。掌子面到哪里涌水就到哪里，有时还伴着涌砂。

旱季，一天涌水三四十万方；汛期，地面雨水地下集合，每天五十万方。

"水帘洞"里作业，人穿雨衣，车似轮船。从岩溶水平循环带上经过的那段日子不堪回首。当崩溃的感觉找上门来，罗先刚就想想父亲，想想父亲说过的话，想想父辈当年创造的奇迹。

又一段蜗步难移的道路被甩在身后，小相岭隧道贯通倒计时，已经不用年，不用月，而是用日计数。

2022年5月17日晚9时，距离正洞贯通仅剩最后二十二米。

一天，甚至不用一天，最后的壁垒就将被一举凿穿。然而，地质条件不友好，相当不友好。一连两天，小里程开挖都是带雨作业，掌子面上的工人，全都穿着雨衣。

炮声过后，爆破员邓飞到掌子面查看爆破效果，开挖班长陈善国紧跟上去。

掌子面上方，"雨量"比之前大了两倍。见状，陈善国竖起耳朵，屏住呼吸。

雷声滚动，由远而近。

此处离地面近千米，天垮下来也听不到声响——一定是洞壁变薄，洞穿在即，暗河推着石头往这边赶！

"跑——啊——"向远处十一个工友喊出指令的同时，陈善国奋力把邓飞往远处推。

但凡慢上两秒，陈善国就会被垮塌的岩体掩埋。垂直降落的水柱变成激流，眨眼间，隧底成了河床。陈善国成了不系之舟，所幸大里程方向（终点方向）地势略高，水流在25号横通道口子上拐了个弯，工友全部脱险，身上衣物被河水全部卷走的陈善国，得以成功"上岸"。

垮塌腔体涌出的水一天达三十万方，正洞贯通的临门一脚，停在了半空。

一个月过去，仍没找到水源。已是小相岭隧道项目经理的罗先刚，头发一把一把地掉。

惹不起就躲。然而，躲得过去的是平导，正洞轻易不能改线，硬碰硬是唯一出路。

反压回填，用洞碴儿填塞虚空，这是第一步。

第二步，搭设管棚，强化支撑。两排无缝钢管，每排三十四根，每根三十米长，如力大无穷的臂膀撑起穹隆。

接下来是锁定胜局的一招：注浆，以七百多方混凝土，形成三米厚的"壳"。

水还在涌。

让它涌！将军赶路，不追小兔，有泄水廊道对付涌水，等到隧道贯通，再来秋后算账。

2022年6月21日晨，刘乾第一次发现，贴着小相岭吹过的风，是甜的。8时8分，下达起爆指令的瞬间，两行热泪，冲出了他的眼眶。

峨米段先期开工的土官垱隧道，2016年11月2日就已贯通。这激动人心的炮声，是小相岭隧道曲折征程上耀眼夺目的印记，是成昆铁路复线通车在望的预告，是举世瞩目的成昆铁路穿越时空的回响！

年底通车，目标已经锁定。可是，二万一千七百七十五米整体道床至此未铺一寸，衬砌也还在突击之中。

成昆铁路复线能否如期通车，就看小相岭了。

钢丝床抬进隧道。工地上已有一千多人，又上了一千多人。工人三班倒，管理人员全天候蹲守洞中，累了困了，就近找张床，和衣打个盹儿。也不管"电"只充了一格两格，人和事找过来，"插头"立马"拔掉"。

7月，8月，9月，罗先刚难得见一回天日。项目部四五十号管理人员，吃饭、睡觉，都在隧道里。

父亲9月份住进医院，衬砌班长杜清德很是煎熬。两口子都在这个工地，请假回去，他开不了口；把照顾父亲的责任都推给家人，他内心难安。11月初，郑冬冬得知情况，要他回家一趟。杜清德只答应让妻子回去，他反问郑冬冬："谁家没有妻儿老小？"

2022年12月26日，成昆铁路复线全线建成通车。

列车从小相岭隧道通过，用时八分钟。而这八分钟的进深，是来自二千二百多个日日夜夜的奋斗。

米开朗琪罗说："雕像就在石头里，我只是把不要的部分

经过建设者们六年多的努力，小相岭隧道顺利贯通，这意味着成昆铁路复线距离全线通车迈出了关键一步。图为小相岭隧道顺利贯通庆祝仪式现场（摄于2022年6月21日）

去掉。"隧道也在石头里，罗先刚、郑冬冬、杜清德他们日复一日，把不要的石头往大山肚子外掏。

单洞双线的小相岭隧道长二万一千七百七十五米，断面面积为一百二十平方米。

断面面积五十平方米的平行导坑，二万一千五百八十米长。

斜井、横洞、救援，又是七千六百八十米。

也就是说，建设者们在小相岭深处掘出的山洞，长长短短相加，竟有五万一千多米！

吐出四百万方石头的小相岭，把总重四万三千吨各类钢材制件、三十八万方混凝土吞入腹中。这些钢材如果用火车运送，载重两千吨的火车，需要二十列；这些混凝土如果用水泥罐车运送，载重十吨的四万辆罐车首尾相接，是一条四百公里的长龙。

从平导排出的涌水更是旷古未有。截至贯通当月，小相岭隧道涌水已达两亿方，相当于十五个西湖。

回声与告白

　　晨风摇晃着他的白发，旭日光影将他挺拔的身躯拉成一段长轨。下车，入园，拾级而上，移步高高耸立的革命烈士纪念碑前，老者走得庄重沉稳，每往前一步，似乎都在跨越一段遥远、漫长的岁月。

　　多年以前，德昌县烈士陵园的守墓人就能叫出他的名字：蔡方鹿。

　　献花。

　　鞠躬。

　　默哀。

　　宣誓。

　　蔡方鹿两侧和身后，是一张张恭敬、虔诚的面庞。当他开口讲话，时间的长河，奔涌在他的眼底。

　　"亲爱的长眠在德昌的战友，亲爱的兄弟！今天，蔡方鹿和四川师范大学部分研究生，以及其他朋友，又来看望你们。今天，我们深切怀念长眠在成昆铁路沿线的战友，你们永远活在我们心中，你们与祖国山河同在……"

　　2022年7月1日，德昌县烈士陵园一百五十三座墓碑下方的英灵，听到了一个熟悉的声音："安息吧，亲爱的战友，明年还来看望你们！"

自2009年起，除了2020年，四川师范大学荣誉教授蔡方鹿每年都率研究生开展"重走成昆路，再寻铁兵魂"暑期实践活动。十三个年头，一百五十五人次与他同行，包括两次随行的美国麦卡利斯特大学历史系主任、世界铁路史研究专家孟洁梅（Jamie Monson）教授，包括个别硬"挤"进来的校外师生。

若非名额有限，这个队伍不知会有多大。蔡方鹿很欣慰：星星之火，可以燎原。

安眠于德昌县烈士陵园的梁国仁，1968年3月和蔡方鹿一起从成都三十一中入伍参加铁道兵，来到成昆线。次年9月6日，汽车侧翻，轨料砸中梁国仁，导致内脏破裂。每一次来，蔡方鹿都把当年的同学介绍给今天的学生，然后，单独和老同学聊上一会儿。

聊点儿什么呢？当然是从成昆线说开去——

"兄弟，中国铁建，前身就是我们铁道兵。今天，他们是全球最具实力和规模的特大型综合建设集团之一，经营范围遍及全球一百三十多个国家和地区。

"兄弟，成昆铁路设计单位铁二院，也是成昆铁路复线的设计单位。2007年2月，铁二院更名为中铁二院。几十年来，他们勘察设计了代表当今铁路行业一流设计水平的武广（武汉至广州）、郑西（郑州至西安）、福厦（福州至厦门）高铁，以及浙赣（杭州至株洲）、成渝、西成（西安至成都）、成兰等重要铁路干线、支线上百条，是国内唯一两次荣获国家最高科技进步奖的勘察设计企业。

成昆精神在年轻一辈中传承弘扬。图为蔡方鹿（右八着军装者）、当地退役军人事务部门负责人和学生在德昌县烈士陵园缅怀筑路烈士（摄于2023年7月）

"兄弟，中铁二局——当年的铁二局——如今总资产超一千一百亿元，年综合生产能力达一千亿元。他们先后参与了一百多条重大铁路建设，共计一万四千余公里，参与了二百多条高速公路、二十余项水利工程、十多个机场港口、数千项市政工程建设，足迹遍布世界。曾经参建坦赞铁路的中铁二局，最近几年参与建设的非洲首条跨国电气化铁路亚吉铁路（埃塞俄比亚至吉布提），被誉为'新时期的坦赞铁路'。

"兄弟，还有一个好消息要告诉你：去年12月3日，中老铁路（中国昆明至老挝万象）建成通车；今年年底，成昆铁路复线也要正式通车。北连首都，南接东南亚，新成昆不光连通'一带一路'，还像一面镜子，折射出中国百年的奋进历程。

你可知道，新成昆铁路所需的十四点一万吨钢轨，全部由攀钢独家供货。四十八年前，攀钢生产出第一支钢轨。现在，攀钢钢轨第五代产品成功出口海外市场。按照不同的应用场景，攀钢在高速系列、重载系列、道岔系列、港口起重以及城市轨道交通等方面，都有了成熟可靠的拳头产品。全国每三公里铁路钢轨，就有一公里产自攀钢。

"兄弟，说到攀钢，当然要说说攀枝花。这地方当年是荒山野岭，现在可了不得。向北，融入成渝地区双城经济圈；向南，携手东盟，拥抱东南亚。这个火车拉来的城市，因三线建设而生，因攀钢而兴。当年，她承载着共和国最初的强国梦；如今，英雄的攀枝花人民，又肩负起了建设共同富裕试验区的光荣使命。

"是的，兄弟，这些都是成昆线上走出去的队伍，都是成昆精神的继承人。我们这辈人创造了属于我们的历史，但今天我们也要向他们鼓舞人心的成就、勇往直前的精神致敬！"

从烈士陵园出来，一行人去了金沙隧道。为隧道施工献身的英雄的故事，征服通天洞的过程，自己如何从"胆小鬼"成了"鬼都怕"，蔡方鹿先是如数家珍地讲起，再是画龙点睛："幸福来之不易，吾辈更当自强。"

"第二课堂"也是"流动课堂"。这天下午，德昌县城一间茶馆，原铁十师四十八团八连战士罗志明、原铁二师八团女子民工队何美幻、原铁十师五十团民工三中队陈木生，成了"客座教授"。

峨边境内的三角石隧道石质破碎，1965年7月，一次隧道塌方，埋了七名战士。时隔不久，隧道再次塌方，三十七名战士被困。救援进行了一天一夜，积水不断上涨，一点点淹到腰部、胸部。无边黑暗中，空气越来越稀薄，呼吸越来越急促，活着出去的机会，越往后越显得渺茫。排长让战士们吐出心里的话。战士罗泽安第一个开口："我们修的是成昆铁路，我们是光荣的。"战士王德康接着说道："当兵的人，死在战场上，值！"就是这时，洞外抢险的突击队成功打开一个缺口，战士们得以死里逃生。当这段往事在罗志明的讲述中复活，讲的人和听的人，莫不为之动容。

何美幻用温和却不失激情的声音，为昔日"民工队"画像。清理坟场、打地基、搭帐篷她都干过，后来挖沙抬石头，班长是铁道兵。男民工干的活儿比女民工重，比如四个人将一块大石头抬到不能再高，手松石落，成了不烧油的"压路机"。早上出来，天黑收工，每天七毛钱，照样干得开心。

1966年12月，铁道兵部队到资中招民工，陈木生报名参加，分到西昌县经久公社。打碎石是他干得最多的活儿，其次，就是两个人抬着柳条编的装了土石的箩筐，当压路机用。1969年夏的一天，陈木生用翻斗车转运材料。再推一趟石头就是饭点，想着馒头在碗里等自己，陈木生不怎么迈得动的双腿又有了力气。前方是个陡坡，陈木生提前助跑。眼看就上顶了，一块石头，让他跌了一跤。失控的翻斗车倒退回来，一个车轮，轧在他的左脚。陈木生一年后才瘸着拐着出了西昌陆军四十五医院大门，今天，一块钢板还留在他的脚踝部位……

岁月掩盖了疼痛，说这些的时候，陈木生脸上，安恬的笑意若隐若现，如鱼贴着水皮在游，如太阳躲在薄云背后，"人老了，跟着我五十多年的钢板，离分家不远了！"

蔡方鹿重复起曾经有学生问过陈木生的话："如果有来生，你最大的愿望是什么？"

陈木生的回答和当年一样："当铁道兵——穿军装的铁道兵！"

"课堂"搬到锦川乡金沙村，九十三岁的村民王文礼张口就说："即使是身上的肉，铁道兵也舍得割给我们！"

王文礼替此说找了三个"证据"。第一，村里插秧，部队派人帮忙。秧田缺水，抽水机、柴油机，连油料、技术员，部队一并支援。第二，铁道兵卫生所的门，一直向村民敞开，医生进村巡诊，不取分文。第三是件大功德。没有桥，村民过江全靠坐船。船年年翻，最多一回，淹死十八个人。铁道兵建起铁索桥，再没人为过河丢过性命。

越过安宁河，一条铁道线从漫水湾站附近延伸出去，于是有了西昌卫星发射中心。除了是"北斗""嫦娥"飞向太空的唯一母港，中心还承担了我国所有地球同步轨道卫星发射任务。漫水湾到发射中心的支线铁路，当年被称作"长征专用线"，十六岁的女兵段海燕，参军后就来了这里。

"没有成昆线就没有西昌卫星发射中心，当北斗导航把我们带到大江南北，我们怎能忘记，铁道兵为此挥洒过青春和热血！"蔡方鹿哽咽了，心细的女生为他递上纸巾。

"课堂"搬到位于乐山市金口河区永和镇胜利村关村坝火

车站旁的铁道兵博物馆，一堂主题为"成昆铁路视角下的铁道兵"的"公开课"，大家听得全神贯注。讲解结束，提问开始。一声声"王老师"，叫得讲解员王帮华脸都红了："你们都是高才生，我在这里讲解，只是个人爱好。"

王帮华从小听着成昆线的故事长大。后来读书，他徒步穿越关村坝隧道。没有成昆线，就没有通向学校的路，书本上的大千世界就和他毫不相干。2012年6月，把讲述成昆铁路建设历程作为重点之一的铁道兵博物馆在家门口落成，王帮华当了讲解员。

王帮华嗓门不大，但中气十足："成昆精神需要世代传扬，修建成昆铁路的工人、农民、铁道兵，永远不能忘记！"

掌声响起来。

谁带的头，蔡方鹿没有留意，但掌声织就的花环里，插上了他的花枝。

他的"花"，献给王帮华，献给追怀英雄品格、秉承前辈意志的天之骄子。之前随自己重走成昆线的学生，十多人考上重点高校博士，两人出国留学获得博士学位，六人获研究生国家奖学金，六人独立承担国家社科基金项目。你能说没有一种不怕艰险、勇往直前的力量支撑他们吗？你能说闪烁在他们精神支柱上的，没有成昆人品格、意志的光和亮吗？

那天在金口河，没有碰到雷才栋。但是一如既往，蔡方鹿想起了他。

缘分源自早已脱下的那身军装，源自对忠骨埋青山的战友日久弥深的牵挂，源自把渐行渐远的峥嵘岁月持续擦亮的不谋而合。

雷才栋家住成都市新津区花桥街道龚巷村3组。1969年3月,雷才栋参军入伍,成为铁八师三十九团五营二十五连战士,先后参建云南省禄丰县境内的龙山隧道、黑井4号隧道。

2008年3月14日晚,雷才栋刚进梦乡,就被电话叫醒。

四天前,雷才栋做了胆囊切除手术。想来,又是一通慰问电话。

听陈先建那语气,却像捡了金子:"好事情,好事情!"

雷才栋有些不悦。再是老战友,别人抱恙在身,开玩笑也要有个分寸。

下一秒,雷才栋眼里放出的光,却照得床前雪亮:"真的?!"

铁道兵要有家了,这个家,就是乐山市金口河区即将启动筹建的铁道兵博物馆,铁道兵历史和成昆铁路建设历程,是重点展陈内容。没有字的纸不叫书,没有展品的博物馆是空壳,为此,当地政府发布消息,广泛征集实物。

压箱底的铁道兵纪念章和当年在成昆线上穿过的帆布军装,雷才栋只在每年"八一"建军节翻出来摩挲一番。电话还没放下,他已做了决定,把纪念章和帆布军装送到博物馆,天亮就出发。

金口河在哪里,雷才栋并不知道。好在有司机。司机是花两百元雇的,但路不熟,绕到目的地,天早黑了。

交谈中,金口河区委宣传部领导喜忧参半。喜的是征集启事发出就有回应,忧的是规划中的博物馆建筑面积上千平方米，文物征集工作任重道远。忘了自己还在休养，雷才栋拍了胸脯："铁道兵博物馆的事就是铁道兵的事，就是我的事！"

一通电话没白打。也有想捐又犯犹豫的，雷才栋登门拜访。什邡、金堂、遂宁、崇州、乐山、邛崃、眉山，川内有老战友的地方，都有他的脚印。

有战友先前还说下来再说，而雷才栋真的下来，却被堵在门口："铁道兵解散二三十年了，这点老底，看家用。"

雷才栋说："叶落归根，这些老物件，是替战友们聚在一起。"

有的战友寄来东西，又想替子孙要回。雷才栋说："传一些捐一些，子孙有了念想，更多人也受了教育。"

真理是朴素的。雷才栋说得浅白直，战友听得进去。

出了三十团，出了八师，说话费劲。有老兵质疑他的身份，有人当他是文物贩子。雷才栋也想急流勇退，每当这时，一件往事，便会涌上他的心头。

1969年7月的一天，正在吃饭的雷才栋接到任务，奉命赶往甸心车站卸载道砟。一车皮道砟六十吨，四个战士，必须四十分钟拿下。面对几乎不可能完成的任务，雷才栋脑子里嗡嗡作响。可是最后，车皮被清空，提前五分钟。那次经历让雷才栋相信了精神的能量，也让他对叶帅"逢山凿路，遇水架桥，铁道兵前无险阻；风餐露宿，沐雨栉风，铁道兵前无困难"的评价产生深度共鸣。当年的精神哪去了？脱下军装，人就变了色？雷才栋被自己问得冒汗。

成昆铁路是一部英雄史诗，建设者们用热血和奋斗为祖国铁路建设贡献了自己的力量，值得永远铭记。图为矗立于金口河铁道兵博物馆广场的成昆铁路建设纪念碑（摄于2022年）

"逢山凿路，遇水架桥"，是传统，是志气，也是方法。雷才栋去金口河开了证明，东奔西走，马不停蹄。

为防闪失，征集到的老物件，分批送到金口河。每个月四百零三点三四元的商业保险收益，是雷才栋仅有的固定收入，去金口河，不可能总是包车。从新津到青龙场的短途车票五元，从青龙场坐慢火车到金口河十二元，来回一趟三十四元。雷才栋没从金口河方面拿过一分钱，就连车票也没报销过一张。老伴儿说他打肿脸充胖子，他不口软："战友们命都舍得拿出来，心疼几个钱？"

自家的承包地不能荒废。有时请亲戚朋友帮忙，有时回来，大半夜了，雷才栋还在抽水灌田。雷才栋"不务正业"，没少受老伴儿数落，但教书的儿子和他站在一边。儿子说："人活一场，总要干点想干、该干的事。"

铁道兵博物馆主展馆2012年6月28日正式落成，馆名由吕正操将军题写。近千件馆藏文物，经雷才栋和战友陈先建、刘金元之手捐赠的，有二百八十六件。

雷老兵可以安心扑在庄稼地上了。哪知地里的菜刚变成钱，他拉扯起二十多个老兵，再次向成昆线出发。沿线二十二座烈士陵园，他们去了十六座。每到一处，雷才栋都给兄弟们说："我们记着你们，永远记着你们……"

二十年里，雷才栋和战友十次到成昆铁路沿线烈士陵园祭扫。

2023年7月5日，蔡方鹿第十四次出发。

四天前的7月1日，每日往返于成都南站和攀枝花南站的"攀钢号"动车组正式开行。成昆铁路一直是攀钢原料到达、产品外发的"生命线"，时至今日，攀钢集团仍有九成以上产品，经由成昆铁路外运。历经五十多年发展，攀钢实现了从"钢坯公司"到"钢材公司"的华丽转身，以大型材、板材、钒钛、管材、特殊钢和优质棒、线材为代表的系列标志性产品，业界有口皆碑。当雅加达至万隆高铁时速突破三百五十公里，当"和谐号"列车从帕米尔高原、塔克拉玛干沙漠呼啸而过，攀钢人骄傲地告诉世界：承载中国速度的钢轨，攀钢造。成昆铁路建设至今，攀钢所在的攀枝花，由一个七户人的村庄，发展成常住人口一百二十多万人，年地区生产总值一千三百多亿元的现代化区域中心城市。在成渝地区双城经济圈建设背景下，通达时间每缩短一分钟，城市发展都会开启无限可能。成都至攀枝花"四小时动车时代"开启，带来了外界对冬无严寒、夏无酷暑、四季赏花观景的攀枝花整体印象、感观的重构与期待——成昆铁路复线建成通车，攀枝花片区日均客流量达六千人以上，足见一斑。成昆线涅槃重生，攀枝花活龙鲜健，二者齐头并进，共生共荣，让蔡方鹿联想起筑路成昆时，青春和理想的热烈碰撞。

离发车还有几分钟。打开微信朋友圈，一条来自"新成昆"上的新闻，抓牢了蔡方鹿的眼球——

……………

阿牛什金从小在凉山彝族自治州甘洛县斯觉镇长

大，第一次走出大山是十多岁时，独自一人坐四个多小时的普速列车到西昌市读高中。2020年考上四川农业大学后，阿牛什金先坐近五个小时的汽车从甘洛县到石棉县，再转车到达位于雅安市的校区。

新成昆铁路全线贯通运营后，阿牛什金的求学之路变得更加便捷，她对未来也充满期待。"动车会带来更多外地游客，也能让我家乡的产品卖到更远的地方。我学的生物工程专业，一定能在家乡建设中发挥作用。"阿牛什金说，越来越多的大凉山学子跟她一样，有了"毕业后，我要回家乡"的职业规划。

每年芳菲4月，攀枝花市仁和区务本乡乌拉村、米易县普威镇以及西昌市樟木箐镇的樱桃陆续成熟。这里的樱桃果子大、色泽艳丽、味道浓郁。但是樱桃采摘期短，不耐运输。2023年4月，一趟"樱桃专列"发车，在新成昆铁路攀枝花南站，铁路工作人员将十件二百五十千克樱桃装运在C72次复兴号动车组指定车厢内。

"客户寄出的樱桃一般每天6时左右从樱桃园里采摘，通常采用一点五至二点五千克的小筐和十五千克左右的大筐两种包装。动车全程有空调，适宜樱桃储存，部分中转时间较长的快件还会在包装袋内加入冰袋或者冰瓶来降温。"中铁快运成都分公司攀枝花站营业部经理牟玉娟介绍。

樱桃被装入高铁快运专用箱，不管是到成都、昆明、重庆还是贵阳,最快都能实现当日达。很多消费者反馈说:"收到的樱桃非常新鲜,就像刚摘下来一样。"

米易县白马镇黄草村果农姚舟勇经营着一处樱桃园。2023年的樱桃收获季,姚舟勇收入十二万多元。有了便捷的交通,黄草村的樱桃走出大山,品牌越来越响亮,樱桃种植户家家有了"致富果"……

苹果成熟季,凉山彝族自治州越西县现代农业(苹果)产业园迎来了首批动车游客。这让依托园区搞旅游、做民宿的当地村民尝到了甜头。

越西县现代农业(苹果)产业园区党支部书记沙阿甲指着眼前的果园笑着说:"这可不仅仅是苹果园,我们当地人叫它'苹果小镇'。为了迎接动车带来的新客流,我们在园区开放了露营研学基地。"不远处,一列动车快速穿园而过,驶向远方。

…………

重访成昆线,已于2019年退休的蔡方鹿没有"退役"计划。跟在他身后的学生换了一拨又一拨,"重走成昆路,再寻铁兵魂"的主题没有变,抚今追昔、立德树人的初衷没有变,让历史的波涛推动远行的船舫,他的追求和期待,没有变。

变,其实也是他之所图所冀。

最初几年,活动经费是他自掏腰包。后来,学校解囊相助,成昆铁路沿线政府部门和热心人士施以援手。寻访团组织的活动，直接和间接参与者，有时成百上千。

同样是坐火车，成都到德昌，从前普通快车要十一个小时。成昆铁路复线全线开通后，搭乘动车的他们，行程缩短至四小时内。

铁道兵博物馆年年都去。过不多久，博物馆就要重装出场。一个时间深处的故事在新理念、新技术、新形态助力下向时代的潮头更进一步，蔡方鹿心生期待；新的展陈大纲设计方案参与者、西南交通大学青年教师刁成林曾跟随自己踏访成昆，他备感欣慰。刁成林原来对成昆线一无所知，这些年，一头扎进成昆铁路的历史深处，在她的学生中掀起"成昆热"。

旧貌换新颜，这句话放到成昆铁路沿线来说，最是恰如其分。最有说服力的是数字：德昌县所在的凉山州的地区生产总值，建州之初的1952年仅为零点四四亿元，1983年、1996年、2012年分别跨越十亿元、百亿元、千亿元大关，2022年为二千零八十一点三六亿元。

此次与蔡方鹿一起踏上列车的，是二十四张新面孔。每次寻访归来，师生们一路上的所见所闻、所思所想都会汇编成册。手捧头年的"行思录"，蔡方鹿隐约觉得，那些小伙伴，也在结伴同行。

指尖过处纸页响。蔡方鹿知道，那是岁月的回声，青春的告白。

"新成昆铁路开通一百天，运送旅客超六百万人次，日均客运量六万余人次；老成昆铁路同样没有闲着，每天要承担四趟慢火车、六十四趟货物列车运输任务，2023年上半年发送物资两千

老成昆气吞山河，催人奋进；新成昆与时俱进，面向未来。千里成昆线为西南地区融入新发展格局提供强劲动能。图为复兴号动车组行驶在乐山市沙湾区成昆铁路复线范店子特大桥（左），右侧是老成昆铁路泉水河大桥（摄于2022年）

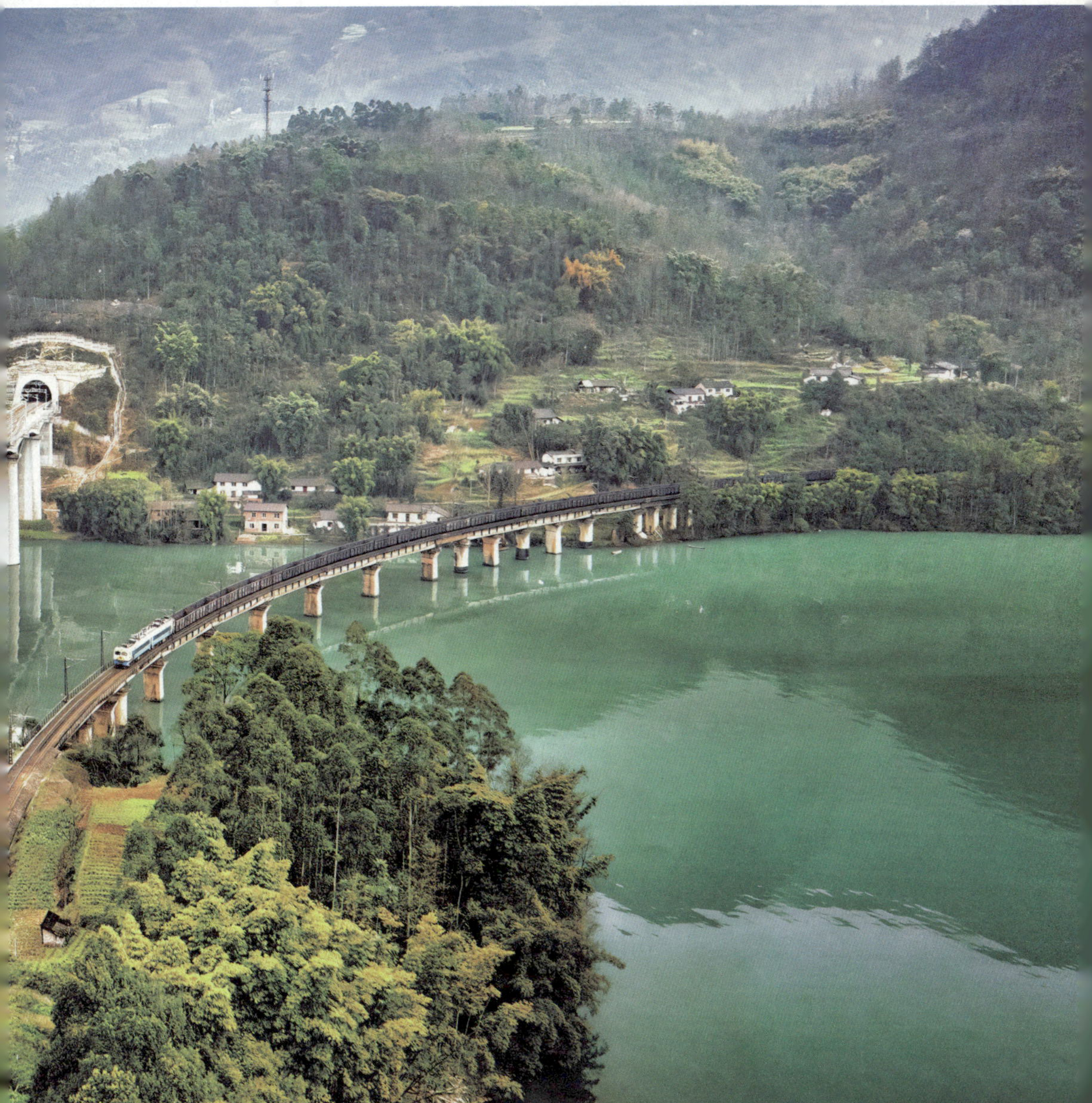

余万吨。老成昆铁路作为国防之路、繁荣之路、团结之路、幸福之路，早已融入了凉山社会的方方面面，成为凉山人民追求幸福美好生活的物质载体、文化载体与情感寄托。踏上热血铸就的成昆线，敬佩之情油然而生。前辈的付出和牺牲，激励着我们攻坚克难、奋勇向前，用坚实行动向英雄致敬。"这是四川师范大学历史文化与旅游学院2020级研究生严鹏程的心声。

"我们应当永远铭记这部可歌可泣的史诗巨著。这是中华民族交通史上的奇迹，也是人类文明史上的卓异创举，贯通其中的铁道兵精神，必将指引和支撑我们一往无前，勇攀高峰。"陈曙鹏，四川大学历史文化学院2019级博士生。蔡方鹿记住了这个名字。

"作为攀枝花人，我从十九岁起，七年在外求学，都是依靠成昆铁路出行。结束六天的寻访，我独自乘坐T8869次列车回家。这一次，因为有沿途的烈士守护，我不再害怕隧道里的黑暗。前辈留下的精神财富，我们无以为报，唯有继承、传扬，带上足够的勇气，翻越人生的高山险谷，在追寻初心与梦想的路上永不止步。"四川师范大学哲学学院2020级研究生汪前明的心路历程，让蔡方鹿想起一句诗："江山留胜迹，我辈复登临。"

…………

站台向后，列车向前。岁月的回声裂石流云，青春的告白慷慨激昂。

后　记

一

　　人世间有很多事，其实是不必做的。可说可不说的话最好不说，可写可不写的诗文何必要写，可有可无的物件到了手上，反倒是个累赘。

　　大道至简，大约包含了这些意思。

　　"简"却不是无。无是无为，是躺平。人一躺平，无非是废，是毁。可见"简"为简练、简劲，有所为有所不为。

　　此一问断不可少：何所为，何所不为？

　　我的理解是，假如一件事须得有人为之，偏偏无人为之，而你恰好可以承担，便不是你所能选择，而是没有退路的事。如此情境下，事情做得好一点差一点已不重要，重要的是，一块理应生长麦穗的土地没有归于荒芜，一块本该容光焕发的碑石，没有被时间的尘土掩于无形。

　　对于写作和写作题材的态度也是这样。大千世界，芸芸众生，上下五千年，东西南北中，并非事事人人都得拿文字记录、描摹、雕刻一番，才能对事体、他人、自身有所交代，而其中必有不同凡响处、与众不同者，无视，轻慢，付之阙如，则是不可弥补的遗憾。

为成昆铁路立传，为成昆铁路建设者、守护者画像，为流淌在成昆人血脉里的忠勇情怀留下一份高还原度的历史底稿，便是这样一件必须有人十分认真去做的事。

二

2023年4月24日9时许，搭乘一辆出租车，我如约来到河南温县的赵老庄村。

年过八旬的郑守礼老人是我此行的采访对象。郑老在沙马拉达隧道干过六年。沙马拉达隧道是成昆线上修建难度最大的隧道之一，其六千三百七十九米的长度，全线无出其右。寻访沙马拉达隧道建设者，重要性可见一斑；而难度之大，却是远远超出想象。否则我也不至于头天从雅安出发，由成都飞往郑州，再从郑州坐三个多小时汽车赶到温县，次日一大早冒雨打车进村。

这天采访，"中间人"是老人的儿媳慕小桂。

之前慕大姐说过，老人听力不太好，表达不太清晰。见面方知，说是"不太"，实则"太不"。

比如我问："您老哪一年去的沙马拉达？"

老人答："现在啊？就是风湿重，手脚都不舒服。"

老人的话是慕小桂"翻译"给我的。他口音浓重的河南话，我听不懂一个字。

我的话，也是由慕小桂"翻译"给他的。

对话半小时，我从老人那里得到的有用信息寥寥无几。比我着急的却是老人。我提出的问题，每一个他都尝试作出回答，但是没有一次，他对自己的回答表现出一丝一毫满意。时间久远在其次，大脑某些功能的衰退像一把锋利的刀子，将他记忆之树上的枝枝丫丫（当然也包括枝丫上的叶片）剔除殆尽。到了这时，无论如何不甘心，我也只能合上采访本。

无功而返的奔波，远不止这一回。

同样是寻找沙马拉达隧道的过来人，我花费九牛二虎之力，又寻得两条线索。其一是越西县泸沽镇一位村民。这次寻人过程曲折到可以单独写一篇长文，以至在一条乡村公路上见到风烛残年的他，来不及找一块清静坐处，我便迫不及待展开了采访。我们蹲或坐在田坎上的问答，引来一群人围观。遗憾的是这位彝族朋友没有念过一天书，语言是隔在我们中间的一堵墙，而他虚弱的身体和内向的性格则是一堵更厚更高的墙。好在还有一条线索：一位朋友说，据他的朋友说，喜德县委一位退休老干部，参与过沙马拉达隧道修建。至于参与深浅，朋友的朋友没有说，激动万分的我也没顾得上仔细打听。待我赶到喜德，谈话一分钟后，期待落了空——老人当年以下乡知青身份"支铁"，只在工程队搭建工棚时运过几回柴草，并无进洞经历。

记忆在消失，承载记忆的历史参与者们，在时间的长路上渐行渐远。寻找成昆线第二长的关村坝隧道的修建者，也是大

后 记 389

海捞针。去了都江堰、乐山金口河区、眉山青神县、雅安汉源县，收获都不理想。乐山金口河区某单位一名门卫曾在铁二局工作，在关村坝隧道里待过三年。当我驱车抵达金口河，提供信息的当地朋友满怀愧疚："我也刚知道，老人生病去世了，就在半个月前……"

三

得知罗先刚去世的消息，我无比震惊。

他才四十六岁，他挂帅出征的小相岭隧道作为成昆铁路复线最后攻克的控制性工程，因为施工难题层见叠出，一度成为全国铁路工程领域的新闻热点，而成昆铁路复线建成通车，一个月后才满一年。

我去过小相岭隧道项目部，听他的不下十位同事讲起小相岭的故事，讲起他。我却没有见过罗先刚。甚至我打的电话，发的短信，他也一次没接、没回。

他太忙了。

通报消息的朋友满是惋惜："罗先刚十七岁就开始干隧道，临近通车的几个月，他天天蹲在隧道里面吃盒饭……"

消息来源之一，也是成昆铁路复线上的项目经理。2023年春节后的一天，在峨眉，我和他，还有中铁二院成昆铁路复线项目部的一位副总工程师，聊到很晚才记起吃饭。他俩提议喝一杯酒，我因要开车，只能看他们喝。很接地气的白酒，二两一个的"地瓜蛋"，两个干着惊天动地事的老男人喝着喝着，一个热泪长淌,一个无语凝噎——直到今天,我仍然怀疑这一幕是否真的曾在眼前发生。

当然是真的。回忆起来,其中一位提起了唯一的孩子,孩子对常年在外的他的冷漠、埋怨、不理解,让他伤心难过。另一位联想到家中老人,在最需要他陪伴在身边的时候,他却别无选择,一连几个月守在工地。

男儿有泪不轻弹。不到成昆线上走一遭,理解不了"钢铁侠"们的眼泪,何等珍贵。

铁五师某团陈副团长,转业后担任过某国有企业基建处处长,直至退休。修建成昆铁路,他所在的三营负责修建橄榄坡隧道。十六名战士先后为橄榄坡隧道献出生命,当生离死别的场景再次逼至眼前,白发苍苍的老人顿时泪流满面。

"我以为只有我们还记着他们,以为有一天我们不在了,再没人记得他们……"老人说到这里,已是泣不成声。

铁二院那位余姓前辈,为何愿意同我见上一面,我从陈副团长的眼泪里找到了答案。

那时因为疫情,养老院对来访者卡得很严。耐不住我在电话里软磨硬缠,院长动了恻隐之心,同意安排采访,前提是她的家属同意。

她的女儿却无论如何不松口:"我都不敢去见她。九十岁的人,要是染上病毒……"

"我这个年龄了,不怕死,你尽管来。老成昆线勘测,说得清楚的人没几个了。"电话里,老人声音虚弱,虚弱得就像一根摇摇欲坠的蜘蛛丝线,禁不起一阵风吹。

然而最后，我不得不为老人的健康着想，取消采访计划。

陈老前辈的话让我猜想到了，如果见面，她会说些什么。这让我想起了另一位采访对象，让我意识到，记录下那段无比珍贵的历史，的确刻不容缓。

我和这位采访对象一起待了三个小时，听他聊天却不过一个多小时。时间的另一半，被他剧烈的咳嗽占据了。

一年多以后，书稿初稿完成，再要核实一些细节时，却无法联系上他了。他的电话起先是通的，我就是顺着电话去找的他。这时却不通了，前后一个多月，打了七八次都是关机。

我隐约知道发生了什么，心里涌起失落难过，直至一种类似庆幸和聊以自慰的情绪在心底升起：好在，这个电话，我曾经打通过。

四

这本书，是一群行合趋同者的心血汇聚。

老铁道兵、已退休的洪承惠，是我首先要提到的"同行者"。

"余生只为一件事。"洪承惠给退休生涯定下计划：为曾经参与建设的成昆铁路，写一部纪实文学。洪承惠给了这个计划八年时间。参建成昆铁路的战友遍布全国，北京、重庆、武汉、长沙、广州、郑州、济南、哈尔滨、昆明……这八年，他一直都在路上。

"成昆铁路是世界铁路建筑史上的奇迹，是中华民族的伟大壮举，是新中国铁路事业起飞的里程碑，那么多战友把命都留在成昆线上了，跟他们比，我做这一点事，根本不值一提！"专注，严谨，谦抑，全无功利心，这是他八年为期的坚守，也是他为我审读《大成昆》书稿前两章，毫无保留地提供帮助时，朴实呈现的品格。洪承惠不是一个严格意义上的报告文学写作者，但是他值得我长久地仰视。

退休前担任西南财经大学外语学院分党委书记的段海燕老师，是我此生认识的第一位铁道兵。是她引领我走进满载成昆线上铁道兵的那节车厢，让我有幸聆听一个消失的兵种用无限忠诚写就的铁血故事，让我有机会感受并传递信仰、信念的力量。

本书创作出版过程中，得到中国铁路成都局、中铁二院、中铁二局、中共雅安市委宣传部、中共攀枝花市委宣传部、攀钢集团有限公司、攀枝花三线建设博物馆等单位的大力支持，也得到了孔丽红、袁久胜、吴爱平、朱玉超、杨铧、廖云松、韩锦、杜鹃、彭飞龙、黄泽栋、杜龙、魏潘、冯雪琴、刘佳易、周世通、曾从技、廖际坤、陈回、林泽洋、鲁全力、朱琳琳、袁亮、史霄翰、张舒、毛海蓉、王培宏、林芝等同志的真诚关心和无私帮助，在此表示感谢。铁道兵指战员陈万福、李永华、张建俊、许钧华、陈德忠、李长清等，以及陈俊虎、刘昌用、李快祥、付明泰、辜明建等老同志，亦是助力良多，在此一并致谢。

五

  我喜欢把人世间每一份爱、关怀、温暖、牺牲、力量、责任的施与和践行，视作一场花开。没有一朵花能永恒绽放，但是花瓣枯萎、花香飘散之后，将花种妥为收藏，同另一场花事的相遇，才值得盼望和等待。

  因此可以说，从再也无法夺回的时间的失地，把伟大的成昆精神、铁道兵精神，原原本本地带给今天，留传给需要史诗和丰碑提供给养、指引方向的未来，是这本书的价值所在。

  ——这也是一场花开的意义，一个花期的延续。